FRÈRE

Ce roman s'inspire de faits et de personnages réels,
à qui l'auteur a prêté une vie privée et des propos imaginaires.

34-36, rue La Pérouse
75116 Paris
www.hugopublishing.fr
Collection dirigée par Franck Spengler
Couverture et mise en page : Christophe Petit

ISBN : 9782755663211
Dépôt légal : octobre 2022
Imprimé par CPI Black Print

VINCENT LAUDET

FRÈRE

ROMAN

Hugo Roman

« Quand la légende dépasse la réalité,
alors on publie la légende ! »

John Ford

1

Calcutta 1981

Elle n'eut pas d'autre choix que d'embarquer dans le premier avion pour Calcutta avec, pour seule adresse, la plage de Mandarmani.

Il lui était apparu clairement qu'elle ne pouvait compter que sur elle-même. Dans sa valise, pas grand-chose. Par précaution, elle emportait quelques médicaments pour Thadée et le *Guide Hachette* de l'Inde qu'elle lut de la première à la dernière page durant le vol.

Lorsque l'avion se posa à l'aéroport international Netaji-Subhash-Chandra-Bose situé à Dum Dum, à une vingtaine de kilomètres de Calcutta, elle regretta un instant de ne pas avoir suivi le chemin emprunté par Thadée qui avait mis presque une année pour rejoindre cette ville depuis Paris. La transition était si brutale, Thadée avait pu lentement se laisser imprégner par l'atmosphère, elle non. Elle le regretta.

Elle eut cette désagréable sensation que passer en quelques heures de la rue de Passy, dans le très chic seizième arrondissement de Paris, à la Chowringhee avenue, l'artère principale de Calcutta, était d'une violence inouïe.

Afin de pallier la fatigue du voyage, elle s'offrit quelques jours au Grand Hôtel Oriental. Un bâtiment luxueux de style colonial britannique construit en 1841, du temps où Calcutta était le quartier général de la Compagnie des Indes orientales.

La chambre était d'un luxe tapageur et, bien sûr, elle ne ressentit pas ici le Calcutta décrit dans les lettres de Thadée.

Ma mère s'aventura aux alentours de l'hôtel, fascinée par les couleurs délavées, les parfums de jasmin mêlés aux effluves nauséabonds et aux sons surannés. Ce bruit, c'était la vie, ce bruit incessant, mélange de cris humains, de moteurs crachotants et de meuglements, lui rappelait les rues de son enfance au Caire où elle avait grandi. Quelques boutiques de luxe côtoyaient les abords de l'hôtel. Elle s'y hasarda, cherchant déjà quelques souvenirs à nous rapporter, puis décida que cela n'avait aucun intérêt, elle n'était pas venue en Inde pour ça.

Elle héla un rickshaw et lui demanda de se rendre à la gare. Thadée lui avait décrit cette gare dans l'une de ses lettres, elle pensa que c'était le bon endroit pour entamer ses recherches. Le pousse-pousse était tiré par un homme qui devait être bien plus vieux qu'elle.

Elle en eut honte. Puis elle remarqua que d'autres étaient tirés par des enfants qui ne semblaient pas avoir dix ans. Finalement, elle finit par ressentir une certaine harmonie dans cet univers chaotique.

S'éloignant peu à peu des grandes artères, elle traversa des rues offrant des spectacles misérables qui lui firent prendre conscience que les cendres du colonialisme étaient encore brûlantes.

Comme au lendemain d'un gigantesque incendie, il subsistait quelques joyaux qui avaient survécu et, à leurs pieds, agonisaient des victimes encore traumatisées. Elles ne pleuraient pas, elles mouraient en silence, affichant une dignité qui la bouleversa.

Quand elle fut arrivée à la gare, elle n'eut pas besoin de voir. Sans doute ressentit-elle la même chose que Thadée lorsqu'il foula pour la première fois les travées de ce lieu aux allures bibliques. Elle n'eut pas peur non plus. Elle n'éprouva pas de pitié, ce qu'elle aurait trouvé condescendant. Elle comprit son impuissance. Que pouvait sa pitié, si ce n'est lui donner bonne conscience ? Elle ne cherchait pas cela, surtout pas, c'était trop simple. Leur unique moyen de vivre était d'effacer en eux tout désir. Du désir naît la souffrance, l'assouvissement du désir engendre l'ennui.

L'homme oscille comme un pendule entre ces deux états. Elle savait que le bonheur ne désignait rien de positif, mais seulement la cessation momentanée d'une douleur ou d'une privation. Même le suicide ne pouvait les délivrer de ce jeu tragique, car il est l'affirmation du vouloir vivre. Ces hommes et ces femmes ne possédaient même plus ce désir primitif.

Dans cet abîme oublié des dieux, il émanait une atmosphère qui surpassait tous les sentiments qu'elle avait pu éprouver à ce jour. Pourtant, leurs dieux étaient présents partout. D'innombrables petits autels étaient dressés au pied de chaque campement. Elle déambula lentement, longtemps, au milieu des mains tendues, sachant qu'elle ne pouvait rien. Elle n'eut pas de larmes.

2

Juin 1967

C'est au lendemain de la guerre des Six Jours que les Français prirent conscience qu'Israël était réellement devenu un État avec lequel il faudrait compter.

À table, notre père tentait de nous d'expliquer la gravité de la situation. Mon frère et ma mère se taisaient, cherchant à comprendre en quoi cela pourrait modifier leur vie quotidienne. Maman semblait bien plus préoccupée par le naufrage du pétrolier Torrey Canyon qui risquait de gâcher nos prochaines vacances d'été prévues sur les côtes bretonnes.

Comme chaque week-end, notre oncle nous avait tous conviés à venir passer quelques jours à la campagne. C'est dans la DS familiale capitonnée d'un cuir rouge imprégné d'une odeur de tabac froid que nous nous y rendions.

Il habitait la dépendance d'un domaine dont il était régisseur, située à l'extrémité du parc du château de Ferrières. Il fallait entendre par dépendance une vaste demeure en U où il pouvait loger sa famille dans un très grand confort.

Avec mon frère Thadée, nous aimions cet endroit qui offrait la possibilité d'inventer toutes sortes de jeux, interdits ou pas. Le parc recelait des demeures en ruine dans lesquelles, avec nos cousins, nous simulions des guerres imaginaires, et quelquefois violentes.

À la demande de notre oncle, mon frère, mes cousins et moi avions aidé à désherber l'un des vergers de la propriété. La dizaine de travailleurs qui s'affairaient à nos côtés n'osaient pas critiquer notre efficacité douteuse. Nous étions « les fils de... »... Je les avais observés, ces travailleurs, à la tâche. Visages burinés, corps sans âge, maigres et musclés, souriant peu. Nous les gênions bien plus que nous les aidions.

Pour « avoir l'air », j'avais, comme eux, ôté ma chemise et travaillais torse nu. Mon corps d'enfant ne transpirait pas, il ne portait aucune cicatrice, il était blanc quand le leur semblait avoir été calciné par l'enfer. J'ai vite compris que cette place n'était pas la mienne. Dans ce jeu où l'on nous faisait figurer, il y avait de l'indécence. On ne joue pas à l'ouvrier, on ne joue pas à faire le travailleur émigré quand on a dix ans et que l'on vit au cœur du seizième arrondissement... On ne laisse pas des enfants jouer à la guerre sur un véritable champ de bataille.

Le soir, notre oncle nous remit à chacun deux billets de cinq francs, trouvant là l'occasion de nous inculquer le « sens du mérite ». Il avait prononcé une sorte de discours mal bricolé sur les valeurs du travail et de la récompense qu'il méritait.

En pleine nuit, mon frère Thadée se mit à secouer mon lit.

– Vincent, réveille-toi !!!

– Quoi... Quelle heure est-il ?

– On s'en fout de l'heure. Regarde ce que j'ai trouvé dans les vergers. (Il tira de sous son lit une caisse en bois défoncée.) Regarde !

– Ben oui, je vois. C'est quoi ?

– Ben, tu ne vois pas ? C'est un obus de la Deuxième Guerre mondiale.

– Comment tu sais que c'est un obus ?

– J'ai vu les mêmes dans la revue *Tout l'Univers*, je te montrerai lorsque nous serons rentrés à la maison.

– C'est dangereux ?

– Mais non, ça ne risque rien... Tant qu'il n'explose pas.

– Tu vas faire quoi avec ?

– Je ne sais pas encore, on verra ça en rentrant à Paris.

Thadée avait planqué comme il pouvait l'obus dans son sac de sport.

Le lendemain, après nous être tous embrassés pour nous dire au revoir, nous montâmes dans la voiture. Nos parents, sans le savoir, conduisaient la DS familiale chargée d'une dizaine de kilos d'explosifs dissimulés dans le coffre.

Notre père sifflotait une chanson de Charles Trenet tandis que notre mère, coiffée d'un foulard fleuri, parcourait distraitement *Jours de France*.

C'était, dans mon souvenir, un couple qui s'aimait.

Ni mon frère ni moi ne nous posions cette question. Il nous semblait naturel qu'un couple marié s'aime, que des parents s'aiment, c'était dans l'ordre des choses, c'est tout. Notre mère était fantasque. Sa créativité s'exerçait dans tous les domaines. Elle fabriquait nos jouets, créait nos vêtements, décorait nos chambres, imaginait nos jeux de rue en organisant toutes sortes de spectacles dont nos amis raffolaient. Elle allait même jusqu'à confectionner nos livres d'école qui ne ressemblaient à aucun autre. À cette époque, les livres pour apprendre l'anglais aux enfants n'existaient pas, elle nous en avait dessiné un.

Thadée, de cinq ans mon aîné, avait intégré les scouts tandis que je venais d'être accepté à l'âge de dix ans chez les louveteaux à la paroisse Notre-Dame de Passy. Mon père avait insisté pour que nous nous y engagions.

Nous n'en avions pas trop envie, mais il ne nous serait pas venu à l'idée de nous y opposer. On ne discutait pas une injonction paternelle. Mon père était un homme autoritaire, drôle, sûr de lui, pour qui l'éducation n'était pas une question de créativité mais simplement la répétition des règles qu'il s'était lui-même vu imposer dans son enfance.

Notre père conduisait en nous observant de temps à autre dans le rétroviseur central. Il avait pour moi la faiblesse que les pères ont pour le dernier de la famille. Ses liens avec Thadée étaient plus ambigus.

Non pas que Thadée fût rebelle, mais il possédait son monde à lui que notre père ne parvenait pas à pénétrer Il savait que ce pré carré lui était interdit sans pour autant s'en émouvoir.

Thadée était passionné d'astronomie. Il possédait quantité de livres que lui offraient les parents à chaque fête et chaque anniversaire. Sans efforts, il était le premier en tout. Il travaillait peu ses cours, mais ne cessait de lire tout ce qui lui tombait sous la main. Féru de maths, il avait imaginé pour son professeur une équation permettant de calculer la courbure de la lumière dans l'espace en fonction de l'effet gravitationnel des planètes. L'équation comportait de nombreuses approximations, mais son professeur n'en était pas revenu. Comment un garçon de cet âge pouvait-il s'intéresser à un problème aussi complexe ?

Mon père savait que Thadée possédait une personnalité originale, atypique dirait-on aujourd'hui. Originale en quoi ? Il n'aurait pas su le définir, il le ressentait. Ma mère ne percevait rien de spécial chez aucun de ses enfants. Nous formions un tout, elle nous traitait et nous aimait en bloc.

Tandis que la DS progressait vers Paris, Thadée abaissa la vitre et tendit son bras à l'extérieur. Il serrait fort entre son pouce et son index les deux billets de cinq francs que lui avait remis notre oncle. Il demeura ainsi quelques minutes. Le vent faisait vibrer les billets qui émettaient un léger cliquetis aigu. J'avais peur pour lui que les billets ne se déchirent sous l'effet du vent.

Je me contentais de regarder la scène en pensant qui si les billets s'envolaient, ça serait bien fait pour lui.

Il se tourna vers moi et me prit le coude.

– Regarde, dit-il.

D'un coup, il écarta volontairement les doigts et les deux billets s'envolèrent. J'écarquillai grand mes yeux, puis je me mis à genoux sur la banquette pour mieux observer les billets flotter dans l'air et disparaître à ma vue.

– Mais t'es dingue ! dis-je à voix basse pour ne pas que nos parents entendent.

– C'est que de l'argent, répondit Thadée avec un sourire très doux.

– Mais t'es bête ou quoi ? T'aurais pu me les donner plutôt que de les balancer.

– Ben non. C'est justement ce que je voulais faire, les balancer par la fenêtre pour voir comment ça ferait.

– C'est malin ! Et ça fait quoi alors ?

– On se sent plus libre. Essaie !

– T'as qu'à croire. T'es vraiment un malade ! T'es vraiment trop stupide !

– Ça suffit les enfants ! hurla notre père en balançant son bras au hasard derrière lui sans vouloir vraiment nous atteindre.

Nous habitions boulevard Murat. Une large avenue sans âme de l'Ouest parisien. Aussitôt arrivés, Thadée m'entraîna sur le toit de l'immeuble. Il fallait passer par les chambres de service, grimper sur une échelle qui menait à un petit vasistas qui n'était pas verrouillé, et nous dominions Paris. Thadée m'avait déjà amené sur le toit pour m'expliquer les étoiles.

Thadée sortit l'obus de son sac de sport. Armé de vieux tournevis et d'une scie, il parvint à le séparer en deux moitiés. Il répandit la poudre sur le zinc du toit, prit une allumette et y mit le feu. Une épaisse fumée noire se propagea dans l'air. Elle ne cessait de s'épaissir à tel point que nous ne pouvions plus distinguer l'immeuble voisin.

Pris de panique, nous laissâmes tout en plan et redescendîmes en vitesse dans l'appartement comme si de rien n'était. De notre fenêtre, nous pouvions observer les voisins se pencher et s'interroger sur la provenance de cette odeur et de cette fumée âcre. Quelques minutes plus tard, les pompiers débarquèrent.

Personne ne sut jamais comment un obus de la Seconde Guerre mondiale s'était retrouvé sur le toit.

J'étais fier de ce grand frère qui bravait les interdits sans aucune crainte. Fier et parfois inquiet qu'il ne m'entraîne trop loin. Déjà.

Thadée menait sa vie comme si nous n'existions pas. Qu'importaient ceux qui voulaient le suivre ou pas. Rien ne lui résistait. Thadée n'avait pas de barrières, enfin pas les mêmes que nous. Sans que nous nous en apercevions, il nous avait déjà quittés sans bruit. Il marchait sur un sable dont la mer recouvrait aussitôt les pas. Il lui était égal de laisser une trace.

Le lendemain, notre père nous déposa chacun à son école. Moi d'abord à l'école communale du Parc des Princes, puis Thadée en classe de première dans un lycée réputé du quartier de Passy où il suivait une scolarité brillante.

Il avait comme professeur de français un homme qui ressemblait à Rabelais. Gaston Ducey. Il faisait l'unanimité parmi les élèves qui l'admiraient et le respectaient. Le genre de professeur qui vous fait aimer l'école. Passionné, pédagogue, attaché à ses élèves. Insoupçonnable du moindre méfait.

Ducey avait une affection « particulière » pour Thadée. C'était de loin son meilleur élève. Souvent, il prenait Thadée à part entre les cours pour discuter. Leurs échanges portaient sur la religion, la poésie, l'infini, et aussi sur l'analyse musicale du dernier Pink Floyd sorti dans les bacs.

Leur lien n'était pas conventionnel. Ducey qui n'avait pas d'enfant ressentait en Thadée un « héritier ». Nos parents, qui connaissaient cette relation dont Thadée ne se cachait nullement, en éprouvaient une certaine fierté.

À l'approche des vacances, Ducey proposa à Thadée de l'accompagner au cinéma. Nos parents, sans s'inquiéter de cette proposition, s'étaient malgré tout étonnés de cette invitation. Notre mère était fière qu'un tel professeur s'intéresse ainsi à son fils, mon père trouvait cela ridicule. À cette époque, la suspicion n'existait pas. Dans ce milieu, dans ces établissements, le « mal » était inimaginable. L'école était un lieu sacré où rien ne pouvait arriver aux enfants. Au pire s'il prenait des coups, c'était de leur faute et personne ne s'en plaignait, pas même les parents.

Ducey avait une belle voix de basse. Grand, il arborait une barbe abondante et était toujours très élégamment vêtu. Thadée portait la maigreur des adolescents heureux. Celle que l'on distingue sur les vieilles photos noir et blanc de Doisneau ou Lartigue.

Il lui proposa d'aller voir *Le lauréat*. Le film venait de sortir sur les écrans. Les parents, ne sachant pas trop de quoi il s'agissait, firent confiance au professeur. Si mon père avait su que l'histoire était celle d'un jeune homme de vingt ans qui entretenait des relations amoureuses avec une femme de trente-six... et que certaines scènes avaient été tournées dans une nudité totale, ce qui était alors inimaginable, il aurait bien sûr refusé.

Thadée ne savait pas très bien ce qu'ils allaient voir.

Lorsque vint la scène où Dustin Hoffman et Anne Bancroft (Mrs Robinson) se retrouvent nus l'un face à l'autre, il sentit la main de Ducey caresser sa cuisse.

Thadée écarta brutalement la main du professeur, se leva et quitta la salle de cinéma.

Sur le chemin du retour il se remémora la scène. Il avait déjà entendu parler de ce genre de comportement, surtout chez les curés dans les écoles religieuses. Il était arrivé qu'il en parlât avec ses camarades. Ça les faisait rire, mais pas un n'avait eu à y faire face. Leurs discussions tenaient plus du fantasme que du vécu. C'était toujours « J'ai le frère d'un ami qui... », mais jamais de précisions ni sur le lieu, ni sur la personne, ni sur la date.

Si Thadée ne voyait pas de gravité au geste déplacé, il se sentit néanmoins trahi... C'est cela qui le décevait. Il avait cru en la sincérité du professeur. Les longues heures à échanger sur le sens de choses... Tout cela n'était que du bluff. Tout cela n'était en fait qu'une sordide stratégie pour l'attirer à lui. Ce n'est pas le geste qui le dégoûtait, c'était la lente trahison de cette séduction trompeuse.

Il s'arrêta un instant et vomit.

– Putain de tarlouze ! dit-il en s'essuyant la bouche.

Quand il arriva à la maison, il fit comme si rien ne s'était passé. Maman lui demanda s'il avait aimé le film, il se contenta d'un « bof... », puis s'enferma dans sa chambre.

Le lendemain, Thadée regagna l'école sans appréhension. Il avait déjà rayé l'épisode de la veille et s'apprêtait à revoir Ducey comme n'importe quel autre professeur.

Ce jour-là, dans la solennité habituelle qu'imposait cet exercice, Ducey rendit à chacun sa copie en glissant lentement le long des rangs silencieux peuplés d'élèves craintifs.

– Brochand 12, Giroud 10, Perthuis... 14, vous auriez pu avoir beaucoup plus, mon garçon. Monsieur Thadée de Parlebosq... 2, vous vous laissez aller... Il faut vous reprendre. Passez me voir après le cours.

Il tendit la copie à Thadée qui ne la saisit pas. Ducey finit par lever très haut le bras et la lâcha sans lui adresser un regard.

Le sujet était une analyse d'un texte de Jean Cocteau extrait de *La machine infernale*. Il s'agissait d'un dialogue entre Œdipe et le Sphinx. Ducey voulait-il que ses élèves s'interrogent sur l'aspect hybride du personnage ?

Thadée observa sa copie flotter dans l'air et atterrir sur le sol. Il ne se donna pas la peine de la ramasser, sachant pertinemment que « 2/20 » n'était pas la note que méritait son travail. Il sentit sur lui peser le regard de ses camarades. Lui, premier en tout, comment avait-il pu trébucher sur un devoir aussi simple ?

Après avoir distribué toutes les copies, Ducey rejoignit son estrade, prit le texte dans sa main droite. Tel un chanteur, il redressa la tête, ajusta ses lunettes et, de sa voix grave et sonore, en commença la lecture.

Lentement, avec la souplesse d'un danseur, Thadée se leva sans faire de bruit. Ducey ne le vit pas tout de suite. Les autres élèves se tournèrent vers lui, provoquant un souffle qui attira l'attention du professeur. Faisant mine de reprendre sa lecture, il dit sans le regarder :

– Parlebosq ! Veuillez vous rasseoir.

Thadée continua à se mouvoir comme un oiseau en apesanteur. Il se dirigea lentement vers son professeur puis, parvenu à quelques centimètres de l'estrade, il se figea et le défia du regard.

– Monsieur de Parlebosq, je vous ai demandé d'aller vous rasseoir ! dit une nouvelle fois Ducey qui cessa sa lecture et posa la feuille qu'il tenait à la main sur son bureau.

Il retira ses lunettes, puis s'apprêta à descendre de l'estrade.

Thadée perfora son regard sans aucune expression de haine. Ducey sentit que quelque chose allait se produire.

Un instant, à un souffle de distance, leurs regards échangèrent tout le malheur du monde. Les remords de l'un, la colère de l'autre. Une poignée de secondes dont ils firent une éternité. Ont-ils pleuré à ce moment précis où leurs regards se sont croisés ? Ils auraient tout aussi bien pu tomber dans les bras de l'autre et s'embrasser. En 1967, les hommes ne s'embrassaient pas en public, encore moins dans un collège jésuite fréquenté par les meilleures familles parisiennes.

Alors que leurs regards partageaient toute leur misère, Thadée arma subitement son bras droit et le laissa se détendre dans un silence absolu. Une force inouïe vint percuter le visage du professeur qui s'effondra dans un vacarme assourdissant. Sa tête percuta les marches de l'estrade, puis il perdit connaissance.

Alors que son corps inerte gisait à terre, Thadée lui assena un violent coup de pied dans le ventre, puis il prit la chaise posée sur l'estrade et la projeta de toutes ses forces sur le corps sans vie.

La scène n'avait pas duré cinq secondes. Cinq secondes qui allaient bouleverser la vie de mon frère.

Pas un élève n'osa bouger... Thadée se tourna vers eux, il les regarda un à un, sans aucune expression. Certains étaient terrorisés, d'autres bêtement admiratifs. Tous savaient qu'ils n'oublieraient jamais la scène à laquelle ils venaient d'assister. Thadée les observa une dernière fois, il pensa furtivement qu'il vivait là les dernières secondes de sa vie « d'avant », puis il perdit connaissance. Comme dans un ralenti, son corps s'affaissa et recouvrit celui du professeur.

3

L'adieu

Dans la petite salle d'attente jouxtant le bureau du directeur régnait un silence pesant. Mon père était assis droit sur sa chaise, serrant la main de ma mère observant son fils qui semblait ailleurs. Thadée avait le visage impassible. À ce moment-là, personne n'aurait pu deviner ses pensées. Il ne pensait probablement pas.

Le directeur ouvrit lentement la porte de son bureau. Il les avait sans doute fait patienter quelques minutes afin de réfléchir au comportement qu'il devait adopter en cette circonstance.

– Madame, Monsieur... Thadée. Veuillez entrer, s'il vous plaît, et prenez place.

Le directeur avait disposé quatre chaises qui formaient un cercle. Il avait volontairement décidé de les recevoir ainsi et non pas assis derrière son bureau. La situation était si particulière qu'elle ne nécessitait pas qu'il fasse preuve de supériorité.

Le directeur se courba, croisa ses mains et fixa le sol un instant. Puis, relevant la tête, il s'adressa à mes parents d'un ton particulièrement calme et cordial.

– Madame... Monsieur. Cela fait presque trente ans que j'exerce dans la sphère de l'enseignement. J'ai été surveillant, professeur, puis directeur de diverses écoles avant d'arriver dans celle-ci il y a cinq ans. J'ai vu et j'ai fait face à quantité de situations particulières, chez les élèves, chez les professeurs et parfois aussi chez les parents. Nous nous trouvons devant une situation qui, pour moi, est complètement inattendue. Bien sûr, Thadée, tu es renvoyé de ce collège – il le fixa longuement sans aucune agressivité. Il ne pourrait en être autrement. Mais avant de te laisser partir, je voudrais que nous essayions de comprendre ce qui s'est passé.

– Mais enfin, si mon fils parvient à en expliquer les raisons... il se peut qu'il ne soit pas renvoyé ? dit mon père.

– Monsieur, le professeur est à peine sorti du coma. Nous ne possédons pas encore sa version, encore faudra-t-il qu'il puisse en avoir une, ce qui n'est pas évident. Il y avait, avec votre fils, vingt-deux élèves qui ont tous assisté à la scène. Certains sont encore très choqués et n'ont toujours pas regagné l'établissement. Ils ont tous témoigné, individuellement, sans aucune pression, croyez que je m'en suis assuré. Tous ont exactement la même version des faits. Il ne me semble pas nécessaire de décrire à nouveau la scène.

– Non, effectivement, ça ne sera pas nécessaire, répondit mon père, mais convenez que cette copie ne méritait pas un 2/20.

– Monsieur, un professeur, même s'il est dans son tort, ne mérite pas de frôler la mort dans l'exercice de sa fonction. Permettez-moi de préciser que l'objet de ce rendez-vous n'est pas de porter un jugement sur le comportement de Thadée, cela, vous l'entreprendrez en votre conscience de parents une fois rentrés chez vous. Plus tard, sans doute. Nous sommes ici pour écouter Thadée et pour comprendre les raisons de son geste. Thadée, je m'adresse à toi. Y a-t-il des choses que nous ignorons, qui justifient ton geste ?

Thadée regarda mes parents, puis le directeur. Il était calme et ne semblait pas être affecté par son renvoi. Il fixa le directeur et fit simplement un non de la tête.

– Alors, pourquoi l'avoir fait ? Pas pour un « 2 » quand même ?

Thadée ne répondit pas ni ne bougea. Son regard continuait de soutenir celui du directeur. Sans aucune agressivité, sans aucune crainte non plus.

– Bon... Thadée, si tu ne souhaites pas t'exprimer, je vais te demander de sortir et de nous attendre à côté. J'ai besoin de m'entretenir seul avec tes parents.

Thadée se leva, quitta la pièce sans afficher aucune émotion, sans adresser un regard à ses parents. Le directeur referma la porte en douceur.

– Madame, Monsieur, je vous l'ai dit, en trente ans il ne m'est jamais arrivé de me trouver confronté à une telle situation. (Il marqua un long silence.) Il se trouve que j'ai un fils, plus âgé que le vôtre, qui a également connu dans le passé des troubles comportementaux. Aujourd'hui, il va parfaitement bien.

– Mon fils n'a pas de troubles comportementaux ! objecta aussitôt mon père avec humeur.

– Peut-être, répondit le directeur, peut-être, mais sans doute faudrait-il le vérifier...

– Mon fils n'est pas fou ! réagit violemment mon père en se levant du fauteuil et en effectuant un tour sur lui-même.

– Christophe, assieds-toi, s'il te plaît... dit ma mère calmement. Nous vous écoutons, Monsieur le directeur.

– Monsieur, je n'ai jamais dit que votre fils était fou. Je pense qu'une telle violence exprime un dysfonctionnement comportemental qu'il ne m'appartient pas d'analyser. Mon rôle est d'en tirer les conséquences. Et, même s'il n'est pas dans mes attributions de vous tenir ces propos, je vous parle de parent à parents. (Il marqua un très long silence.) Il existe, non loin de Paris, un endroit qui accueille les jeunes... disons... en manque de repères. C'est un peu expérimental, mais mon fils y a séjourné quelques semaines et, depuis, il se porte beaucoup mieux.

– De quoi s'agit-il exactement ? demanda ma mère.

– D'après ce que je sais, ce sont des médecins, principalement des psychologues et des psychiatres, qui font de la recherche pour soigner ce type de comportement.

– Mais que font-ils toute la journée ? demanda mon père. Et puis, mon fils n'a pas besoin de psychiatres.

– Rien. Ils ne font rien de spécial.

– Je ne comprends pas...

– Ils se reposent, Monsieur, dans un cadre conçu pour qu'ils se reposent. Tout simplement.

– C'est la sanction que vous suggérez pour mon fils ? Le repos ? En vous écoutant, je m'inquiète de vos compétences pour diriger une école avec la fermeté requise !

– Christophe... supplia ma mère sur un ton de reproche. Laisse parler Monsieur le directeur.

– Madame, votre mari a raison. Cela peut sembler étrange. Personne n'est préparé à ce type de situation. Monsieur, ce n'est pas à moi de décider pour vous, mais permettez-moi de vous donner mon avis. Ce n'est pas le directeur qui s'adresse à vous. Vous en ferez ce que bon vous semble. Si je n'avais pas eu un fils qui, par certains côtés, me rappelle le vôtre, je ne vous aurais jamais tenu ce genre de propos. Il s'agit là de l'état psychique de votre fils, je vais employer le mot « fragilité ». Votre enfant n'est peut-être pas adapté à notre école, à son milieu, à la société qui est la nôtre... Il y a d'autres chemins possibles...

– Je ne comprends rien à ce que vous me dites, Monsieur le directeur. Restons-en là.

Le directeur se leva lentement, ouvrit la porte et fit rentrer Thadée.

Mon père se leva et toisa mon frère. Il y avait dans son regard une profonde colère, mais surtout une grande déception. Thadée venait de trahir son idéal.

– Bravo. Tu nous as mis dans de beaux draps...

Il serra la main du directeur et quitta la pièce, suivi par Thadée. Maman, restée un peu en retrait, s'adressa au directeur.

– Monsieur le directeur... Cette... Comment dites-vous... « institution », vous pourriez m'en communiquer les coordonnées ?

– Tenez, Madame, je vous ai préparé un dossier complet. Téléphonez de ma part au docteur Davzac. Il est au courant, il attend votre appel. Je dois vous dire que je regrette profondément de devoir nous séparer de votre fils. C'était sans doute le plus brillant de nos élèves, par ailleurs, c'est un garçon attachant. Veillez sur lui, quelles que soient les raisons de son geste, il mérite votre affection et toute votre attention.

Que le directeur ait déjà alerté un médecin au sujet de mon frère fit prendre conscience à ma mère de la « particularité » de la situation. Mes parents, accompagnés de Thadée, regagnèrent la maison à pied. Pas un mot ne fut échangé pendant le trajet du retour. J'attendais dans le salon. Lorsqu'ils entrèrent, je fixai Thadée d'un air interrogateur. Il retourna son pouce vers le sol, me faisant comprendre qu'il avait été viré.

Mon père ne m'adressa pas la parole, ma mère se dirigea directement dans sa chambre, Thadée regagna la sienne.

Je demeurai là, seul, assis au milieu du salon, sans aucune explication. Sans savoir ce qui allait arriver ni vraiment ce qui s'était passé. Mon père revint et me dit d'aller dans ma chambre. Je le vis disparaître dans la salle de bains, s'enfermer à clé, puis je l'entendis pleurer.

J'ai pleuré à mon tour, ignorant la raison de mes larmes. Je compris intuitivement qu'à partir de ce jour notre vie ne serait plus jamais la même.

Il y aurait toujours un « avant » l'affaire du prof, et un « après ». Je savais, sans être capable d'en expliquer les raisons, que ce chamboulement allait marquer nos existences, forger nos déséquilibres et construire nos vies.

Je percevais, sans pouvoir mettre de mots sur mes sentiments, qu'un profond fossé se creusait en chacun de nous. Je perdais mon grand frère, mon père ses illusions, et maman son fils.

Les jours suivants, personne ne prit la peine de me préparer au départ de Thadée. Lui-même n'était pas trop sûr de partir. Il ne savait rien de ce que préparaient les parents. Il était plongé dans ses livres d'astronomie, du matin au soir. Lui et moi prenions nos repas dans la cuisine, les parents se faisaient servir à table. Un silence mortel flottait dans notre maison.

– Chérie, j'ai réfléchi, enfin, c'est ridicule cette histoire de maison de repos. Thadée a quinze ans, ce n'est pas un retraité, dit mon père.

– Il a quinze ans, mais il n'est pas comme tout le monde.

– Quoi « il n'est pas comme tout le monde » ? Ça veut dire quoi, « il n'est pas comme tout le monde ? », s'emporta mon père. Il est handicapé ? Non, que je sache. Il a l'air malade ? Non, je ne vois rien. Est-il idiot ? Il a toujours été premier de sa classe… Alors quoi, « il n'est pas comme tout le monde » ? Il a fait une énorme connerie et il va la payer, et ça va lui coûter cher. Thadée est un adolescent normal, que l'on cesse de me parler de « fragilité » ou de je ne sais quoi… Ça suffit maintenant ! Oui, il a fait une énorme connerie, c'est bon, la terre ne va pas s'arrêter de tourner. Nous allons l'inscrire dans une boîte à bac où ils vont le reprendre en main, et voilà tout.

– Christophe. J'ai eu le docteur de l'institution au téléphone… Avant de décider, allons le rencontrer. J'ai pris rendez-vous.

– Tu lui as téléphoné sans me demander mon avis ? Tu as pris rendez-vous sans m'en parler ?

– Tu aurais refusé.

– Bien entendu que j'aurais refusé ! Vas-y sans moi, vas-y si tu veux.

– Christophe, viens avec moi… l'implora-t-elle. Il s'agit de l'avenir de Thadée, s'il te plaît, je t'en prie.

Il respira un grand coup et finit par lâcher un « d'accord, d'accord, je viendrai. Pour toi ».

– C'est pour Thadée.

– Non, pour toi.

Tous les parents se posent la même question. Pourquoi des enfants bénéficiant de la même éducation au sein d'une même famille développent-ils des personnalités opposées ? Cette interrogation a sérieusement écourté les nuits de mon père.

Les parents ne savaient pas quelle attitude adopter avec leurs amis. Évidemment, tout le quartier était au courant de « l'incident ». Les gens ne parlaient que de ça. Les « Et comment va Thadée ? Mon Dieu, quelle histoire... Mais pourquoi a-t-il fait ça ? Et vous, vous tenez le choc ? » rythmaient leur quotidien.

Mon père gardait le silence, se contentant d'un « Thadée va retourner à l'école », tandis que ma mère inventait des raisons obscures et polies : « Thadée ne supportait plus le rythme de ce collège, c'était peut-être trop dur pour lui, tout ira bien, ce n'est pas un garçon violent, juste un coup de chaud, voilà tout. »

Tout ira bien... Tout quoi ? De quoi parlait-on ?

Nous étions en 1967.

Il y avait d'un côté « les fous », de l'autre « les gens normaux ». C'était aussi simple que cela.

Entre ces deux mondes, il n'existait aucune passerelle. Au cœur du très chic seizième arrondissement, personne n'évoquait ce genre de sujet. La psychiatrie et tout ce qui s'y rattachait étaient une sorte de maladie honteuse qu'il était préférable de ne pas évoquer dans les dîners. Tout au plus pouvait-on dire d'une personne qu'elle était « fragile » et encore, si les mères employaient parfois ce terme, les hommes préféraient dire qu'elle était « feignante ».

Dans leur entourage, les parents ne disposaient d'aucun cas similaire à celui de Thadée.

L'atmosphère du jour du départ de Thadée vers « l'établissement » était semblable à celle d'un enterrement.

Thadée m'avait juste donné un coup d'épaule amical, me faisant comprendre qu'il reviendrait bientôt. Je me souviens de son regard triste et rieur à la fois.

Les parents semblaient pressés de s'en aller pour mettre fin au malaise que générait cette situation.

Le bâtiment situé à Rueil-Malmaison n'avait rien qui puisse le différencier d'une quelconque bâtisse de la banlieue parisienne. On y pénétrait par un petit jardin où quelques ados assis sur des bancs ne levaient jamais le regard pour observer les passants. Pas d'infirmières, pas de médecins en blouse blanche, pas de civières ou autres accessoires qui ornent habituellement le hall des hôpitaux.

Juste une plaque où était gravé : « Maison Blanche - Établissement de santé ».

Ils observaient sans rien dire cette demeure anonyme sans se douter que Thadée y résiderait plus de dix ans.

Un homme plutôt jeune se présenta avec une décontraction inhabituelle pour un directeur d'établissement.

– Bienvenue, je me présente, je suis le docteur Davzac, dit-il en tendant une franche poignée de main aux parents.

Puis il prit Thadée par l'épaule pour le faire entrer dans son bureau.

D'emblée, il s'adressa à Thadée, ce qui déplut aussitôt à mon père.

– Alors, Thadée, le directeur de ton école m'a raconté ton histoire. Déjà, sache qu'ici je serai le seul à savoir ce qui s'est passé et qu'ici, cela n'a aucune importance.

Cette histoire t'appartient, tu n'es pas obligé de la partager. Si tu en ressens le besoin, au moment où tu le souhaiteras, tu m'en parleras, ou pas. Cette maison n'est pas une prison et encore moins une maison de correction. Tu peux en sortir, y rester, t'en aller… c'est toi qui décides. Notre rôle est de faire en sorte que, si je puis m'exprimer ainsi, tu reprennes des forces avant de réintégrer ta vie familiale et scolaire.

– Comment ça « ils peuvent sortir quand ils veulent » ? demanda mon père.

– Nous tenons à cette liberté, Monsieur, mais rassurez-vous, très peu d'entre eux décident de partir car, ici, ils se sentent en confiance.

– Mais quel est le programme ? demanda ma mère.

– Madame, il n'y a pas de programme, nos pensionnaires parlent entre eux, avec les médecins s'ils le souhaitent, et nous leur proposons quelques activités.

– Je ne comprends pas… Vous ne vous occupez pas des enfants ? dit mon père, énervé.

– Si, Monsieur, bien sûr que si, mais nous les laissons venir à nous et ce sont eux qui décident quand ils souhaitent que nous intervenions.

– Intervenir sur quoi… ? questionna mon père qui ne comprenait toujours pas où il était.

– Sur leur pathologie, Monsieur. Elle peut être superficielle ou profonde. Nous le découvrons avec eux.

– Ah. Et comment faites-vous… ?

– D'abord, nous parlons, longuement. Ensuite, il existe de nombreuses thérapies pour les aider à se… redresser.

Les médicaments, bien sûr, mais aussi des traitements un peu plus intrusifs. Mais n'en parlons pas, voulez-vous. Nous n'en sommes pas là. Alors, Thadée, voilà ce que je te propose.

Il se leva et invita Thadée et les parents à le suivre.

Quand Thadée découvrit sa chambre individuelle, il s'y sentit tout de suite à l'aise. La chambre était grande, lumineuse, et donnait sur un parc.

– C'est pour moi tout seul ? demanda Thadée.

– Oui. Ici, chaque résident possède sa propre chambre.

– Ça me plaît, dit Thadée.

– À quelle heure les réveillez-vous ? demanda mon père.

– Nous ne les réveillons pas, Monsieur. Ils décident eux-mêmes de leur emploi du temps.

– « Eux-mêmes » ? Mais c'est n'importe quoi, siffla mon père entre ses dents.

– Christophe, s'il te plaît, dit ma mère d'un air gêné.

– Bon, dit le directeur, si Thadée le souhaite et si vous en êtes d'accord, je vous propose que nous fassions l'expérience sur quelques jours, disons une semaine, si cela convient à Thadée. Puis vous déciderez ensemble de la suite. Soit Thadée prolongera son séjour, soit il rentrera chez vous. Une chose importante, si Thadée décidait de rester, nous vous demanderons de ne pas le contacter pendant le temps où il résidera à la Maison Blanche. Encore une fois, je vous rappelle qu'il est libre de partir à tout moment. Mais tant qu'il résidera ici, pas de coup de téléphone avec les parents.

– Mais en cas d'urgence ? demanda ma mère, prise soudain d'inquiétude.

– Qu'appelez-vous « cas d'urgence », Madame ?

– Si une personne de notre famille décédait, par exemple ?

– Oui, dans un tel cas évidemment vous pourriez lui parler, mais ces cas sont extrêmement rares, Madame.

Mon père regardait par la fenêtre sans rien dire.

Repensait-il à sa jeunesse heureuse en pension ? Repensait-il à sa vie simple et limpide où ses camarades lui tenaient chaud ? À son service militaire où les amitiés étaient solides et les valeurs coulées dans le béton ?

Qu'avait-il fait ou que n'avait-il pas fait pour que son fils atterrisse dans cet endroit qui ne voulait rien dire pour lui ? Que lui arrivait-il pour admettre qu'un autre que lui s'occupe de l'éducation de son fils de la manière la plus laxiste qui soit ? Sans doute avait-il envie de pleurer. Sans doute retenait-il sa colère, il avait une envie folle de prendre Thadée par la main et de fuir ce lieu qui lui semblait abominable.

C'est à ce moment précis que Thadée saisit sa main.

– Papa. Si tu en es d'accord, j'aimerais bien rester une semaine ici.

– Ah tu vois, dit ma mère, j'étais certaine que c'était une bonne idée.

Mon père la dévisagea avec une froideur inhabituelle. Puis il planta ses yeux dans ceux du directeur qui fit un léger pas en arrière.

– Une semaine. Je vous préviens ! Une semaine, pas plus. Mon fils ne restera pas un jour de plus dans cet établissement. (Il se tourna vers Thadée.) Je compte sur toi, pas de fugue où d'autres bêtises, il t'en cuirait. Je reviendrai te chercher dans une semaine et, d'ici là, je trouverai l'école qui te conviendra. Pas une école où les élèves peuvent sortir à l'heure qui leur chante, dit-il ironiquement en s'adressant au docteur Davzac.

Sur ce, il quitta la pièce sans dire au revoir à Thadée et sans saluer le directeur qui se tenait négligemment adossé au mur de la pièce. Thadée embrassa sa mère.

– Madame, dit le directeur, ne vous inquiétez pas. La réaction de votre mari est tout à fait normale. Si vous me le permettez, je vous suggère de vous faire aider.

– Me faire aider ? Mais tout va très bien, Docteur, nous n'avons pas de problèmes d'argent.

– Il ne s'agit pas d'argent, Madame.

– Ah... Alors, nous aider à quoi ? dit-elle en écarquillant les yeux.

– Madame, pour l'instant, je ne connais de votre fils que les actions commises au sein de son lycée. Rien de plus. Ce comportement est probablement une « réponse » à quelque chose que nous ne connaissons pas. Cela peut être une chose factuelle, un fait, peut-être s'est-il passé quelque chose entre son professeur et lui qui expliquerait son geste ? Mais si c'était le cas, il me semble qu'il en aurait parlé. Or, il ne l'a pas fait. Il s'agit donc, peut-être, de quelque chose de plus profond, de plus intime. Quoi... je ne le sais pas encore. Ne prenez pas en mauvaise part ce que je vais vous dire. Vous conviendrez avec moi que les parents ont une autorité indéniable sur leurs enfants. Certains résistent, mais d'autres capitulent et d'autres intériorisent. Les enfants absorbent comme des éponges les angoisses parentales.

– Mais je ne suis pas du tout angoissée ! s'agaça ma mère.

– Madame, avec tout le respect que je vous dois, vous n'en savez absolument rien.

– Mais enfin si, je le sais ! Je le sais parfaitement. Je ne suis absolument pas angoissée, Docteur.

– Je veux dire par là que vos comportements ne sont pas forcément le reflet de votre... disons de votre « âme ».

– Je ne comprends absolument rien à vos propos, Docteur. Mon mari m'attend, pardonnez-moi, mais je dois y aller.

Le docteur Davzac lui tendit une carte de visite.

– Prenez, Madame, il s'agit d'un de mes confrères qui est psychologue. J'insiste pour que vous preniez rendez-vous et que vous lui racontiez ce qui vous est arrivé. Dites-vous que c'est ce que vous pouvez faire de mieux pour aider votre fils. Vous n'êtes pas les premiers parents à être confrontés à cela. Si vous avez accepté que votre fils passe quelques jours ici, c'est aussi une façon de reconnaître que, seuls, vous n'arriverez pas à le rassurer.

– C'est absurde, ce n'est pas moi qui ai violenté ce pauvre professeur, enfin !

Elle prit cependant la carte, la glissa dans son sac à main, puis elle embrassa Thadée qui regardait par la fenêtre, il semblait déjà ailleurs. Elle quitta la pièce en saluant brièvement le directeur.

La première chose que fit Thadée fut de s'allonger sur son lit. Il resta ainsi quelques heures, immobile, sans dormir. « Pourquoi devrais-je me lever, pour quoi faire ? »

Le premier jour, Thadée resta dans sa chambre. Il refusa poliment de se rendre au réfectoire. Personne ne l'y obligea. Le docteur Davzac passa le voir. Devinant que Thadée ne voulait pas parler, il lui souhaita une bonne journée et se retira. On lui apporta ses repas dans sa chambre, Thadée en fut d'abord gêné, puis il en prit rapidement l'habitude.

Le deuxième jour, Thadée sortit vers 11h du matin. Il traîna un peu et découvrit une bibliothèque au fond du couloir. Il commença à l'explorer. Le docteur Davzac, qui passait là, l'interpella.

– Bonjour, Thadée.

– Bonjour, Monsieur, euh pardon... Docteur.

– Ça n'a pas d'importance. Tu aimes lire ?

– Oui.

– Que lisais-tu avant de venir ici ?

– Des livres d'astronomie.

– L'exploration du lointain est une chose passionnante, il y a tant à apprendre. Il est aussi difficile de découvrir ce qui se cache au fond de l'univers qu'au fond de nos âmes, tu ne crois pas ?

– Je ne sais pas.

– Pourquoi t'intéresses-tu autant à l'astronomie ?

– Parce que c'est loin. C'est impossible de comprendre qu'il n'y ait pas eu de commencement et qu'il n'y aura pas de fin.

– C'est une pensée qui t'angoisse ?

– Non, il existe certainement une réponse.

– Sûrement. Comme il existe une explication à tous nos gestes et à nos façons d'agir.

– Je ne sais pas.

Estimant concluante cette première approche, le docteur laissa Thadée parcourir les livres.

Ne connaissant pas grand-chose à la littérature, excepté les livres d'astronomie et les quelques romans que l'école l'avait obligé à lire, il prit un ouvrage au hasard et continua à découvrir les lieux.

Le troisième jour, Thadée descendit tôt de sa chambre. Il prit un petit déjeuner seul au réfectoire puis sortit dans le parc poursuivre la lecture de son livre. Il avait choisi au hasard *Lettres à un jeune poète* de Rilke.

Le docteur s'approcha de lui tout en restant debout.

– Humm, excellent choix. Tu connais cet auteur ?

– Non.

– C'est un auteur du début du siècle, un philosophe. J'ai beaucoup aimé le livre que tu es en train de lire.

– Pourquoi ?

– C'est un livre qui essaie de tracer les limites entre l'amour et la passion, entre la raison et l'irrationnel.

– Vous souvenez-vous de tous les livres que vous avez lus ?

– Non, hélas. Mais celui-ci, je m'en souviens.

« Je vais mieux », pensait Thadée.

Pourtant, il n'avait pas le sentiment « d'aller mal ». Il avait simplement fait ce qu'il fallait faire. Il avait résisté à l'injustice. Rien de plus. Il l'avait fait à sa manière, à la manière d'un homme, pensait-il. Il n'était pas allé voir le proviseur pour dénoncer les agissements de son professeur. Il n'était pas une balance. Il n'avait rien à se reprocher. Il ne se reprochait rien. Il était bien avec lui-même et s'étonnait même de l'agitation générale que suscitait son attitude.

Thadée, à ce moment-là de sa vie, ne portait aucun jugement sur lui-même. Il n'en portera jamais. Il était là. On l'avait mis là. S'il en avait compris les raisons, il ne savait pas très bien où cela le mènerait. Il n'avait pas peur.

Il n'avait pas de raison d'avoir peur. N'ayant pas de perspective, il acceptait, sans lutter, d'être manipulé comme un enfant. S'il en avait l'âge, il n'en était plus un.

Une jeune femme brune, la mine réjouie et le regard légèrement illuminé, pénétra dans sa chambre.

– Bonjour Thadée, je m'appelle Cécile.

– Bonjour, répondit Thadée d'un ton neutre.

– Le docteur m'a priée de venir te rendre visite.

– Ah ?

– Tu es un peu seul depuis ton arrivée et le docteur a pensé que tu aimerais bien avoir un peu de compagnie.

– Vous êtes médecin ?

– Oui, enfin non, pas exactement.

– Pas exactement... ?

– Je suis psychologue, enfin pas encore, en fait je suis étudiante. Donc, pas vraiment un médecin car je n'en ai pas fait les études, mais disons que je m'intéresse aux choses de la médecine. Je fais un stage.

– Ah. Vous êtes étudiante donc... Vous pensez que je suis fou ?

– Quelle idée ! Il faut être très intelligent pour être fou, dit-elle en riant. Crois-tu être très intelligent ?

– Je ne sais pas. Je ne suis pas fou.

– Bien sûr que tu ne l'es pas. Bon, si nous sortions faire un tour ?

– J'aimerais bien aller boire un café. Pas ici, vous connaissez un bistrot dans le quartier ?

– Oui, si tu veux, es-tu d'accord pour que je t'accompagne ?

– Je croyais que je pouvais y aller seul.

– Bien sûr, tu peux. Là n'est pas la question, je te proposais que nous allions prendre un café ensemble. C'était une invitation, mais tu es libre de la refuser.

– Ça me va. Allons prendre un café.

Thadée n'était pas gêné, pas plus qu'il ne fut surpris que cette jeune femme s'intéresse à lui. Depuis son arrivée, il se sentait un peu hors du temps. Les événements glissaient sans bruit. Rien ne l'affectait

Sur le chemin menant au café, Cécile lui proposa une cigarette.

– Tu fumes ?

– Je n'ai jamais essayé, dit Thadée.

– Essaie, c'est agréable.

Thadée prit une cigarette et imita les gestes qu'il avait vu son père accomplir des centaines de fois. Il ne toussa pas. Lorsqu'ils entrèrent dans le bistrot, Thadée demanda à Cécile de lui en offrir une deuxième. Elle obtempéra en souriant et désigna une table un peu à l'écart.

Ils commandèrent deux cafés et restèrent un long moment sans s'adresser la parole. Thadée observait les clients, le regard de Cécile s'était perdu dans la rue qu'elle fixait sans la voir.

– Tiens, prends ça avec ton verre d'eau.

Cécile lui tendit un petit cachet blanc à l'air inoffensif.

– C'est quoi ?

– Je ne sais pas trop, un genre de tranquillisant je crois. C'est le docteur qui m'a demandé de te le donner. Ne t'inquiète pas, ce n'est pas fort.

– Je ne suis pas inquiet.

Thadée avala sans broncher son tout premier médicament. Sa vie durant, je l'ai vu se promener avec un petit sac à dos rempli de centaines de pilules. Il les avalait par poignées. Sa peur d'en manquer ne l'avait jamais quitté. Celui-ci était le premier.

Toute sa vie, il me répétera : « Tu comprends, je suis malade » et je lui répondais, à chaque fois, la même chose : « Tu n'es pas malade ! T'es con, c'est tout. »

Ça le faisait rire. Je le pensais et je l'ai toujours pensé : Thadée n'était pas malade, Thadée n'a jamais été malade. Les médecins ont méthodiquement fabriqué ses déviances. Thadée était un sujet facile. Trop facile. Trop complaisant pour vouloir s'opposer à n'importe quelle expérience.

Ils rentrèrent à la Maison Blanche sans se parler. Thadée demanda une troisième cigarette et Cécile finit par lui offrir son paquet et une boîte d'allumettes.

– On se voit demain ? dit Cécile.

– Si tu veux.

– Alors, à demain.

Elle s'éloigna sans se retourner. Thadée nota qu'elle se dirigeait vers le bureau du docteur. Peu lui importait qu'elle lui raconte leur discussion. D'ailleurs il n'y avait pas eu de discussion.

Thadée repartit dans sa chambre, se sentit fatigué, s'allongea et s'endormit.

Était-ce le médicament ou était-il vraiment fatigué ? Toujours est-il que ce soir-là il ne se réveilla pas et dormit d'une traite jusqu'au lendemain matin.

Le premier geste qu'il fit ce matin-là fut d'allumer une cigarette.

Le quatrième jour ainsi que le cinquième se déroulèrent de manière identique. À ceci près que le cinquième jour, Cécile fit goûter à Thadée une cigarette à l'aspect légèrement différent.

– C'est quoi ? dit Thadée.

– C'est de l'herbe.

– De l'herbe ?

– Oui, enfin pas celle que l'on trouve dans les jardins. C'est une herbe qui vient de loin et qui a des effets un peu euphorisants. Bon, tu ne le répéteras pas, en plus je n'en aurai pas tout le temps, c'est difficile à trouver, et puis c'est cher.

– Ça fait partie de ton boulot, ça ?

– Non. Fume.

Thadée fuma le joint comme une cigarette.

– Pas comme ça, dit Cécile. Il faut inspirer, regarde, je te montre. (Cécile avala une grande quantité de fumée en fermant les yeux et resta un long moment immobile avant de recracher la fumée.) Comme ça, vas-y.

L'effet ne se fit pas longtemps attendre.

– Veux-tu que nous rentrions ? demanda Cécile.

Thadée la regarda, puis dans un éclat de rire lui dit :

– Oui, allez, on rentre.

Sur le chemin du retour, ils rigolaient bêtement à chaque parole prononcée. Alors qu'ils étaient presque arrivés à la Maison Blanche, Thadée barra la route de Cécile, enroula ses bras autour de sa taille et l'embrassa. Elle se laissa faire.

Cécile raccompagna Thadée dans sa chambre. Elle n'eut aucune hésitation à se déshabiller, puis ôta lentement les vêtements que portait Thadée.

L'instinct eut raison de l'ignorance de Thadée. Cécile quitta la chambre peu avant minuit. Il ne pensait qu'à une chose, recommencer.

Quand elle fut partie, il prit sa plume pour écrire un poème.

Souvenirs que mes larmes trahissent.
Je ne suis qu'un voyageur, mais une barrière s'est mise en travers de ma route.
Le chemin de fer des vacances, je suis sur le chemin de l'enfer.
Je joins tes mains aux miennes.
Je suis sur le seuil de ton allure de mannequin.
Elle et moi.
Ou moi et elle.
Guerre
Vaincu
Moi
Seul
Seuil
Je suis ton satellite.
Un jour, la nuit viendra et nous serons réunis.

Le lendemain matin, le docteur Davzac fit chercher Thadée.

– Alors, comment te sens-tu ?

– Bien, très bien, Docteur.

– Tu n'as pas eu envie de t'enfuir ?

– Non, pas du tout, je me sens vraiment bien ici.

– Et pourquoi te sens-tu bien ?

– Je me sens moi, je me sens en harmonie avec moi-même.

– Et avant, ce n'était pas le cas ?

– Ce n'était pas pareil.

– Pourquoi ?

– Je ne sais pas, je ne peux pas l'expliquer.

– Mais tu sais qu'ici ce n'est qu'un passage, tu ne pourras pas rester éternellement. Je suis content que tu te sentes mieux. Maintenant, nous allons essayer de comprendre le « pourquoi ». C'est important pour ton avenir, tu comprends ?

– Pourquoi quoi ?

– Pourquoi tu te sentais « mal ».

– Mais avant, je n'avais pas le sentiment d'aller mal, dit Thadée.

– Tu n'en sais rien. Nous ne le savons pas vraiment. Parfois, nous dissimulons nos névroses et c'est justement ce qu'il ne faut pas faire.

– C'est quoi, une névrose ?

– Une peur, une source d'angoisse qui s'explique par des faits que nous avons vécus dans notre enfance et qui parfois, pour une raison ou une autre, nous ont marqués.

– Je ne vois pas...

– C'est normal. C'est un long travail qui demande parfois plusieurs années.

– Ça sert à quoi de savoir ?

– Ça sert à savoir maîtriser nos peurs, ça sert à pouvoir avancer, à être libéré de nos angoisses qui parfois nous empêchent de vivre.

– Mais je n'ai pas tout ça, moi... Je n'ai pas d'angoisses.

– Pourtant, tu as failli tuer ton professeur. Je ne condamne pas ton geste, mais reconnais que cela n'était pas un geste anodin.

Cela n'a aucun rapport avec des angoisses.

– Ça a rapport avec quoi, alors ?

– Ça ne regarde personne, c'est mon problème.

– Et la meilleure façon de le résoudre était de lui casser la figure ?

– Oui, c'était la meilleure façon.

– Bon, restons-en là, tu n'as visiblement pas envie d'en parler. Demain, tes parents vont venir te chercher, penses-tu pouvoir rentrer chez toi ?

– Bien sûr que je le peux. Mais ne pourrais-je pas rester encore une semaine ?

– Pourquoi resterais-tu encore une semaine ?

– Je me sens bien ici. Je ne saurais pas vraiment en expliquer la raison, mais je me sens mieux.

– Donc, avant tu te sentais un peu moins bien ?

– Non, ce n'est pas ce que je veux dire.

– C'est ce que tu viens de me dire pourtant.

– Je me suis mal exprimé.

– C'est toi qui devras les convaincre. Pour ma part, je n'ai pas, pour l'instant, détecté de signes alarmants qui m'obligeraient à te garder. Encore que... en fouillant un peu... (Il sourit.) J'accepte que tu restes une semaine de plus, mais ça sera à toi de convaincre tes parents. Je ne m'y opposerai pas.

Thadée savait que sa mère le laisserait décider, il était moins certain de la réaction de son père.

Thadée n'avait aucune envie de passer ses vacances en famille. Ses parents loueraient comme chaque année une maison à La Baule où quantité de familles et amis du seizième migreraient, souvent dans le même train. Thadée se retrouverait avec les fils de Untel et Untel, sa mère organiserait des jeux et son père insisterait pour qu'il progresse au tennis, il prendrait des cours particuliers, participerait au tournoi des familles.

Il semblait à Thadée avoir franchi un cap et qu'un retour en arrière n'était plus imaginable... Il prit conscience qu'il y avait eu « le monde d'avant » et que désormais plus rien ne serait pareil. Il ne le ressentit pas comme une fêlure. Il avait ce sentiment d'avoir franchi un sommet et, sur l'autre versant de cette montagne, il y avait l'appel d'un monde nouveau. Tout ce qu'il avait appris lui semblait désormais inutile. Ce nouveau monde étrange l'attirait, il en ignorait la raison.

Il passa la journée dans sa chambre, ne voulut pas voir Cécile et ne descendit pas dîner.

Lorsque ses parents arrivèrent tôt le lendemain matin, Thadée ne s'était pas encore lavé et le docteur n'était pas présent. Son père franchit le premier la porte de la chambre ; préparé par notre mère, il était prêt à fournir un effort pour être positif.

– Alors, mon grand ! Ces vacances t'ont-elles fait du bien ? lui dit-il en lui donnant une tape affectueuse sur la joue.

– Mon Thadée, dit ma mère, j'ai l'impression que cela fait un mois que je ne t'ai pas vu. Embrasse-moi.

Thadée s'exécuta. Il prit sa douche pendant que ses parents demeuraient dans la chambre sans échanger un mot. Mon père ne ressentait que de la tristesse et de l'abattement. Il avait l'impression d'avoir abandonné son fils à des inconnus qui ne s'en occupaient pas. Il sentit monter en lui une bouffée d'angoisse et de colère à la fois. Pourquoi ce monde inconnu, qu'il ne voulait pas connaître, s'imposait-il à lui ?

– Bon allez, plie tes affaires, fais ton sac et allons voir le docteur, dit mon père.

– Allons voir le docteur d'abord, proposa Thadée.

Mon père avait parfaitement saisi le sous-entendu dans la réponse de Thadée… Il répéta calmement.

– Fais ton sac, et allons voir le docteur.

Thadée n'avait d'autre choix que de s'exécuter. Maman l'aida à plier ses affaires, puis il posa le sac sur son lit.

– Prends-le avec toi ! dit mon père.

Ils attendirent une bonne heure avant que le docteur Davzac ne les reçoive enfin.

– Bonjour, bonjour, dit-il en chantant presque. Rentrez et prenez place, pardonnez-moi pour mon retard, d'autant que je n'ai aucune excuse.

– Ça, on ne me l'avait jamais dit, répondit mon père, irrité.

– Bon… Thadée, comment te sens-tu ce matin ? demanda le docteur, toujours sur un ton très enjoué.

– Ça va.

– Ça va ? Ou ça vaaaaa comme ci comme ça, interrogea le docteur ?

– Je ne sais pas trop.

– Bon, dit mon père. Ce n'est pas Thadée le docteur, c'est vous. Donc cette semaine a-t-elle été bénéfique pour mon fils, est-il un peu redescendu sur terre ?

– Je comprends votre question, Monsieur. Mais je ne peux pas y répondre. Pas encore.

– Oui, mais c'est maintenant ou jamais, Docteur, car Thadée rentre avec nous.

– Monsieur, Thadée est arrivé il y a peine quelques jours. Je le lui ai dit, je n'ai pas, pour l'instant, constaté de graves déséquilibres.

– Très bien. Donc, il rentre avec nous.

– Cependant, poursuivit le docteur, Thadée ne se livre pas facilement, c'est normal. Pour établir un véritable bilan, il faudrait qu'il puisse rester encore quelques semaines.

– Quelques semaines ! répéta mon père. Vous n'y pensez pas, Docteur.

– Ce n'est pas moi qui prendrai cette décision. C'est Thadée qui décidera s'il en ressent la nécessité, ou pas.

– Ah... C'est Thadée qui décide maintenant ?

– Mais qu'avez-vous fait pendant une semaine ? demanda ma mère, peut-on consulter le résultat des examens ?

– Il n'y a pas d'examen, Madame, nous ne faisons pas d'examens. Nous passons du temps avec nos pensionnaires, nous les écoutons, nous les aidons. Cela demande du temps.

– Alors, comment savoir si Thadée va mieux ? dit mon père d'un ton autoritaire. Moi je trouve qu'il va très bien, si vous n'êtes pas capable de me le dire, moi je vous le dis.

Le docteur se tourna vers Thadée.

– Thadée, tu es libre de partir d'ici si tu le souhaites. Si tu désires rester encore un peu avec nous, tu n'es pas obligé d'en donner la raison, nous t'accepterons. Si tes parents en sont d'accord.

– Ben voyons, dit mon père.

– Nous avons parlé un peu, nous nous sommes rapprochés, mais nous savons toi et moi qu'il y a des choses que tu ne m'as pas dites. Je ne te demanderai jamais de me les dire, ce qui m'intéresse, c'est la raison qui t'empêche de me les dire. Je ne m'intéresse pas aux conséquences, le fait que tu aies castagné ton prof m'importe peu, je m'intéresse aux causes. Pas au « pourquoi » de ton geste, qui répond peut-être à un fait bien précis, mais au cheminement de ta pensée qui t'a contraint à agir ainsi et dont tu ne veux pas nous parler. Pour le comprendre, puis pour pouvoir t'aider, il me faut du temps. Cela dit, tu peux parfaitement vivre ainsi et reprendre ta vie d'avant, rien ne t'en empêche. Mais si tu souhaites « guérir » ce petit « quelque chose » qui est la cause de ton comportement, alors nous devrons passer du temps ensemble.

– Combien de temps ? demanda ma mère.

– Je ne sais pas, Madame.

– Vous ne savez pas ! Mais vous ne savez rien, en fait ! tonna mon père. Allez, on y va, cette discussion ne nous mène nulle part.

– Peut-être pourrions-nous écouter Thadée avant de nous séparer ? demanda le docteur.

– Vous avez raison. Bon, Thadée, parle enfin ! dit mon père.

Thadée respira un grand coup et regarda ses pieds.

– Je ne sais pas, j'ai aimé cette semaine passée ici. Ça m'a fait du bien. Je n'ai pas trop envie de rentrer à la maison aujourd'hui. Je crois que j'aimerais rester encore une semaine.

Dans les minutes qui suivirent sa déclaration, le silence fut lourd et pesant. Mes parents prirent conscience, chacun à leur manière, que plus rien ne serait jamais comme avant.

Mon père comprit que Thadée ne poursuivrait pas ses études, et toutes sortes de scénarios défilèrent dans sa tête. Qu'allait devenir Thadée, peut être le mieux serait-il de l'envoyer chez notre oncle à la campagne ? S'il devait arrêter ses études, allait-il devenir un simple mécanicien ? Que pouvait-il faire pour aider un fils qu'il ne comprenait plus ? En même temps, il ressentit une bouffée d'amour pour cet enfant perdu qui était le sien. Qu'avait-il fait ou que n'avait-il pas fait pour en arriver là ?

Ma mère, elle, était beaucoup moins inquiète et ne pensait qu'à l'instant présent. Après tout, pourquoi ne pas laisser Thadée se reposer un peu plus, mais il fallait ménager son mari qui, elle le savait, oscillait entre la colère et le désespoir.

Thadée attendait patiemment que l'on décide pour lui. Il s'accommoderait de la décision de ses parents. Peu lui importait de rester ou de partir.

Finalement, c'est ma mère qui rompit le silence.

– Bon, si c'est le souhait de Thadée, et si vous pensez qu'il vous faut plus de temps, et si mon mari en est d'accord, je ne m'oppose pas à ce que Thadée reste encore une semaine chez vous. Qu'en penses-tu, Christophe ?

Mon père observait Thadée comme s'il voyait pour la première fois un être venu d'une autre planète. Thadée continuait de fixer le sol sans rien dire. Le docteur scrutait mon père, dans l'attente qu'il parle.

– Docteur, je ne vous en veux pas, vous faites votre travail, du reste je n'en veux à personne, mais ce qui se joue ici dépasse ma capacité à réfléchir sereinement. Je ne suis pas en mesure de décider quoi que ce soit. C'est à vous de nous dire ce que vous pensez le mieux pour Thadée. Croyez-moi, il n'est pas dans mes habitudes de laisser le choix de ce qui est bon ou mauvais pour mes enfants à un tiers. Je ne pense pas une seconde que Thadée soit « malade », je vous l'ai dit. Il n'y a aucune raison pour qu'il le soit. Que Thadée ait eu un comportement exagéré, c'est un fait. Pour autant, je me sens tout à fait capable de le remettre dans le bon chemin.

– Le vôtre, dit le docteur.

– Oui, parfaitement, le mien, je sais mieux que quiconque ce qui lui conviendra. À moins que vous me convainquiez du contraire.

– Je ne cherche pas à vous convaincre, Monsieur. Croyez que je comprends vos interrogations. Je dis simplement ceci, je ne suis pas en mesure aujourd'hui de vous dresser un diagnostic. Il nous faut plus de temps, plus de dialogue avec Thadée pour savoir si nous pouvons l'aider et comment nous pourrions l'aider. Je ne peux pas décider pour vous, c'est votre choix. Pour mieux comprendre le « fonctionnement » de votre fils, il nous faudra du temps, je suis incapable de vous dire combien de temps. Je vous propose la chose suivante. Thadée va rester encore avec nous une quinzaine de jours si vous m'y autorisez, puis je vous donnerai des éléments plus tangibles afin que vous décidiez de la suite.

– Quinze jours ? dit mon père. C'est beaucoup.

– Dans le « temps médical », ce n'est pas grand-chose, Monsieur, dans la vie de Thadée, ce n'est rien.

– Le temps médical ? Donc, vous continuez de penser que mon fils est malade ?

– Non, le temps médical inclut le temps de l'écoute. Disons que votre fils est en observation.

– Que dire… Caroline, qu'en penses-tu ?

– Je fais confiance au docteur.

– Thadée ?

– C'est vous qui décidez, papa.

– Soit, puisque tout le monde pense que c'est pour son bien…

La séparation fut plus douce que la semaine précédente. Une habitude précoce semblait s'être subrepticement installée.

Durant le trajet du retour, mon père demanda à ma mère si elle pensait que Thadée pouvait être réellement malade. Mais de quelle maladie parlait-on ? Mon père ne connaissait que la grippe, la tuberculose, la rougeole et les autres maladies que l'on côtoyait régulièrement à cette époque. Mais quelle pouvait être la maladie dont Thadée serait supposé souffrir ?

– De quoi parle-t-on ? lui dit-il.

– Je ne sais pas, répondit-elle... Peut-être pourrions-nous l'emmener voir un autre docteur ? Je vais déjà prendre rendez-vous avec ce psychologue que le docteur m'a recommandé. Peut-être saura -t-il mieux m'expliquer ? Veux-tu que nous y allions ensemble ?

– Non, dit-il.

Le lendemain Cécile redonna de l'herbe à Thadée.

– Tu aimes ça, dirait-on ? dit-elle en rigolant.

– Oui, j'aime bien, ça me détend.

– Si tu es sage, je te ferai goûter autre chose, un truc bien plus fort. Mais il faut que tu me donnes de l'argent, ça coûte cher, ces trucs.

– J'en ai. Combien te faut-il ?

– Dix francs. Avec ça, on se tape une bonne montée à deux.

– Une montée ?

– Oui, c'est une image.

Thadée sortit de sa poche un billet de dix francs et le donna à Cécile.

– Si t'as de l'argent à gogo, mon lapin, on ne va pas s'embêter. Demain, dans ta chambre à 15h. Ne prévois rien demain après-midi, dit-elle en souriant.

4

Été 1967

– Je vous écoute, Madame.

Ma mère était assise face à ce solide gaillard barbu portant des lunettes ridiculement trop petites pour son visage. Un visage dont aurait pu voir sortir des flammes tant son physique semblait tiré des portraits guerriers de la mythologie scandinave. Il s'était lourdement assis derrière un bureau imposant sur lequel trônaient quantité de masques africains aux allures effrayantes.

Il s'installa comme un chien dans sa niche, cherchant la meilleure position, et croisa les bras dans l'attente que le dialogue s'engage.

– Je ne sais pas trop quoi vous dire... Je n'ai pas l'habitude, dit-elle. Vous ne portez pas de cravate ?

– Non, Madame, je ne porte pas de cravate, cela vous dérange-t-il ?

– Non. Je me disais que je n'en avais pas l'habitude.

– Pas l'habitude de quoi, Madame ?

– Je ne sais pas, de voir un homme sans cravate, par exemple.

Un long silence s'installa, le psychologue la fixait sans que rien sur son visage ne transparaisse, ni impatience ni énervement. Finalement, ma mére se lança.

– C'est pour mon fils, dit-elle.

– Ah… fit le psychologue. Et ?

Elle lui raconta tout ce qui était arrivé, puis elle lui fit part de son incompréhension et de ses interrogations.

– Pensez-vous que mon fils soit malade ? dit-elle.

– Qu'en pensez-vous, Madame ?

– Moi je ne sais pas, je ne suis pas médecin.

– Vous avez bien un avis cependant.

– Je pense qu'il est, disons… « fragile », je ne sais pas vraiment, oui, fragile.

– Comment s'exprime sa fragilité ?

– Il est parfois violent. D'ailleurs, il est différent, il s'intéresse à des choses qui ne sont pas de son âge.

– Quoi, par exemple ?

– L'astronomie… entre autres.

– Vous pensez que c'est une mauvaise chose ?

– Non, enfin je ne sais pas, et vous, qu'en pensez-vous ?

– Pardonnez-moi, Madame, je ne veux pas être inconvenant, mais ici il y a une règle, c'est moi qui pose les questions.

– Ah ! Soit.

– Donc ?

– Non, évidemment, je ne peux pas dire que ce soit une mauvaise chose, mais il ne s'intéresse pas aux choses auxquelles les autres garçons de son âge s'intéressent.

– En souffre-t-il ?

– Non, je ne crois pas.

– Et si c'était le cas, le sauriez-vous ?

– Il s'agit de mon fils, je le connais par cœur, je pense que s'il souffrait, je le sentirais.

– C'est votre fils, Madame, c'est indéniable, mais vous le voyez avec votre regard. Votre regard de mère, protecteur et flatteur.

– Oui, bien sûr, n'importe quelle mère regarde son enfant ainsi, n'est-ce pas ?

– Sans doute. Parfois, nous agissons pour notre bien en imaginant faire celui des autres. Mais ce n'est pas forcément servir l'intérêt de ceux que nous croyons aider.

– Et ?

– Qu'en pensez-vous ?

– Je ne comprends pas.

– Je m'explique. Lorsque vous prenez des décisions pour Thadée, pensez-vous à ce qui est le mieux pour lui, ou pour vous ?

– Je ne me pose pas ce genre de question… Je ne sais donc pas quoi vous répondre.

– Bien. Madame, restons-en là aujourd'hui. Nous nous verrons deux fois par semaine pour commencer, vous verrez avec ma secrétaire pour les horaires.

– Déjà ? Bon. Combien vous dois-je, Docteur ?

– Je ne suis pas docteur, Madame. Cinquante francs.

– Cinquante francs ? Mais c'est très cher. Pourriez-vous me faire une feuille de soins pour me faire rembourser ?

– Non, Madame, mes séances ne sont pas remboursées. Je vous le répète, je ne suis pas médecin, je suis psychologue, c'est différent, dit-il en se levant pour la raccompagner.

Jusqu'à ce jour-là, jamais ma mère ne s'était posé la question de savoir si elle allait bien ou pas.

Les événements s'enchaînaient avec parfois des difficultés à surmonter, des choix à faire, mais cela n'allait jamais jusqu'à la tourmenter ni à l'obliger à se poser des questions fondamentales.

La vie était simple. Elle avait connu la guerre dans son enfance et avait eu dix-huit ans le jour de l'appel du général de Gaulle. Les contraintes ne l'avaient pas affectée. Elle avait eu une enfance heureuse, un frère et une sœur plus âgés qui avaient pris soin d'elle. Des parents vieillissants qui l'avaient sans doute un peu trop couvée, et puis voilà tout. Elle était le fruit d'une éducation stricte et aimante. Rien dans sa jeune existence qui ne fût pas prévisible.

Plus tard, elle rencontra mon père, résistant pendant la guerre, puis élève à l'École coloniale. Il avait pas mal baroudé en Afrique avant de s'engager dans une carrière comme responsable de « l'export » dans un grand groupe alimentaire. Un parcours classique pour les hommes de sa génération.

Ma mère sortit perplexe de ce rendez-vous. Elle se sentit pour la première fois de sa vie « responsable », avec ce sentiment désagréable de culpabilité.

Coupable de quoi... Elle n'en savait rien encore. Serait-elle responsable de « l'état » de Thadée ? Elle l'avait pourtant élevé comme ses autres enfants. Elle se demandait avec qui elle pourrait en parler. Son mari lui semblait trop éloigné de ce genre de préoccupation et elle pressentit qu'il ne la comprendrait pas. Ses amis étaient sans doute trop conventionnels pour pouvoir aborder ces sujets. Elle se résolut à penser qu'effectivement seule cette personne étrange qu'elle quittait à l'instant pourrait peut-être lui apporter une hypothétique réponse.

Elle comprit très vite qu'il n'était qu'un marchepied pour accéder à sa conscience et qu'elle seule parviendrait à construire des solutions. Va pour le marchepied, se dit-elle...

Les journées de Thadée se suivaient et se ressemblaient. Il avait désormais un entretien quotidien avec le docteur Davzac à qui il s'était attaché. L'après-midi, il voyait parfois Cécile. Il n'avait pas aimé l'acide qu'elle lui avait fait prendre. Cependant, il était prêt à en renouveler l'expérience. Le docteur Davzac avait commencé à lui donner des pilules qu'il prenait sans trop savoir comment elles agissaient. Elles lui semblaient de plus en plus agressives.

Le onzième jour, il ressentit un profond malaise qu'il ne parvenait pas à décrire. Il errait dans les couloirs de la Maison Blanche, sans envies, sans désirs et sans projets. Il dormait de plus en plus et trouvait dans son sommeil un refuge à ce malaise. Il ne voulait plus voir Cécile. Il n'avait plus de désirs. Pourtant, il l'aimait, il pensait l'aimer, il ne savait pas trop ce qu'était l'amour. Tout était confus dans sa tête.

Les jours qui suivirent, Thadée resta dans sa chambre, sans bouger. Il poursuivait cependant ses entretiens avec le docteur Davzac.

– Je fais des rêves. Des cauchemars, en fait.

– Tu veux me les raconter ?

– La nuit dernière, j'ai rêvé qu'une armée entière m'attaquait. C'étaient des Grecs. Ils étaient nombreux et très déterminés. Ils voulaient vraiment me tuer.

– Des Grecs ?

– Oui, comme dans les livres d'histoire. Cela se passait avant la naissance du Christ.

– Comment ça, avant la naissance du Christ ?

– Vous savez, comme ces illustrations de guerriers sur les vases antiques. C'est avant la naissance du Christ, non ?

– Il évoque quoi, le Christ, pour toi ?

– La vie, la mort. C'est étrange, la religion, c'est bizarre comme des gens normaux, même des personnes intelligentes, peuvent croire à cette histoire. Si le Christ était venu aujourd'hui, avec toute la science que nous possédons, personne n'y croirait. On le prendrait pour un fou. Pourtant, un tas de gens dans le monde y croient, ils sont même respectés, leur folie cohabite avec la science sans que personne ne s'en émeuve.

– Qu'en déduis-tu ?

– Rien. C'est bizarre. Tout cela pour un homme crucifié il y a deux mille ans ? Tout ça sans aucune preuve tangible, sans aucun indice.

– Cela t'intrigue ?

– Oui, bien sûr, personne ne peut être indifférent à cela.

– As-tu lu la Bible ?

– Pas encore.

– Donc tu la liras ?

– Je ne sais pas, peut-être.

– Poursuivons. Donc, tu étais au milieu de ce champ de bataille. Tu étais seul ?

– Oui. Il y avait tous ces guerriers qui fonçaient sur moi.

– Avais-tu peur ?

– Non. Je me disais que j'allais mourir, mais je n'avais pas peur.

– Et après, que s'est-il passé ?

– Rien. Je me suis réveillé, c'est là que j'ai pris peur.

– Je comprends. Cette peur, tu peux m'en dire un peu plus ?

– Ben, j'ai eu peur, quoi.

– Tu as peur d'être ici ? Tu voudrais partir ?

– Non.

– Tu te sens mieux quand tu restes dans ta chambre, tu as peur d'en sortir ?

– Non. Ce n'est pas ça. Je n'ai pas peur de ça, je n'ai pas peur des autres. C'est juste que je n'ai plus de désir. Je me sens vide. Je n'ai envie de rien faire. Je n'ai plus de forces.

– Tu me disais que le Christ t'évoquait la vie et la mort.

– Je ne sais pas pourquoi j'ai dit ça, mais oui. J'y pense parfois comme s'il faisait partie de ma famille. Il est là, j'ai toujours grandi avec. Je ne saurais pas dire si je crois en lui. Il est juste là, c'est tout.

– C'est un ami ?

– Non, dit Thadée en rigolant. Je ne pense pas que le Christ puisse être un ami. C'est... Je ne sais pas comment dire, le père de tous les pères peut-être. Quelque chose comme ça.

– Il est autoritaire ?

– Non. Il est là. Il domine. Il n'est pas autoritaire, il n'en a pas besoin.

– Et ton père ? Il est autoritaire ?

– Ben, c'est mon père, quoi. Je lui obéis, c'est tout.

– Dirais-tu qu'il est sévère ?

– Non. Il est comme il est, c'est mon père.

– Il ne souhaitait pas que tu restes ici.

– Ça, je l'ai bien compris.

– Pourtant, tu as choisi de rester.

– Oui. Ce n'était pas contre lui. C'est pour moi. Je crois que c'est mieux.

– Tu n'as pas envie de retrouver tes copains, ta famille, ta chambre ?

– Si.

– Donc tu as des envies ?

– Oui, mais ce n'est pas pareil. Je sais que je pourrai toujours y retourner.

– Et ?

– Pour l'instant, je préfère être ici.

– Est-ce que c'est « confortable » d'être ici ?

– Oui.

Il sourit.

– C'est pour Cécile ?

Thadée rougit.

– Non, mais je l'aime bien, Cécile.

– Sans plus ?

– Je ne sais pas. Je ne sais pas ce qu'est l'amour. C'est ça ? Alors oui, je crois que je l'aime un peu.

– Un peu ?

– Oui, bon ben, je l'aime, quoi…

Le lendemain, Thadée ne se rendit pas à son entretien. Le docteur passa le voir dans sa chambre, Thadée lui demanda de le laisser tranquille. Le surlendemain pareil.

Thadée prenait ses médicaments et dormait quasiment toute la journée, n'avalant pratiquement rien. Il errait parfois dans les couloirs, ignorant les autres pensionnaires. Le docteur ne passait plus le voir. Thadée était dans son monde. Pas en rébellion ni en recherche de proximité. C'était sa nouvelle vie, son autre vie. Thadée percevait deux mondes en lui.

Dans l'un, il entretenait un rapport social limité à son strict minimum, suffisant pour ne pas provoquer de situations conflictuelles, dans l'autre, il voyageait dans un souterrain qu'il explorait mètre par mètre, sachant qu'il n'en retrouverait jamais la sortie et sans savoir où cela le mènerait.

Plusieurs jours passèrent ainsi.

Lorsque mes parents revinrent le chercher, du moins c'est ce qu'ils avaient imaginé, le docteur Davzac leur tint ce discours.

– Je vais être très direct. En terme « médical », Thadée est malade. Il souffre de troubles psychologiques que nous n'avons pas encore clairement identifiés, mais qui semblent s'approcher de ce que nous appelons de la schizophrénie. Enfin nous hésitons, il s'agit peut-être aussi d'un comportement « borderline », c'est trop tôt pour le dire. La schizophrénie se caractérise par un ensemble de symptômes qui persistent durant une période de plusieurs mois. Il est vraiment trop tôt pour se prononcer. Mais il est certain qu'il présente des signes cliniques qui laissent supposer qu'il peut en être atteint. Thadée peut être sujet à des hallucinations, auditives, olfactives, gustatives, visuelles, ainsi qu'à des idées délirantes de persécution. Ces symptômes sont souvent très angoissants et sources de souffrances considérables. Il est indéniable que Thadée souffre. Un autre symptôme est son manque d'énergie, sa difficulté à mener une action, à se concentrer, à mémoriser, à suivre un film ou une conversation. Il présente une atténuation de ses émotions qui mène à une indifférence affective qui crée son isolement. Pourtant, je ne distingue pas pour l'instant de désorganisation de sa pensée. Thadée s'exprime clairement, il n'y a pas de trouble de ce côté-là. D'après nos connaissances actuelles, la schizophrénie débute généralement à l'adolescence et peut durer toute la vie. Son évolution peut se caractériser par des phases de rechute et de psychose sévère dans les premières années. Nous pensons que cela peut se stabiliser, mais il restera toujours des symptômes résiduels, d'intensité variable selon les patients. Des états dépressifs apparaissent souvent au cours d'un épisode aigu. Ils requièrent une prise en charge spécifique en raison du risque de suicide important pendant cette période. De nombreux symptômes indiquent que Thadée pourrait être atteint de cette maladie. Car c'est une maladie. Plusieurs fois, vous m'avez dit que votre fils n'était pas malade. J'aurais voulu que vous ayez raison, croyez-moi, j'aurais espéré qu'il ne le soit pas, aujourd'hui, je n'en suis pas certain. Je ne peux pas non plus affirmer avec certitude qu'il le soit. Il n'existe pas encore de traitements connus pour réellement guérir cette maladie. Les laboratoires travaillent et certains neuroleptiques permettent d'en diminuer les effets. Il faut savoir qu'il peut y avoir des rechutes. Elles peuvent être nombreuses. Vous allez vivre une période douloureuse et, je vous conseille réellement, en tant que médecin, de vous faire accompagner. Vous allez encaisser des « charges » émotionnelles fortes, au-delà de ce que vous imaginez. Il faut vous en protéger. C'est pour ça que je pense nécessaire que Thadée reste parmi nous. Pendant plusieurs mois, et peut-être plusieurs années s'il est réellement malade.

Un long, très long silence s'installa dans la pièce. Mon père regardait le docteur droit dans les yeux. Il semblait s'être statufié. Ma mère cachait son visage dans ses mains. Elle aurait voulu disparaître, n'avoir jamais vécu…

Mon père se leva lentement de son siège et s'approcha de la fenêtre. Il resta ainsi un instant avant de se tourner vers le docteur.

– Docteur, si je comprends bien, cette maladie… pardonnez-moi, mais je n'en ai pas retenu le nom…

– Schizophrénie, Monsieur. Mais, encore une fois, ce n'est pas clairement établi.

– Oui, donc, vous me dites que Thadée pourrait en être atteint, mais que pour l'instant vous n'en êtes pas certain. Vous me dites également que si Thadée devait quitter cet établissement… il pourrait tenter d'attenter à sa vie. Quels parents pourraient prendre le risque de mettre leur enfant en danger de mort ? (Il se tourna vers maman.) La première fois que je vous ai rencontré, je ne vous ai pas pris au sérieux, c'est vrai. Aujourd'hui, je vous ai écouté. Je n'ai pas d'autre choix, nous n'avons pas d'autre choix, que de vous faire confiance. Jamais, je n'aurais imaginé une telle chose, je ne connaissais même pas l'existence de ces maladies… Quelles sont ses chances de guérison ?

– Il est très difficile de vous répondre. Malheureusement, c'est mon point de vue, je ne pense pas qu'un traitement vraiment efficace verra le jour avant une ou plusieurs dizaines d'années. Mais il existe de nombreux médicaments qui peuvent en atténuer les effets. Nous testons également des thérapies plus radicales comme les électrochocs qui donnent chez certains patients de bons résultats. Certains ne le supportent pas, mais nous n'en sommes pas là pour Thadée. Nous prodiguons également des cures de sommeil, cela consiste à faire dormir le « malade » vingt heures par jour durant une dizaine de jours. Les résultats sont assez positifs. Je sais comme tout cela est effrayant à entendre. Je vous propose la chose suivante. Nous gardons Thadée pendant trois mois durant lesquels il sera en observation avec des traitements « doux ». Puis, si sa maladie se confirme, alors nous déciderons avec votre accord de la marche à suivre.

– Thadée a-t-il une chance de sortir de cet hôpital ?

– Mais oui, bien sûr. D'ailleurs, il pourra toujours sortir quand vous le souhaiterez et vous pouvez même venir le voir et pourquoi pas passer une journée par semaine avec lui, faire des promenades, aller au restaurant, etc. Mais il y aura des périodes très difficiles où Thadée sera incapable de se lever. Il faudra respecter les soins et la santé de votre fils.

– Si Thadée est vraiment malade, combien de temps restera-t-il ici ?

– Il est impossible de vous le dire. Mais probablement plusieurs années.

– Plusieurs années ! s'exclama-t-elle.

– Je sais, Madame. Personne n'est préparé à cela, encore moins quand il s'agit de son enfant.

– Mais c'est épouvantable, dit-elle.

– C'est nécessaire, dit mon père.

Ils allèrent voir Thadée dans sa chambre. Thadée était allongé sur son lit. Il ne bougeait pas, son regard était perdu, mais il souriait.

– Ah ! Bonjour papa, bonjour maman.

Mon père s'assit sur le bord du lit et lui prit la main.

– Tu nous as flanqué une belle frousse, tu sais ? Bon. Nous venons de parler longtemps avec le docteur. Il pense que c'est mieux pour toi de rester ici encore... quelques semaines, au moins.

– Et vous seriez d'accord ?

– Si toi tu le souhaites aussi, oui, bien sûr.

– Je suis malade alors ?

– Le docteur n'en est pas encore certain. Peut-être, il doit vérifier beaucoup de choses avant de le savoir. Tu guériras. Mais c'est mieux que tu restes un peu ici, pour l'instant, tu te reposes et ça te fait du bien. Comment te sens-tu ?

– Ça va, je suis fatigué, mais ça va. Et l'école alors, comment allons-nous faire ?

– Nous allons nous organiser, mais pour l'instant il faut que tu te reposes. C'est mieux. Et puis, c'est bientôt la fin de l'année scolaire, ce n'est pas très grave.

– Nous allons partir en vacances ?

– Je ne sais pas, Thadée... je ne sais pas.

Elle embrassa Thadée comme s'il partait pour un long voyage dans des terres hostiles. Mon père la dégagea tendrement des bras de Thadée, voulant éviter qu'elle ne fonde en larmes devant lui.

5

Les années blanches

Ma chère maman, mon cher papa. Je viens d'apprendre par les médecins que je suis vraiment malade. Je ne guérirai que par « la prise de conscience de ma maladie », me disent-ils. Je ne sais pas très bien ce que cela signifie.

Onze années... Thadée restera onze longues années dans cette « clinique ». Les médecins se succédèrent, chacun y allant de son traitement, de ses propres méthodes promises à chaque fois comme révolutionnaires.

Ils prodiguaient des nouveaux traitements comme si les médecins précédents n'avaient pas su faire ce qu'il fallait pour Thadée.

Mais la maladie, si cela en était une, était bien plus résistante que les errements approximatifs de la médecine.

Thadée ingurgitait quantité de médicaments qui le maintenaient dans un état vaporeux l'empêchant de refaire surface mais qui, selon les médecins, le préservaient d'une chute irréversible vers les abîmes de la dépression.

Il avait pris pour habitude de les mettre en vrac dans un flacon. Il y en avait de toutes les couleurs, cela ressemblait à des M&M's. Il y plongeait la main, sachant exactement de quoi il avait besoin et à quel instant précis il lui fallait les avaler.

Durant toutes ces années, mes parents venaient chercher Thadée le vendredi soir, il passait le samedi à la maison. Il était gai, parlait sans discontinuer, s'intéressait à tout, se tenant parfaitement informé de l'actualité. Thadée possédait une immense culture sur de nombreux sujets. Il avait lu tous les grands philosophes et considérait que la littérature n'offrait aucune réponse concluante à la question qui le taraudait sans cesse : Dieu et l'au-delà.

Mes amis qui le connaissaient voyaient en lui un être original et agréable. Ils ne pouvaient soupçonner sa fragilité, et encore moins sa « maladie ».

Thadée était-il réellement malade ? Je ne l'ai jamais pensé. J'ai toujours cru que les médecins avaient fabriqué ses faiblesses.

À la Maison Blanche, Thadée vécut le pire des explorations médicales hasardeuses. Les médicaments dont il fut l'un des cobayes et les nombreuses séances d'électrochocs ne servirent qu'à démontrer leur inefficacité… Le plus difficile pour Thadée, ce furent les cures de sommeil. À coups de médicaments, les médecins « l'endormaient » vingt heures par jour pendant des durées de dix à vingt jours. Thadée me les décrivait comme d'épouvantables tortures. Quand il se réveillait, les médecins le rendormaient malgré ses protestations. Il luttait pour se réveiller quand d'autres luttaient pour dormir.

Les médecins considéraient que l'état de Thadée était parvenu à une certaine stabilité. Après d'innombrables réunions où chacun y allait de son expertise, ils décidèrent que Thadée pouvait reprendre une vie « normale ».

Mais c'était quoi, une vie normale ? Quand on n'a pas pu étudier pendant plus de onze ans, quand le corps est confit de drogues en tout genre, quand une journée se déroule sans aucun repère... À cela, ils ne savaient pas répondre.

C'est ainsi que Thadée revint « vivre » à la maison un beau matin de décembre 1977. Durant toutes ces années, j'ai moi aussi grandi. J'eus le sentiment de vivre deux vies séparées. L'une baignée d'amis et d'expériences adolescentes desquelles Thadée était absent. L'autre avec ce frère que j'aimais mais que je ne parvenais pas à intégrer comme faisant partie de ma propre existence. Il était là, parfois, ou absent, cela dépendait de son état. Je vivais ces moments de présence comme une parenthèse qui rythmait ma vie. Nous passions de bons moments ensemble, nous avions des discussions sur toutes sortes de sujets, mais cela n'allait pas plus loin. Nos échanges se limitaient à cela. Jamais il ne nous est arrivé ne serait-ce que d'aller au cinéma ou faire une quelconque activité entres frères. Nous ne parlions jamais de son « hospitalisation », je crois qu'il ne voulait pas m'en parler par égard pour moi et toujours avec cette constance de ne jamais se plaindre.

Je crois que je m'interdisais d'y réfléchir. Je n'en étais pas capable. D'ailleurs à quoi fallait-il réfléchir ? Les choses étaient ainsi, je les acceptais. Comme si le destin en avait décidé et que rien ne pouvait en modifier le cours. Rien ne servait de lutter contre le cours des choses.

Je ne cachais pas Thadée. Je ne le mettais pas en avant non plus. J'ai développé cette forme d'égoïsme propre aux adolescents, mais, contrairement aux amis de mon âge qui s'en servaient pour mieux accomplir leur désir, je l'utilisais pour me protéger. De quoi ? Je n'en savais trop rien, mais je ressentais en Thadée un danger qui pouvait m'atteindre, que je ne voulais pas affronter. Comme si sa « maladie », à laquelle je ne croyais pas, était contagieuse. Je l'aimais et je le fuyais. Ou peut-être me fuyais-je moi-même...

Il apparaissait et disparaissait... Je m'étais habitué à sa présence et à ses absences. Je m'étais habitué à ne pas y réfléchir.

J'enviais les amis qui avaient une famille « normale ». Je compris plus tard que cela ne voulait rien dire... Il n'y a pas de famille normale ou anormale. Il y a ceux qui cachent, ceux qui font circuler l'idée que chez eux « tout va bien », qui dissimulent les souffrances de leurs enfants ou de leurs parents. La vie fait son œuvre, partout. Thadée était avec nous, si j'en parlais peu autour de moi, je ne le cachais pas non plus.

Mon père était mort d'un cancer en 1972. C'est Thadée que l'on avait fait venir pour partager ses derniers instants. Il lui avait tenu la main au moment où le corps s'évanouit à jamais.

Je regardais Thadée. Il aimait ce père. Thadée avait toujours su le chagrin que lui avait causé son état. Il l'aimait vraiment.

Mon père, comme nous tous, avait toujours porté un lourd sentiment de culpabilité vis-à-vis de Thadée. Que n'avait-il pas su faire pour que la vie de Thadée soit ainsi ? Rien probablement, et c'est ce rien qui lui était insupportable.

Thadée vivait sa mort avec tristesse, mais sans douleur. Il restait intrigué par cette âme qui venait de quitter le corps. Ou était-elle ? Elle ne pouvait pas avoir disparu, elle était là, forcément quelque part, proche de lui... Le mystère de la mort dépassait de beaucoup sa peine. Son père était mort, il l'avait bien compris, mais la mort ne prenait pas tout... Cela lui semblait impossible. Bien plus que le souvenir, une présence lui semblait être là, son père était encore là, il en était certain. Pour Thadée, cette mort donnait un sens à la vie.

Cela faisait quelque temps que je voyais mon père fatigué. Il l'était parfois trop pour aller travailler. Je n'y prêtais guère attention, à quatorze ans, j'avais d'autres préoccupations. Il ne se plaignait de rien.

Un an auparavant, à la suite de douleurs intestinales, il s'était fait opérer. Il n'avait pas très bien compris de quoi, cela ne l'intéressait pas. Le médecin, qui était l'un de ses amis, lui dit qu'il avait remis tout en ordre et qu'il n'y avait pas lieu de s'inquiéter. Peu de temps après, il téléphona à ma mère en lui demandant de passer le voir pour lui remettre quelques ordonnances.

– Caroline, je dois vous le dire, il n'y a pas d'ordonnance pour guérir Christophe.

– Ah ? C'est une bonne nouvelle alors.

– Non, ce n'est pas une bonne nouvelle. Je dois vous le dire, Christophe a un cancer incurable. Il n'y a rien à faire.

– Un cancer... C'est grave à ce point-là ? Il peut vivre avec ?

– Oui, c'est grave. Il peut vivre avec, quelques mois, un an peut-être. Il est déjà très atteint et il ne tient debout que par sa seule volonté.

– Mais... ça veut dire... il va mourir ?

– Oui.

Elle s'effondra en larmes, puis se ressaisit.

– Vous ne lui direz rien, dit-elle. Personne ne doit savoir.

– C'est la raison pour laquelle je souhaitais vous voir. Je connais Christophe, c'est un ami, vous m'êtes tous les deux très chers et je pense que vous avez assez de problèmes par ailleurs pour mettre cette maladie entre vous. Je n'aurais pas essayé de vous convaincre, j'admire votre réaction. Mais comment supporterez-vous seule ce poids terrible ?

– J'ai déjà supporté beaucoup de choses dans ma vie, je ferai face. Il ne doit rien savoir, personne.

L'année qui suivit fut pour elle une épreuve indicible. Elle l'aimait et les années n'avaient fait que renforcer cet amour. Pendant un an, elle sut se comporter comme si de rien n'était. Maman nous abreuvait de projets de voyages que nous ferions dès que papa se sentirait mieux. Pour l'instant, il était fatigué, il avait subi une opération et c'était normal.

Parfois elle s'isolait. Elle partait marcher... seule.

Je me souviens vaguement de cette période. Il y avait des hauts et des bas. À vrai dire, à quatorze ans, on ne prête pas attention à ce genre de choses.

Trois mois avant la mort de mon père, ma mère organisa un séjour à Ramatuelle, dans le sud de la France. Thadée n'avait pas souhaité quitter la Maison Blanche.

En ce mois de mai, nous avions passé une quinzaine de jours merveilleux sur la Côte d'Azur. J'avais été surpris que maman me fasse manquer l'école. Mon père m'avait plusieurs fois répété que c'était une chose exceptionnelle. D'ailleurs, j'avais emporté des devoirs à faire. Je m'acquittais de cette tâche le matin avant que nous partions à la plage ou nous promener dans les villages avoisinants.

Quand nous rentrâmes à Paris, début juin, je repris le cours normal de ma scolarité, assez fier d'avoir pu profiter de ces vacances inattendues.

Vers la mi-juin, la fatigue de mon père l'obligea à rester à la maison.

Il était installé sur le canapé du salon et passait de nombreux appels téléphoniques à ses collaborateurs. Ça ne m'arrangeait pas trop, car cela m'empêchait de téléphoner à mes copains en rentrant de l'école. Il était, bien sûr, hors de question de demander à mon père de pouvoir disposer de l'unique téléphone de la maison.

Le matin du 21 juin, je partis à l'école comme d'habitude. C'était un mercredi, je n'avais cours que le matin. Il faisait beau. Je venais d'avoir l'autorisation d'utiliser le Solex familial et j'en profitais pour me balader. D'habitude, le mercredi, je déjeunais seul. Quand j'ouvris la porte de la maison, je vis que ma mère m'attendait. Il y avait deux couverts dressés sur la table de la cuisine.

– Viens déjeuner, mon chéri, me dit-elle.

– Tu restes là ?

– Oui. J'ai une chose à te dire.

– Ah, d'accord.

Nous nous sommes mis à table, je ne me souviens plus du menu.

– Tu as remarqué que papa est fatigué en ce moment ?

– Oui, bien sûr.

– Tu ne le trouves pas plus fatigué que d'habitude ?

– Je ne sais pas… Si, peut-être. Nous allons repartir en vacances ?

– Non, il est très très fatigué.

– Ah… Alors, nous n'allons pas partir ?

– Non.

– C'est ce que tu voulais me dire ?

– J'essaie de te dire quelque chose… Tu ne vois pas ?

– Non.

– Vincent…

– Oui, quoi ?

– Ton père est vraiment très malade. Il va mourir.

– Mourir… Mourir ?

– Oui.

– Mais mourir comment ? Quand ? Comment ça, il va mourir ?

– Il va mourir aujourd'hui, les médecins pensent qu'il ne passera pas la journée.

En quelques secondes, assommé par cette annonce, j'eus l'impression de prendre dix années.

Tout se brouillait dans ma tête. La vie sans mon père, comment était-ce possible ? Je n'avais déjà plus de frère, ou plutôt, mon frère devint au même instant ce père qui allait disparaître. Je réfléchissais à tout cela avec une incroyable rapidité… Mon père plus là, mon frère le remplaçait, mais en était-il capable ? Et ma mère, comment allait-elle gérer mon frère, se remettrait-elle de cette disparition ? Un incroyable sentiment de responsabilité m'envahit soudain alors qu'évidemment je ne serais responsable de rien si ce n'est de moi-même. C'était dans ma tête comme une partie d'échecs en accéléré... Il fallait de l'ordre, j'avais besoin d'ordre... J'avais besoin que les choses soient coulées dans le béton, je ne supportais pas toutes les questions que posait cette disparition, je ne pouvais pas le supporter. J'avais beau essayer, je ne parvenais pas en mesurer les conséquences, il me fallait des solutions, il fallait que tout soit résolu et le plus rapidement serait le mieux. J'avais besoin de lignes claires, je n'en avais aucune.

– Mais Thadée ? Il faut prévenir Thadée.

C'est la première chose qui me vint à l'esprit. Il fallait que Thadée soit là, à mes côtés, à nos côtés. Je ne pensais pas à mon père, je n'étais pas triste, sentiment étrange, je n'arrivais pas à exprimer la douleur ressentie à l'annonce de cette nouvelle, j'avais tout reporté sur l'urgence d'avoir Thadée à mes côtés.

Ma mère avait déjà prévenu la Maison Blanche, ils firent rapatrier Thadée en début d'après-midi. Elle avait aussi averti la famille et les amis proches. Tous débarquèrent. J'ai souvenir qu'il y avait au moins une cinquantaine de personnes dans l'appartement. Ce n'était pas triste. Nous nous relayions dans la chambre où reposait mon père. Quand il vit Thadée, son visage s'illumina et il eut cette phrase étrange : « Ah, comme c'est gentil d'être venu. » La morphine embrouillait son esprit, mais son sourire trahissait sa joie profonde de revoir son fils.

Thadée s'assit à ses côtés, prit sa main et ne la lâcha plus jusqu'à son dernier souffle.

Il était 18h environ, ce 21 juin, le jour le plus long de l'année, la Fête de la musique n'existait pas encore.

Mon père avait fini par admettre la « maladie » de Thadée et ils s'étaient beaucoup rapprochés. La colère des débuts oubliée, mon père avait rapidement retrouvé pour son fils une infinie tendresse. Même s'il ne saisissait pas les contours de cette « maladie », il en mesurait les conséquences et faisait en sorte de composer entre les ambitions qu'il avait eues pour Thadée et la réalité. Lorsque mon frère revenait parfois le week-end, mon père essayait de « l'insérer » dans son univers. Après l'avoir embrassé, il lui remettait son col en place, le rasait correctement (ça faisait beaucoup rire Thadée), lui ajustait une cravate et, souvent, il l'emmenait chez le coiffeur. Comme si lui donner une apparence pouvait au moins l'aider à fausser l'image du Thadée « malade » contre laquelle il luttait intérieurement.

Thadée était discipliné. Peut-être avait-il lui aussi besoin de « se tenir » pour ne pas partir à la dérive. Indéniablement, mon père a beaucoup fait pour Thadée et ne laissa jamais apparaître la douleur que fut pour lui la « maladie » de son fils.

Ma mère avait repris une activité d'encadrement de tableaux. Après avoir trouvé mon premier emploi, j'avais quitté la maison pour habiter un petit studio à proximité.

Les débuts de son retour se passèrent de manière paisible. Très vite, ma mère se mit à la recherche d'une « activité » pour que Thadée ne sombre pas dans l'ennui et la dépression.

– Coursier, tu pourrais faire ça en attendant, dit-elle.

– Oui, maman, c'est quoi ?

– Tu vas apporter des paquets d'une société à une autre. Tu es assez libre et au moins tu es dehors.

– Oui, pourquoi pas ? Je veux bien essayer.

Thadée fut vite engagé par une société de courses qui se fichait pas mal du passé et du devenir de ses employés.

– Bon, c'est pas compliqué, dit le responsable. Quand tu arrives chez un client, tu nous appelles pour savoir où sera ta prochaine course. OK ?

– OK.

– Une course normale, c'est un bon ; une course rapide, c'est deux bons.

– OK.

– Bon, le client te donne les bons et tu nous les rapportes en fin de journée. Tu es payé au nombre de bons que tu fais dans la journée. C'est clair ?

– D'accord.

– Tu as quoi comme mobylette ?

– Je n'en ai pas. J'ai un vélo...

– Putain, mais tu ne vas rien gagner si tu fais ça à vélo...

– J'en achèterai une, alors.

– Ben oui, vaudrait mieux. Bon, prends ton vélo et va chercher un pli à cette adresse. C'est chez Arthur Andersen, rue La Boétie.

Avant d'aller faire sa première course, Thadée s'arrêta prendre un café et il prit le temps de fumer une cigarette.

– Mais putain, il est où ce coursier ?

– Il arrive, M. Moretti, il ne va pas tarder.

– Merde enfin, c'est hyper-urgent. Il va nous planter le deal s'il n'arrive pas maintenant. Merde enfin... ! Ce n'est quand même pas moi qui vais aller le livrer, ce contrat !

Albert Moretti, un petit bonhomme tout rond plaqué d'une chevelure noire et d'une chemise à rayures tranchée d'une cravate rouge vif. Il tournait en rond dans son bureau au deuxième étage du cabinet Arthur Andersen, guettant par la fenêtre l'arrivée du coursier.

Thadée arriva enfin et se présenta à l'accueil.

– Bonjour, je suis le nouveau coursier.

– Ah... Vous êtes nouveau ? C'est pour ça. Restez là. Allô, M. Moretti, le coursier est arrivé.

Moretti déboula dans le hall, tout essoufflé.

– Putain ! Où étiez-vous ? C'est hyper-urgent. Bon tenez, vous le remettrez en main propre, hein ? Pas à la secrétaire. En main propre, j'insiste. C'est combien de bons pour une course urgente ?

– Deux bons, Monsieur.

– Tenez, je vous en donne quatre, mais magnez-vous le train, à fond les gaz !

– Oh ! vous savez, plus de bons, ça ne fait pas aller plus vite, dit Thadée.

Moretti, un peu désarçonné, le fixa comme s'il s'agissait d'un animal échappé d'un zoo.

Thadée saisit le pli et sortit du bâtiment pour se diriger vers son vélo. Puis il revint.

– Pardon j'ai oublié, je dois appeler mon patron. Je peux utiliser votre téléphone ?

La secrétaire, exaspérée, lui désigna le téléphone réservé aux coursiers.

Le temps était magnifique et un premier rayon de soleil vint caresser son visage. Il retira son cadenas et, avant d'enfourcher son vélo, se tourna face au soleil et alluma une cigarette.

Soudain, il entendit une voix qui semblait venir du ciel.

– Putain, le coursier ! T'es même pas à moto ! Oh, j'te parle, connard ! Plutôt que de griller un pétard, t'aurais intérêt à te magner le cul, sinon j'appelle ton boss !

Thadée redressa la tête et aperçut Moretti, les cheveux en bataille, hurlant de sa fenêtre.

– Oui, c'est à toi que je parle, connard, tu vas te grouiller ou il faut que je descende te foutre un coup de pied au cul ?

Thadée le regarda calmement tout en se désignant du doigt.

– Oui, abruti, c'est à toi que je parle ! continuait à vociférer Moretti.

Thadée sortit l'enveloppe de son sac à dos et la déposa à ses pieds. Puis il défit sa braguette et se mit à pisser sur le précieux pli. Puis il enfourcha calmement son vélo et rentra tranquillement à la maison.

– T'es mort, le coursier ! hurlait Moretti dont presque tout le corps sortait de sa fenêtre, t'es mort, j'te dis !!!!

Thadée raconta la scène à maman qui rit tellement que cela lui fit atrocement mal au ventre.

– Bon, ce n'est pas grave, mon chéri, je vais trouver autre chose.

Elle avait connu dans sa jeunesse un sculpteur qui accepta de prendre Thadée en stage.

– Ça te plairait d'essayer ? lui dit-elle.

– Je ne sais pas, il faut faire quoi exactement ?

– C'est un grand sculpteur, tu sais. Il a sûrement plein de choses à te faire faire dans son atelier. Préparer les terres, transporter ses outils, enfin plein de tâches pour l'aider.

– Mais je suis malade, maman…

– Je sais, mon chéri, mais tu ne peux pas rester indéfiniment sans rien faire.

– C'est pourtant ce que je fais depuis onze ans.

Maman ressentit le poids d'une profonde culpabilité.

– Oui, mais maintenant les médecins disent que tu vas mieux, sinon ils n'auraient pas proposé que tu reviennes à la maison.

– Je suis malade, maman.

– Il faut que tu essaies.

Le rendez-vous fut pris la semaine suivante.

Thadée se levait à midi, puis partait marcher dans Paris. Il appréciait profondément ces longues marches. Les seules personnes qu'il abordait étaient les mendiants qu'il croisait. Les autres, les gens « normaux », lui faisaient peur.

Il s'asseyait à côté d'eux et parlait. Il abordait tous les sujets, le temps, la vie qui passe, la religion, il racontait sa maladie... Toujours il leur donnait un peu d'argent, ce qui le rendit extrêmement populaire auprès de cette communauté. Son lieu de prédilection était les alentours du Panthéon. Thadée rentrait tard dans la nuit. Il ne buvait pas, mais fumait toujours ses quatre paquets de Gitanes sans filtre.

– Pose-toi là. Tu n'aurais pas une clope pour moi ?

Alfred était celui avec qui il partageait le plus de temps. Alfred était dans la cloche depuis une bonne dizaine d'années. Il vivait de la charité et de quelques combines qui lui permettaient de se payer sa dose quotidienne d'alcool. Alfred n'aimait pas les jeunes clochards. Il n'aimait pas non plus que l'on vienne empiéter sur son territoire. La première fois que Thadée lui adressa la parole, il lui dit :

– Casse-toi, trouve-toi un coin ailleurs, ici c'est chez moi alors dégage !

Puis, à force de se croiser, il l'invita à venir s'asseoir à ses côtés. Thadée lui raconta son histoire.

– Putain, t'en as chié, toi, lui dit Alfred.

– Non pas vraiment, répondit Thadée. C'est comme ça.

– Mais qu'est-ce que tu fous là ? Putain, t'es jeune et t'as l'air en bonne santé, trouve-toi un boulot, merde !

– J'peux pas, je suis malade.

– Tu n'en as pas l'air.

– C'est une maladie qui ne se voit pas.

– Ben alors, ce n'est pas une vraie maladie.

– Il y a plein de choses qui existent et que l'on ne voit pas.

– Ben, quoi par exemple ?

– L'air, Dieu, les pensées…

– Ouais, d'accord, mais ce n'est pas pareil. C'est normal que l'on ne voie pas Dieu, il habite là-haut, c'est trop loin pour le voir.

– Mais lui nous voit.

– C'est ce qui se raconte. Moi, il ne me regarde pas beaucoup ou alors il n'en a vraiment rien à foutre, dit Alfred en rigolant. Et puis, je vais te dire, les bigotes qui vont à l'église tous les jours, les culs de bénitier, c'est celles qui donnent le moins, souvent elles changent de trottoir pour m'éviter. Les saaaalopes ! Alors Dieu… tu sais…

– Tu devrais mettre une petite pancarte devant toi avec marqué dessus « Dieu vous regarde. » Tu verras, elles vont revenir.

– C'est pas idiot ça… Elles sont tellement connes.

– Essaye.

Quelques jours plus tard, Thadée se rendit seul chez Roger, le sculpteur qui acceptait de le prendre en stage.

Thadée aima instantanément ce lieu atypique. Un très grand atelier datant du siècle dernier installé au cœur du quatorzième arrondissement de Paris. Il y régnait un désordre organisé. Des peintures, des marbres, des terres cuites, des céramiques trônaient en quantités impressionnantes. Un air chargé de poussière et de terre flottait dans la lumière qui balayait l'atelier. Le four à céramiques dégageait une chaleur étouffante.

– Moi c'est Roger, appelle-moi Roger.

– Bonjour Monsieur, moi c'est Thadée

– Tu m'appelles Roger et on se tutoie.

– D'accord.

– Bon, passe un bleu pour ne pas te salir, assieds-toi là et prends ce bloc de terre.

Les mains de Roger semblaient faites de terre et de bronze. Elles étaient si usées par le travail qu'elles paraissaient être le prolongement de la matière qu'elles pétrissaient quotidiennement.

Thadée s'exécuta. Vêtu de son bleu, il ramassa le bloc de terre qui pesait bien plus lourd qu'il ne le supposait. Roger disposa devant Thadée plusieurs outils dont il ignorait l'usage.

– Je fais quoi, là ? demanda Thadée.

– Ce que tu veux. Touche la terre, sens comme elle vit, découvre-la, caresse-la, prends-la dans tes mains, respire son odeur, imprègne-toi.

Pendant quelques minutes, Thadée ne fit que l'observer. Il la caressa lentement d'une main, il la frôla, la trouva humide et vivante. Il n'osait pas la pétrir, ne voulant pas détruire ce bloc originel qui, à ses yeux, lui semblait déjà être une œuvre à part entière. Il prit le bloc dans ses bras et le souleva au-dessus de sa tête comme un prêtre qui présente l'hostie à ses fidèles.

Il se leva, en fit le tour, lentement, puis se rassit. Il essaya d'y planter ses doigts. La terre était résistante et compacte. Il plongea ses deux mains dans le seau d'eau à proximité, puis les fit glisser sur le bloc. Quand il regarda ses mains, elles étaient rouge ocre, comme la terre. Il les fit glisser sur son visage comme le feraient les guerriers massaïs lorsqu'ils arborent leurs peintures de guerre.

Roger ne le regardait pas, il l'observait. Thadée découvrait la terre comme un enfant découvre un nouveau langage. Il en saisissait les mystères et les immenses possibilités de la transformer.

Il scruta les outils que Roger avait déposés devant lui. Il choisit une sorte de spatule dont les bords étaient aiguisés. Thadée commença à couper une première tranche, comme il l'aurait fait dans une plaque de beurre. Il la déposa et en coupa une dizaine d'autres de la taille d'une feuille de papier. Puis, à l'aide d'une pointe sèche en métal, il scarifia chacune des plaques avec des motifs différents. Cette étape lui prit toute la matinée. Roger passait de temps en temps, sans prononcer un mot.

Thadée s'empara des plaques et les posa sur ses genoux de manière à les incurver. Il leur donnait une courbe à chaque fois différente. Quand il eut terminé, il prit un poinçon de manière à percer un trou d'un centimètre de diamètre à l'extrémité de chacune d'elles.

Il se tourna vers Roger et lui fit signe qu'il avait terminé.

– Terminé quoi ? lui demanda Roger.

– Ce que je suis en train de faire, répondit Thadée en toute innocence.

– Explique-moi ce que tu as fait.

– Je voudrais fabriquer un mobile.

– Un mobile ?

– Oui. Je vais relier chacune de ces plaques entre elles par un fil de métal et nous pourrions suspendre le tout.

– Intéressant... Mais tu ne veux pas leur donner une couleur ?

Roger lui apprit les différentes techniques de coloration par l'utilisation des oxydes métalliques : le cobalt pour le bleu, le cuivre pour le vert, le manganèse pour le jaune, le fer pour les bruns et le rouge et le chrome qui permet d'avoir plusieurs nuances de rouge ou de bleu.

Il lui expliqua ensuite les différents types de cuisson. Thadée découvrait l'immense champ des possibles qu'offraient ces nombreuses techniques.

En quittant l'atelier, il passa chez un libraire spécialisé et acheta tous les livres traitant de la céramique, de la sculpture, son histoire, ses techniques et ses grands artistes...

Les jours suivants, il ne vint pas à l'atelier, préférant se documenter le plus possible. Quand il revint quelques jours plus tard, l'accueil de Roger fut glacial.

– Ici, même si ça en a l'air, ce n'est pas un moulin. Soit tu viens à l'heure, soit tu restes chez toi.

Thadée s'excusa et lui expliqua la raison de son absence. Puis ils discutèrent des heures sur l'utilisation des différentes techniques. Thadée abreuva Roger de questions parfois très techniques, il l'impressionna par son savoir et ses capacités d'apprentissage.

À partir de là, Thadée se rendit tous les jours à l'atelier. Roger lui apprit les gestes, les différentes matières. Le matin, il le laissait travailler à ses créations. L'après-midi, Thadée l'aidait dans son travail. Chacun y trouvait son compte. Thadée progressait de façon spectaculaire.

Deux mois passèrent. Thadée avait réalisé une dizaine de mobiles très différents les uns des autres. Il avait exploré plusieurs variétés de terre et tenté des expériences en les mélangeant, ce qui donnait des rendus tout à fait inhabituels. Parfois décevants, mais aussi très réussis d'après Roger.

Thadée suscitait beaucoup de curiosité et d'admiration parmi les quelques visiteurs qui fréquentaient l'atelier. L'un d'eux, Rémy Duboucheron, possédait une galerie rue de Seine. Il proposa à Thadée de l'exposer.

– Nous pourrions exposer trois ou quatre pièces pour voir comment réagiraient nos clients.

– Ça ne m'intéresse pas, lui répondit Thadée.

– Tu sais, ton travail est vraiment intéressant. Beaucoup de personnes apprécieraient de le découvrir.

– Mais pourquoi le ferais-je ?

– Tu te ferais une petite notoriété et un peu d'argent.

– L'argent ne m'intéresse pas...

– C'est bien la première fois que j'entends ça chez un artiste, dit Rémy Duboucheron en rigolant.

– Non mais vraiment, ça ne m'intéresse pas. Je veux bien vous laisser des pièces, mais je ne veux pas d'argent.

Roger qui ne perdait pas une miette de la conversation intervint.

– Thadée, cet argent, il peut servir à agrandir l'atelier. Nous pourrions acheter un nouveau four, plus grand, pour cuire des pièces plus volumineuses. Enfin, si jamais les pièces se vendaient.

Thadée réfléchit, puis se tourna vers Roger.

– Ça coûte cher un four ?

– Très cher, et puis il faut payer les notes d'électricité, ça consomme beaucoup d'énergie, un four.

S'adressant à Rémy Duboucheron, Thadée dit :

– D'accord, mais alors il faudra les vendre très cher pour que Roger puisse s'acheter un nouveau four.

Ils choisirent ensemble cinq pièces destinées à être exposées dans la galerie. Rémy Duboucheron, selon les volontés de Thadée, proposa de les vendre à des prix anormalement élevés... On verra bien, se dit-il. Roger les trouvait déraisonnables.

Il négocia pour Thadée le pourcentage qui reviendrait à la galerie. 50%. Rémy avait débuté la négociation à 75%.

– De toute façon, dit-il, qu'avons-nous à perdre ?

Thadée participa à l'installation. C'était une galerie comme il en existe des dizaines d'autres dans le sixième arrondissement de Paris. Rémy Duboucheron lui expliqua les bases du marché de l'art. Thadée l'écoutait d'une oreille distraite.

Quand les œuvres furent installées, Rémy Duboucheron ne contacta aucun de ses clients, préférant d'abord juger de la réaction de ses visiteurs.

Très vite, le bouche-à-oreille opéra. Les clients furent tous intéressés par ses œuvres, mais en trouvaient les prix exorbitants et renonçaient à les acheter. Certains revinrent plusieurs fois pour tenter de négocier avec le galeriste, mais Rémy Duboucheron leur répondit que l'artiste ne consentait à aucun rabais. L'intérêt que suscitaient les mobiles de Thadée était indéniable. Rémy Duboucheron demanda à Thadée de lui en fournir davantage, même s'il n'en avait pas encore vendu un seul, il sentait qu'il tenait là un artiste hors du commun qui, fatalement, finirait par vendre.

Thadée, sans même savoir de quoi il s'agissait, accepta un contrat d'exclusivité, ce que Roger désapprouva, mais il fit en sorte que Rémy Duboucheron, en échange, baisse sa commission à 40%.

Trois mois plus tard, le galeriste n'avait toujours pas vendu une œuvre. Mais plusieurs revues spécialisées avaient publié des articles sur cet artiste qui souhaitait demeurer silencieux, et surtout ne rencontrer aucun journaliste. Certains critiques d'art émirent l'hypothèse qu'il s'agissait d'un pseudo et que derrière ce nom se cachait un grand artiste renommé. Certains concurrents allèrent même jusqu'à faire suivre Rémy Duboucheron pour connaître l'identité de l'artiste. Il s'en aperçut et prit mille précautions pour ne pas se faire voler son poulain.

Un mardi matin, un client fidèle de la galerie s'y fit déposer par son chauffeur. En quelques minutes, il négocia avec Rémy Duboucheron l'achat de toutes les œuvres exposées, exigeant également un droit de préemption sur les œuvres à venir. Il s'agissait d'une somme très importante, un coup qu'un galeriste ne réalise qu'une fois dans sa vie.

Rémy se rendit à l'atelier avec une caisse de champagne. Il raconta la vente à Thadée et Roger. Roger n'en revenait pas, certes Thadée avait du talent, mais sa connaissance était encore très limitée. Lui qui exerçait depuis plus de trente années n'avait jamais réussi à vendre des œuvres à ce prix. C'était donc du génie, pensa-t-il... Rémy se pencha vers Thadée.

– Désormais, il va falloir produire davantage. Tu te rends compte de la chance que tu as ? En une matinée, ta cote a été multipliée par mille et encore, comme nous partons de zéro, je ne sais même pas comment l'expliquer.

– Merci, dit Thadée en souriant, sans manifester plus d'émotion.

– Roger va t'aménager un espace plus large, je financerai les travaux.

– Ce n'est pas nécessaire, dit Thadée.

– Mais bien sûr que si, nous allons investir dans un nouveau four qui te permettra de cuire des pièces de plus grande taille.

– Non vraiment, ce n'est pas nécessaire.

– Et pourquoi donc ?

– J'ai besoin de me reposer. Je suis malade. Je prends des médicaments, je suis fatigué.

– Ah ? Je vais te trouver le meilleur docteur qui soit. De quoi es-tu malade ?

– Je suis malade. C'est tout.

Roger fit une grimace à Rémy qui signifiait clairement qu'il ne fallait pas insister. Si Roger connaissait l'histoire de Thadée, Rémy l'ignorait.

– Bon, dit Rémy, repose-toi un peu, après tout tu le mérites, et reviens encore plus fort. Mais reviens vite, car notre acheteur ne va pas tarder à me relancer.

Thadée prit deux bouteilles de champagne et s'excusa de devoir les quitter.

La gloire ne l'intéressait pas, l'argent non plus, ces mondes-là n'étaient pas les siens. Ce qu'il aimait, c'était « faire », le reste...

Avec ses deux bouteilles de champagne sous le bras, il partit rejoindre son ami Alfred toujours en train de faire la manche du côté du Panthéon.

– Tiens, dit-il, c'est pour toi.

Il lui tendit les deux bouteilles.

– Wouaaah... Des bulles ! fit Alfred. Je ne me souviens même pas de la dernière fois où j'en ai bu. (Il prit un gobelet en carton, déboucha la bouteille, y versa du champagne à ras bord et le tendit à Thadée.) On ne peut même pas trinquer, c'est con, j'en ai qu'un. (Thadée trempa ses lèvres et le tendit à Alfred.) Où les as-tu chourées ?

– On me les a offertes.

– Ben dis donc, t'es verni, toi.

Thadée lui tendit un billet de cent francs.

– Tiens, c'est pour toi.

– T'as fait un casse ou quoi ?

– Non. J'ai vendu un truc.

– Ben, ça devait être un beau truc. Allez viens, je t'emmène.

Thadée ne posa même pas la question de l'endroit où Alfred voulait le conduire. Ils marchèrent côte à côte, lentement, jusqu'au pont d'Austerlitz.

Ou, plus exactement, sous le pont.

– Attends-moi là, dit-il à Thadée.

Alfred alla discuter avec deux garçons à la mine mauvaise. Il revint quelques minutes plus tard avec un petit sachet en plastique serré dans son poignet.

– T'aimes les voyages ? dit-il à Thadée en rigolant.

– Je ne sais pas.

– Tu ne voudrais pas voyager un peu avec moi ?

– Pour aller où ?

– Où tu voudras. C'est toi qui décides. Assieds-toi là.

Alfred sortit les deux petits cachets de la pochette en plastique.

– Tiens, prends-en un. Installe-toi confortablement et on se retrouve dans quelques heures.

– C'est quoi ça ? demanda Thadée en observant le cachet.

– Du LSD, mon pote. La meilleure façon de voyager quand t'as pas d'oseille.

– Je connais…

Thadée ne revint plus jamais à l'atelier. Il s'était fait de nouveaux amis dont la plupart vivaient sous les ponts de Paris. Tous fumaient des joints ou prenaient des acides.

6

Mai 1978

Ma mère s'inquiétait de voir Thadée glisser vers des abîmes dont elle soupçonnait l'effroi. Elle savait qu'elle ne pouvait rien faire d'autre qu'offrir son amour maternel, seul port où Thadée pouvait encore accrocher ses amarres.

Il revenait de moins en moins souvent, de plus en plus sale et chaque fois un peu plus hagard.

Parfois, Thadée devenait violent. Il lui arrivait d'avoir peur, mais jamais il ne s'en prit à notre mère. Il se vengeait de son infortune en fracassant des meubles ou en donnant de violents coups de tête contre les murs, si fort qu'elle craignait qu'il ne s'y fracasse le crâne. Plusieurs fois, elle appela la Maison Blanche afin que l'on revienne le chercher.

Thadée demeurait alors quelques jours « enfermé » et revenait, calme.

Tout le monde aimait Thadée, personne ne le rejetait.

Même notre grand-mère avait su préserver son amour pour ce petit-fils « fragile ». Malgré son âge, quatre-vingt-neuf ans, malgré sa droiture, ce qu'elle avait vécu pendant la guerre, malgré toutes les épines de la vie, elle gardait pour Thadée un amour qu'elle lui signifiait sans relâche ni contrepartie.

Un dimanche, elle nous invita tous les deux à déjeuner chez elle. Elle habitait un bel appartement du septième arrondissement situé au quatrième étage de la rue de Gribeauval. Il faisait un temps magnifique. Les fenêtres de la salle à manger étaient grandes ouvertes, laissant pénétrer un air frais et printanier.

Nous parlions de choses et d'autres, Thadée était d'excellente humeur. Il nous faisait part avec passion des dernières découvertes en matière d'astronomie, sujet qui le fascinait toujours. Il nous faisait rire aussi. Après qu'il eut terminé son repas, il demanda la permission d'aller fumer une cigarette au bord de la fenêtre, ce que ma grand-mère accepta bien volontiers.

Nous étions assis, ma grand-mère et moi, profitant de la douceur de cette paisible réunion familiale. Appuyé sur la rambarde de la fenêtre, Thadée observait la rue. Il n'y avait pas un bruit. Paris en ce dimanche de mai était d'un calme provincial.

Il se tourna vers nous et nous sourit. Puis, très lentement, il écrasa sa cigarette, grimpa sur la rambarde et, du haut de ce quatrième étage, s'élança dans le vide.

Sans un mot, sans un cri.

7

Janvier 1979

Thadée avait eu de la chance. Ce qu'il reconnaissait volontiers, heureux d'être encore en vie. Il avait atterri sur le toit d'un taxi qui fit office de « matelas ». Comme seule blessure, il n'avait eu qu'un bras fracturé et n'avait été hospitalisé que quelques jours. Il s'était très vite remis de sa blessure. Personne à la maison ne parlait de son geste. Ma mère disait à ses amis que Thadée avait été renversé par une voiture. Nous fîmes de cet « accident », et Thadée le premier, une chose de la vie sans importance. Même ma grand-mère, qui avait assisté comme moi à cette scène irréelle, taisait ses émotions. C'était ainsi, Thadée était vivant, indemne, nous avions banalisé cet acte et n'en reparlâmes jamais.

Thadée ne se plaignait jamais. Quand il disait aux autres « je suis malade », il le prononçait comme une banalité, comme s'il disait qu'il était brun, ou grand, ou maigre. « Je suis malade » n'était pas non plus une excuse, il ne se sentait coupable de rien. Je fais partie de cette « race », « les malades », voilà tout, se disait-il.

Les malades ne travaillent pas, les malades peuvent vivre différemment, rien ne les oblige. C'est ainsi.

Je ne peux pas... « Je suis malade. »

Thadée ne sortait plus de l'appartement familial. Il passait ses jours à écrire et à s'instruire.

Un matin de janvier, il dit à maman qu'il souhaitait voyager.

– Bien sûr, quelle bonne idée ! dit-elle. Où veux-tu que nous allions ?

– Maman, je voudrais voyager seul.

– Oui bien sûr... mais ça m'inquiète de te laisser seul.

– Ne sois pas inquiète. Il faut que je sois seul. C'est important.

– Je comprends. Où veux-tu aller ?

– En Inde.

– En Inde ! Mais si tu tombes malade en Inde, qui va s'occuper de toi ?

– Je suis déjà malade, maman...

– Combien de temps vas-tu y rester ?

– Je ne sais pas.

– Mais as-tu quelqu'un chez qui loger ? Je ne connais personne en Inde.

– Ce n'est pas nécessaire, maman. J'ai l'habitude de dormir n'importe où, tu le sais.

– Bon, je suppose que rien ne t'en empêchera. Je vais t'accompagner à l'agence de voyages et nous regarderons ce qu'ils proposent.

– Je n'ai pas besoin d'agence de voyages, maman. Je vais y aller à pied.

– Pardon ?

– Oui, cela prendra le temps qu'il faudra, mais j'irai à pied.

Nerveusement, ou consciente de l'absurdité de ce choix, elle fut prise d'un fou rire. Thadée rit aussi.

– Bon ! dit-elle en essuyant ses larmes mélangées. Va pour l'Inde, à pied. De toute façon, si tu trouves ça trop difficile, je viendrai te chercher où que tu sois.

– Je sais. Je sais que je peux compter sur toi, maman. Je sais que ma maladie est pour toi une souffrance. Tu m'as toujours accompagné, tu ne m'as jamais abandonné. Moi non plus.

Ils se prirent la main et restèrent ainsi quelques minutes.

Elle s'occupa de tous les préparatifs. Rongée d'inquiétude à l'idée de ce voyage, elle ressentait également une grande fierté d'avoir un fils si « solide » malgré sa maladie dont elle n'était pourtant pas certaine, elle non plus, qu'elle en fût une.

Thadée partit un matin, équipé d'un simple sac à dos, d'une paire de chaussures de marche et d'un manteau. Il fit ses adieux à notre mère qui l'encouragea, secrètement persuadée que Thadée reviendrait au bout de quelques jours, voire le jour même.

Lorsque j'appris le départ de Thadée, je ne fus pas surpris. Je n'osais me l'avouer, mais c'était presque pour moi un soulagement qu'il s'écarte temporairement de ma vie. Contrairement à ma mère, je savais qu'il parviendrait à ses fins. Je ne ressentis aucune inquiétude, Thadée savait se débrouiller.

Une semaine plus tard, elle reçut la première lettre de Thadée.

Ma chère maman,

Je viens d'arriver à Lyon. J'ai fait un peu d'auto-stop car il était trop difficile de marcher sous la pluie. Je vais prendre un car qui m'emmènera jusqu'à Istanbul. Le voyage durera quatre jours, après je déciderai de la façon dont je voyagerai.

Tout va bien, ne t'inquiète pas.

Je vous embrasse tous,

Thadée

Thadée prit effectivement un car pour Istanbul. Il était accompagné de travailleurs émigrés qui rentraient chez eux et d'un ou deux voyageurs pour qui Istanbul n'était qu'une étape. C'est ainsi qu'il rencontra Mohamed Jawad, un Afghan avec qui il sympathisa. Mohamed lui raconta qu'il était commerçant sans lui préciser la nature de son commerce.

Il lui parla de son pays, de son histoire, il lui récita même des poèmes pachtouns.

Mohamed chantait des chansons aux accents orientaux qui berçaient le voyage de Thadée. Il régnait dans le car une forte odeur de tabac et de transpiration. Toutes les quatre heures, ils faisaient un arrêt, ce qui leur permettait de se dégourdir les jambes. Deux chauffeurs se relayaient.

La plupart du temps, Thadée dormait ou regardait défiler le paysage. C'était la première fois qu'il voyageait.

Thadée s'émerveilla des paysages toscans puis des plaines de la Lazio.

Ils prirent un ferry à Brindisi qui les emmena jusqu'à Corfou, en Grèce, puis roulèrent à nouveau jusqu'à Kavala où ils embarquèrent sur un bateau jusqu'à Ayvalik, au sud de la Turquie, puis ils empruntèrent des routes chaotiques qui les menèrent enfin à Istanbul.

– Que vas-tu faire à Istanbul ? demanda Mohamed.

– Rien. Je vais en Inde, je vais essayer de trouver un nouveau car.

– En Inde ? Mais alors, Kaboul c'est sur ta route. Viens avec moi, je te présenterai à ma famille et tu pourras te reposer quelques jours. Accepte d'être mon invité.

– D'accord, dit Thadée. (Il étudia sa carte pour vérifier si effectivement Kaboul était bien sur sa route.) C'est comment, ton pays ?

– Mon pays ? C'est le plus beau pays du monde. À l'exception de la grande plaine du Nord, c'est une alternance de hautes montagnes et de déserts. Le climat y est très austère. Nous pratiquons principalement l'agriculture et l'élevage. L'Afghanistan, c'est le carrefour des civilisations, tu sais. Unc plaque tournante entre le monde turco-iranien et le sous-continent indien. Il y a beaucoup de populations d'origines diverses, pachtoune, tadjik, ouzbek, hazâra... Nous sommes un pays pauvre, très pauvre. Nous avons un roi, Zaher Shah. Tu vas aimer ce pays, je le sais.

– Mais tu fais quoi pour vivre ?

– Et toi ?

– Moi, je suis malade, je ne peux pas travailler. Je vis de la charité, dit Thadée en riant.

– Ah... ? Je n'avais pas vu que tu étais malade. Moi, je cultive le pavot.

– C'est quoi ?

Mohamed se demanda si Thadée était sérieux en lui posant cette question. Mais il s'employa à y répondre de manière méthodique.

– C'est une plante. Le produit qui en est tiré s'appelle l'opium. C'est une drogue et, officiellement, sa production est illégale. C'est avec le pavot que l'on fabrique l'héroïne. Tu connais l'héroïne ?

– Oui. Je n'en ai jamais pris, mais je connais. Je préfère fumer de l'herbe ou parfois prendre un acide.

– N'y touche jamais. Elle te détruira. Toutes les drogues te détruiront. Fumer, ça va encore, mais plus tu fumes, plus tu voudras chercher des drogues fortes. Le pavot, c'est une plante qui rapporte beaucoup d'argent. Un hectare de pavot produit une valeur huit fois supérieure à celle du blé. C'est pour ça que tous les agriculteurs afghans en produisent. Officiellement c'est interdit, mais tout le monde le fait. L'opium est obtenu par incision des capsules de pavot. Je te montrerai. Nous n'en consommons pas, tout est exporté. Moi-même, je n'en produis pas, je ne fais que vendre la pâte obtenue à partir du pavot. J'achète les pavots, j'en fais extraire la pâte et je la revends.

– Tu es un trafiquant de drogue alors ?

– Pas vraiment, je me considère plus comme une coopérative agricole. Disons que je suis un intermédiaire. C'est ce qui nous fait vivre et permet de nourrir nos familles. Beaucoup de familles comptent sur moi.

Après avoir traversé l'Iran en car, Mohamed proposa à Thadée de l'accompagner à Kandahar où il devait traiter quelques affaires avant de rejoindre Kaboul.

À leur arrivée, un groupe de quatre hommes attendaient Mohamed. Ils étaient tous armés. À peine descendus du car, une violente dispute éclata à propos de Thadée. C'était qui, cet étranger ?

Après de longues palabres et quelques échanges de billets, ils acceptèrent de l'embarquer après l'avoir consciencieusement fouillé.

Ils roulèrent plusieurs heures jusqu'à parvenir à Chahar Bagh. Plus qu'un village, il s'agissait d'un lieu-dit entouré de champs à perte de vue.

Lorsqu'ils descendirent du pick-up, les hommes obligèrent Thadée à rester à l'écart. Ils le firent s'asseoir à l'ombre et lui apportèrent du thé.

Mohamed s'engouffra dans une large tente où il resta plusieurs heures.

Thadée ne protestait pas. Il observait. Il tenta de communiquer avec l'homme chargé de le surveiller. Celui-ci lui adressa quelques sourires, mais ne prononça pas un mot. Il lui apportait régulièrement le thé et même une gamelle de légumes cuits que Thadée dévora. Thadée lui fit un signe du pouce pour signifier qu'il trouvait ça bon. Le gardien demeura impassible.

Quelques heures plus tard, Mohamed sortit de la tente et fit signe à Thadée d'approcher. Il pénétra sous l'abri où étaient assis une douzaine d'hommes aux regards durs. Mohamed parlait en pachtoun et les hommes acquiesçaient en inclinant le visage sans laisser paraître la moindre émotion.

Après l'avoir observé et échangé entre eux, ils l'invitèrent à s'asseoir parmi eux et lui servirent le thé. Ils restèrent à parler ainsi jusqu'à la tombée de la nuit. Thadée ne posa aucune question. Tard dans la nuit, ils réembarquèrent dans le pick-up.

Les hommes chargèrent à l'arrière une dizaine de gros sacs en toile de jute.

– Ça va ? demanda Mohamed.

– Oui, ça va. Où allons-nous ?

– À Kaboul. Chez moi. Nous devrions y arriver demain dans la matinée. Essaie de dormir.

Les hommes se relayaient au volant. Parfois, ils s'arrêtaient pour observer la route avec leurs jumelles, puis ils repartaient. Personne ne parlait. Après d'interminables heures passées à escalader des pistes vertigineuses, franchissant des cols, surplombant des gorges abyssales, de vastes vallées désertiques apparurent au détour d'un virage. Le long des chemins, des ombres tels des esprits rôdaient sans que Thadée sache si c'était le fruit de son imagination ou des paysans dissimulés sous les peupliers écrasés par la lumière du matin.

Le pick-up soulevait une poussière rouge qui obscurcissait le pare-brise que le conducteur ne jugeait pas utile de nettoyer. Les chemins étaient peuplés de femmes qui se rendaient au bazar, vêtues de leur tchadri bleu pervenche.

Thadée aimait déjà ce pays de traviole semblant s'étirer en marge du monde.

Au détour d'un de ces innombrables virages apparut enfin Kaboul.

Mohamed conseilla à Thadée de se rendre invisible. Il lui acheta des vêtements locaux et l'incita à se laisser pousser la barbe. Pour parfaire son allure, il lui fit raser la tête par un coiffeur de rue.

Thadée ne logeait pas chez Mohamed, mais dans une petite cabane annexe où il ne disposait que d'une simple paillasse. Mohamed vivait dans la maison principale avec sa femme dont Thadée ne verra jamais le visage dissimulé sous une burqa. Il y avait beaucoup d'enfants, impossible de savoir s'ils étaient tous de Mohamed.

– Je dois m'absenter quelques jours, dit Mohamed. Profites-en pour visiter la ville. Sois prudent, ne te fais pas remarquer.

– Je ne pourrais pas t'accompagner ?

– Non, c'est trop dangereux. Je t'expliquerai plus tard. Peut-être pourras-tu me rendre quelques services quand tu rentreras en France.

– Je ne sais pas, je suis malade, tu sais. Et je ne compte pas revenir en France avant longtemps, je vais en Inde.

– Nous en reparlerons.

Mohamed n'avait pas bien saisi de quoi Thadée était malade. Même si Thadée lui avait raconté ses années d'hospitalisation, les cures de sommeil, les électrochocs et même sa tentative de suicide... pour Mohamed, cela ne signifiait pas « être malade ».

– Malade, c'est quand tu tousses, quand tu vomis, quand tu as de la fièvre, quand tu transpires, lui avait dit Mohamed. Toi, tu n'es pas malade, tu es juste un peu bizarre dans ta tête, ce n'est pas ça, « être malade »... En Afghanistan, tu ne peux pas te payer le luxe d'être faible, sinon tu meurs. Les malades, nous nous en occupons, nous les soignons, nous savons le faire, nous sommes tous de bons médecins et nous avons les plantes nécessaires pour les guérir. Toi, tu n'es pas malade, il n'y a pas de plante pour te guérir.

Il y avait un peu d'agressivité dans les propos de Mohamed qui, même s'il avait de l'amitié pour Thadée, ne pouvait accepter que des personnes se plaignent pour de mauvaises causes. D'autant plus quand elles venaient de pays où la souffrance n'était qu'une vague notion alors qu'ici c'était l'essence même de toute existence.

– En Afghanistan, tu nais dans la souffrance. Arrête de me dire que tu es malade ! Regarde autour de toi, va dans les maisons, regarde ces vieillards dans la rue à qui il manque une jambe, un bras, parfois les deux, regarde comme nos enfants sont maigres, cesse de te plaindre.

Pourtant Thadée ne se plaignait pas. « Malade », c'était sa condition, il n'en souffrait pas, on lui avait appris à être malade, les médecins avaient fait de lui un

« malade » c'était comme ça, il n'y pouvait rien. Il avait fait de ce mot son surnom. Thadée ne cherchait pas l'apitoiement des autres.

Il comprenait parfaitement l'étrangeté de sa maladie au regard des souffrances de cette population. Mais c'était ainsi, il y avait plusieurs formes de maladies sur terre. La sienne était invisible pour les autres. C'est tout.

Thadée profita de l'absence de Mohamed pour apprendre quelques mots de dari et de patcho, les deux langues locales. Son professeur était l'un des fils de Mohamed : Gul. Très vite, Thadée parvint à assembler des mots et à prononcer quelques phrases lui permettant de circuler librement dans Kaboul. La culture jouant un rôle essentiel dans la société afghane, Gul lui apprit quelques poésies qui demeurent un art vivant de la culture afghane.

Thadée passait ses journées à déambuler, certains le reconnaissaient et lui faisaient un signe amical de la main. D'autres le méprisaient et le considéraient comme l'un de ces touristes égarés qui finiraient assassinés et à qui ils voleraient ses quelques billets qui, ici, représentaient une fortune. Six mois passèrent ainsi.

C'est dans le quartier situé à proximité de la forteresse Bala Hissar que Thadée préférait se promener. Ici étaient concentrés les artistes, luthiers, potiers, les bijoutiers, mais aussi les prostitués, les voleurs et trafiquants en tout genre.

Les palabres étaient rythmées par le pépiement incessant des moineaux, les trilles des colombes, les babillages des perroquets et autres jabotages de perruches. Similaires par de nombreux aspects à la musique indienne, les mélodies afghanes débutent souvent par une note monocorde montant en puissance pour enfler jusqu'au pinacle, dégageant ainsi l'expression pure d'une sexualité dissimulée. Expression vibrante de l'amour dans cette société ultra-conservatrice qui ne savait l'exprimer autrement.

Thadée n'était pas dupe. Il comprit qu'à leur très grande courtoisie et à leur sens inné de l'hospitalité s'opposait une capacité illimitée à travestir la vérité sur tous les sujets. Assis en tailleur sur des coussins moelleux à l'ombre d'un tamarinier, tout en se caressant la barbe, l'Afghan pouvait deviser des heures sur tous les sujets. Il vous embarquait dans une jungle de miroirs où dansaient autant de vérités contradictoires que d'affirmations approximatives pouvant s'interpréter de mille et une façons.

La préoccupation de l'Afghan était avant tout de sauver la face. Ce que nous appelons « l'honneur ». Pas seulement la leur, mais aussi celle de leur interlocuteur. Une préoccupation bien légitime dans un pays où l'humiliation subie ne se répare que par le sang.

Au hasard de ses promenades Thadée découvrit un petit atelier de poterie qui possédait un four en brique de grande taille. Il s'assit et désigna un bloc de terre à l'artisan. Celui-ci lui fit signe de s'approcher et offrit à Thadée de s'installer. Ils partagèrent le thé en silence. Rituellement, Thadée caressa le bloc. La terre était la terre, d'où qu'elle vienne. La même sensation, le même langage, les mêmes gestes. La terre réunissait les hommes entre eux.

Thadée revint chaque jour. Avec la permission de l'artisan et à l'aide de quelques billets, il s'installa dans un coin de l'atelier. Il sculptait de larges feuilles en forme de pétales géants. L'artisan le laissa faire. Lorsque Thadée jugea qu'il en possédait une quantité suffisante, il les enfourna une par une. Cette opération lui prit plusieurs semaines.

Puis il demanda au potier de lui réaliser une jarre d'environ deux mètres de haut sur un mètre de large. La semaine suivante, quand elle fut cuite, il assembla un à un les pétales de terre émaillés sur la jarre en les fixant les uns aux autres par des tiges de métal qu'il fit fabriquer chez un ferrailleur installé non loin.

Les enfants regardaient, amusés, cet objet étrange dont ils ne devinaient pas l'utilité. Ils ne trouvaient ça ni beau ni laid, simplement inutile.

Une nuit, afin de ne pas éveiller les soupçons, Thadée fit transporter l'objet dans les jardins de Babur et, sans aucune espèce d'autorisation, l'y installa. Il s'agit d'un lieu historique de haute importance pour les Afghans. Bagh-e Babur est, à l'origine, la tombe du fondateur de l'empire moghol Babur. Il fut construit en 1528. L'empereur qui entretenait une passion pour les jardins demanda à y être enterré et voulut que sa tombe soit modeste.

C'est à proximité de cette tombe que Thadée installa son bouquet bariolé.

Très vite, la nouvelle se répandit et une foule nombreuse vint observer cet étrange bouquet. Certains y voyaient une profanation, d'autres un hommage. Le bouquet attira tant de monde qu'il fallut l'intervention de la police pour le protéger.

Puis la curiosité s'estompa et le bouquet retrouva sa solitude.

Quelques mois plus tard, Mohamed revint de son périple. Il semblait épuisé et inquiet.

– Thadée, c'est quoi cette histoire de bouquet ? Je t'avais dit de rester discret.

– Ce n'est rien, c'est juste un bouquet, tu veux le voir ?

– Non, je n'en ai ni l'envie ni le temps. Même à l'autre bout du pays, ils en parlent ! Tu vas me rendre un service. Il faut que tu fasses un voyage pour moi, s'il te plaît, fais-le pour moi, c'est important. Prends ces deux sacs et apporte-les à Jalalabad. Un homme va t'y conduire. Je n'ai plus confiance en personne ici. Il n'y a que toi qui puisses m'aider.

– Te reverrai-je ?

– Je ne sais pas. Il va falloir que je disparaisse un peu. Ton chauffeur t'attend dehors. Vas-y vite, s'il te plaît. Et plus de bouquet !!!!

Thadée ramassa ses affaires, il prit les deux sacs et sortit de sa maison.

Au moment d'approcher du pick-up où l'attendait son chauffeur, une explosion le projeta en l'air. Couché à terre il aperçut deux hommes courant vers la maison de Mohamed. Thadée ne put rien faire lorsqu'il vit Mohamed se faire transpercer de balles. Les deux hommes pénétrèrent dans la maison et terminèrent d'exterminer toute sa famille, puis le chauffeur qui attendait Thadée. Les deux hommes hurlaient et continuaient de tirer en l'air, puis ils enfourchèrent une moto et partirent.

Soufflé, mais pas blessé par l'explosion, Thadée se releva rapidement. Le voisinage accourut de toutes parts, créant une indescriptible cohue. Il agrippa les deux sacs confiés par Mohamed et partit sans que personne ne prête attention à lui. Il traversa le pont chevauchant la rivière Darya-e-Kabul, y jeta les sacs et se dirigea vers la gare routière. Il embarqua dans un car en direction d'Islamabad. Il sortit de son sac à dos du papier et rédigea une lettre pour sa mère.

Il venait de passer une année en Afghanistan. Quelques mois après son départ, l'armée russe envahissait le pays.

Ma chère maman,

Je viens de passer quelques mois à Kaboul en Afghanistan. Au centre de ces montagnes majestueuses surgit, dans la poussière et dans les hurlements des hommes, cette ville qui concentre les pires cicatrices de la misère humaine que leurs chants sublimes ne parviennent pas à guérir.

J'ai été accueilli par une famille qui s'est très généreusement occupée de moi. Mohamed, ses femmes et ses enfants.

J'ai pu travailler un peu et je laisse à Kaboul une sculpture dont tu trouveras une photo dans la coupure de journal ci-jointe.

Je quitte cette terre afghane qui semble hantée par la mitraille et la mort que tout oppose à ce peuple pourtant si docile, si généreux.

Les prophètes ne semblent pas connaître le chemin. Il n'y a pas de chemin. Ils sont cloîtrés comme nos moines les plus assidus au centre d'une fournaise qui les brûle. Les Afghans semblent avoir inventé la violence, malgré eux.

Les femmes sont cachées sous des voiles carcéraux, elles n'existent pas, elles sont invisibles. Les hommes disent qu'elles sont belles. Seules transpercent leur peur et leur soumission. Pourtant, ici, tout n'est que prières et incantations divines. Tout n'est que paradoxe.

Ma maladie semble bien dérisoire face à leur détresse. J'en ai bien conscience.

J'ai laissé à Kaboul ce bouquet en céramique qui sera sans doute détruit par les armes. Qu'importe, que pouvais-je apporter d'autre qu'un peu de réconfort à ce peuple qui semble condamné à la souffrance, tellement ils ignorent l'existence même de l'espérance.

Mohamed est mort ce matin, abattu par les siens. Je n'ai plus rien à faire ici.

L'exil ne s'écrit pas, il se vit. Ainsi je poursuis ma route.

Ton courage et ta confiance coulent dans mes veines.

Je prie pour toi,

Thadée

8

Calcutta

Après un long périple qui dura quelques mois, en car, en train, à pied, Thadée parvint à rejoindre Calcutta.

La nuit tombait, rendant encore plus dramatiques ses premières impressions. Des loques humaines affalées encombraient la chaussée. Dormeurs tombés là, au hasard du sommeil. De ces tas répandus sur le sol, il était impossible de définir s'il s'agissait de déchets oùd'humains dont dépassait parfois un visage. Thadée progressait au cœur de ce magma où grouillaient des bras, des jambes, des mains tendues, des pleurs, des bouses de vache.

Était-il possible que sous ces amas immondes des âmes subsistent ? Qu'une pensée s'élève ? Pouvait-il y avoir un espoir, une vie qui demeurait au cœur de ces détritus humains ? Dans cette ville se pressaient, sans nourriture et sans logis, des millions d'affamés aux limites de la vie et de la mort.

Sa première impression fut d'arriver au pays des ténèbres.

Son regard se porta sur cette foule qui semblait avoir été rassemblée dans l'attente du dernier voyage. Il perçut d'abord ces visages aux orbites profondément enfoncées, aux dents sèches et rares. Leurs corps semblaient avoir été rongés de l'intérieur, il ne subsistait pour ultime protection qu'une fine épaisseur de peau aussi fragile qu'un parchemin. La faim finissait de les sculpter dans une infinie maigreur.

Thadée déambulait, interdit, butant parfois sur un corps endormi dont il ne savait plus s'il était vivant ou mort. Seules les mouches qui dansaient parfois autour de leur visage trahissaient leur véritable état.

En tout autre pays, la police eût été alertée, une ambulance l'eût transporté d'urgence à l'hôpital... Ici, nul passant ne s'en inquiétait, sauf de ne point le heurter au passage.

Un homme accroupi tressait des colliers de tubéreuses et d'œillets à l'usage des dévots d'une quelconque divinité dont le modeste autel consistait en un rectangle d'un mètre de côté creusé dans le sol au milieu de nulle part. Face à ces temples de fortune, des vieillards se tenaient accroupis sur leurs talons, tête baissée, le torse nu offert au soleil brûlant qui les consumait comme des martyrs.

Personne ne prêtait attention à ces mourants. Personne ne s'abaissait à chasser les mouches qui terminaient de les effacer, personne n'humectait leur visage et leurs lèvres aussi sèches que les pierres sur lesquelles ils agonisaient.

Il réalisa à quel point, dans cette Inde tragique, la mort faisait partie de la vie.

Non loin de là, dans les eaux infectes du Gange, des hommes se baignaient. Ils s'enduisaient sans aucune pudeur de cette boue puante et sale, afin de purifier leurs âmes. Puis ils s'allongeaient sur la berge sans craindre le feu du ciel qui terminait de fondre leurs corps décharnés. Thadée les observait sans les juger, comprenant qu'ici le miracle était qu'ils vivent encore.

L'eau du Gange était épaisse et lourde des cendres des corps qui brûlaient non loin de là.

Au cœur de ce chaos et de cette puanteur s'élevaient pourtant des parfums de jasmin que des enfants tressaient pour fleurir les innombrables statuettes de la déesse Kali représentée sous l'aspect d'une affreuse créature à la face grimaçante, tenant dans chaque main de ses quatre bras une tête humaine.

D'innombrables mendiants fendaient la foule en gémissant leurs ultimes supplications.

Thadée était fasciné par cette ferveur allant jusqu'à la convulsion, jusqu'à l'obscurcissement total de la raison. N'y a-t-il rien qui puisse flatter davantage une divinité que l'acte de renoncer à tout ?

En s'éloignant de ce tumulte, Thadée partit flâner dans un terrain vague où il pensait trouver un peu de solitude et de paix. Il aperçut quelques nuages de fumée s'élevant de tas de fagots éparpillés qui se consumaient.

Des hommes et de femmes drapaient de leur silence chacun de ces foyers. D'autres brandissaient des branches qu'ils entassaient selon une chorégraphie précise. Lorsque le tas avait atteint une hauteur égale à celle d'un adulte, des hommes déposaient sur cet amas un paquet enveloppé de toile blanche.

Thadée comprit qu'il se trouvait dans un lieu de crémation et qu'il s'agissait des morts que l'on brûlait. Parfois, le manque de branches ne permettait pas de consumer entièrement leurs maigres corps. Des os à peine effleurés par les flammes apparaissaient par endroits. Les familles ramassaient quelques cendres qu'elles allaient ensuite déposer sur les eaux boueuses du Gange.

Les baigneurs continuaient de s'enduire de la boue du fleuve. Ainsi la mort rejoignait la vie.

Que fais-je ici, se demanda Thadée, lui venu d'un autre monde, au milieu de ces êtres visités des dieux, de ces sadhus qui n'étaient là que pour une brève étape dans la poursuite de l'âme universelle. Que pouvaient-ils goûter des plaisirs simples de la vie ? Un clair de lune, les caresses de l'être aimé, la musique d'une rivière qui se prélasse ? Quel était l'attrait de leur existence ? Sentaient-ils en eux la force du désir ?

Ces regards d'enfants proches de la mort percevaient-ils la beauté du monde ?

Il traversa le fleuve sur un pont de fer jadis construit par les Anglais entre la rive de Calcutta et celle de Howrah.

Parvenu aux abords de la gare de Calcutta, il trouva côte à côte, effondrés sur le sol brûlant, des vendeurs de rien, de bouts de bois, de poudres diverses, de choses sans forme ni couleur...

La gare de Calcutta lui apparut comme l'un des lieux les plus dramatiques au monde.

Entre les portes d'accès menant aux trains, des tissus bariolés tendus sur des ficelles abritaient des femmes, des enfants, des vieillards, des animaux de toutes sortes, des réchauds alimentés par des fagots misérables. Pas un espace qui n'était occupé par des familles cramponnées à leur carré comme à leur dernier souffle de vie. Elles avaient pour village cette gare et quelques mètres carrés sur lesquels étaient réunies leurs affaires misérables. Dans cet espace rabougri, il fallait survivre durant le jour, essayer de chercher le sommeil pendant la nuit et cuisiner quelques poignées de riz glanées ou volées.

Les enfants y venaient au monde, les malades y mouraient. Tout ce qu'il y a de plus intime dans la vie d'une famille s'y déroulait dans l'indifférence absolue et au vu de tous. La fumée des réchauds formait un nuage épais qui donnait à cette scène des ambiances impressionnistes.

Thadée déambulait de campement en campement, demeurant invisible à leurs regards. L'Inde authentique, l'Inde dépouillée de sa littérature et de ses Bollywood. L'Inde que la police interdisait de photographier. C'est cette Inde-là que Thadée découvrait sans la comprendre et sans la juger. Où trouver la sérénité ?

Il se dirigea vers le marché d'Harrison Road. La vie y était fourmillante. Les vaches se vautraient dans les rues, se gavant des épluchures qui jonchaient le sol.

Thadée découvrit aussi d'autres Calcutta. Le quartier des banques, des hôtels, des jardins publics, des ministères. Des voitures somptueuses, conduites par des Sikhs arborant des barbes impeccables, qui circulaient dans de larges avenues. Des agents de police coiffés de turbans et vêtus de blanc se tenaient aux carrefours, protégés du soleil par une ombrelle dont le manche était pris dans un étui de leur ceinturon, si bien qu'ils se déplaçaient avec leur ombre, profitant ainsi de leurs bras libres pour orchestrer une circulation chaotique.

Des vaches se couchaient sur les voies du tramway. D'autres étiraient leur carcasse déformée sur le parvis des hôtels. Des calèches, attelées à des chevaux affamés, glissaient dans l'avenue, laissant apercevoir par les vitres des femmes élégantes enveloppées dans des champs de soie. Des laquais à l'élégance coloniale se dressaient dignement, debout à l'arrière.

Les jardins étaient peuplés d'arbres sans branches. Il fallait bien pouvoir alimenter les bûchers qui illuminaient les alentours.

L'Inde rendait-elle fou ? Ou les fous allaient-ils en Inde ? C'est la question que se posa Thadée, à peine débarqué à Calcutta.

Pour tenter d'apaiser l'angoisse provoquée par ce spectacle misérable, Thadée n'eut aucune difficulté à se procurer de l'herbe. L'Inde effaçait en lui toute sensation d'identité. Le choc culturel était immense, le choc spirituel incommensurable. Ses sens étaient tétanisés. La drogue était partout. De nombreux touristes désœuvrés, ne sachant plus ce qu'ils étaient venus chercher, s'y adonnaient. Des personnes jusque-là indemnes éprouvaient soudain un sentiment de perdition.

Le séisme intérieur provoqué par l'immersion en ce pays le fit basculer dans l'angoisse la plus absolue. Il se sentit perdre tout contact avec la réalité. L'Inde ne laissait personne indifférent. C'était le voyage qui vous faisait ou vous détruisait.

Sur les conseils d'un Français égaré qu'il rencontra à la gare de Calcutta, Thadée se rendit à Mandarmani, situé à une trentaine de kilomètres. Les plages étaient, paraît-il, paradisiaques. Il passa quelques jours avec cet inconnu qui se faisait appeler Fred, mais dont il ne connut jamais le véritable nom. Ce n'étaient pas des plages enchanteresses comme nous les imaginons. L'eau y était boueuse et la propreté incertaine. Elles étaient principalement fréquentées par des Indiens de classe moyenne qui venaient s'y détendre en famille. Les plages étaient tout, sauf « désertes ». Des centaines d'Indiens se baignaient avec joie sans ne rien trouver de déplaisant à s'agglutiner dans l'eau jaunâtre.

Ils louèrent une chambre au *People Star Resort*, qui n'avait rien de « Star » ni de « Resort » et encore moins de « People ». C'est Thadée qui paya la chambre. Fred lui promit de le rembourser plus tard, Thadée savait pertinemment qu'il ne le rembourserait jamais.

Ils étaient les seuls « touristes ». Quelques familles débordant d'enfants déambulaient dans cette maison où l'eau courante était en option et l'électricité intermittente.

Thadée en profita pour se laver et se raser la tête. Il préféra conserver sa barbe qui, pensait-il, lui évitait de passer pour un touriste. Il se regarda longuement dans le miroir et se dit qu'il aurait dû rester à Calcutta plutôt que de venir dans cet endroit qui ne l'attendait pas et qu'il ne recherchait pas davantage.

Ce Fred l'encombrait et ne lui apportait rien qu'il désirât. Seule la langue et la nationalité les avaient réunis.

Il profita malgré tout de ce moment de calme pour écrire une nouvelle lettre à sa mère.

Ma chère maman,

Personne ne peut savoir ou personne ne veut savoir...

Calcutta rassemble tellement de misère, toute la pauvreté de l'univers semble s'y être donné rendez-vous. Les hommes et les femmes se confondent avec les déchets. On ne sait plus qui est quoi ou si quoi est quelqu'un.

La mort côtoie la vie, à chaque coin de rue, à chaque pas que je fais, partout où se pose le regard, il n'est pas possible d'y échapper, il est impossible de ne pas voir.

Pas un livre ne décrit ce que je vois. Personne ne le croirait.

Il n'y a pas de violence, ce n'est pas la même misère que celle que j'ai côtoyée à Kaboul. Il semblait y régner un climat de guerre, ici, c'est le bout du monde, l'extrémité ultime de l'humanité. Pourtant, un voile de paix et de sérénité plane sur cet exil lointain.

Je suis parti quelques jours au bord de la mer, à Mandarmani, d'où je profite pour t'écrire. Tu trouveras sûrement où se situe cette ville dans le bel Atlas bleu que tu m'avais offert. Il est rangé dans ma chambre en haut de ma bibliothèque.

Je vais très vite revenir à Calcutta. Cette ville m'attire comme le sommeil le soir au couchant. Il faut que je comprenne. J'ai besoin de savoir d'où vient cette volonté de vivre qu'ont encore ces gens. Il n'y a rien, ils n'ont rien, que des miettes d'humanité autour desquelles bataille leur dernier souffle. Pas une humanité « humaine », une humanité bestiale qui force l'instinct à ne jamais lâcher prise. Sans aucune violence.

Je suis bien loin des images d'Épinal où l'on découvre des Indiens élégants et richement vêtus chevauchant des éléphants parés d'or, entourés de domestiques brandissant des ombrelles pourpres au-dessus des princes bariolés. Je me souviens d'une gravure dans le salon qui ressemblait à cela.

Pour accepter tant de misère, il y a autre chose, c'est une évidence. Je ne sais pas quoi, il existe un fil invisible qui les anime et les maintient en vie.

Ne t'inquiète pas pour moi.

Je ne sais pas ce que je suis venu chercher, mais il me semble que je suis sur le point de le trouver. C'est autour de moi, très proche, c'est là, au milieu des détritus, que je trouverai peut-être mon or.

Je fais mienne cette citation d'Hermann Hesse: «Quand le moi sous toutes ses formes sera vaincu et mort, quand toutes les passions et toutes les tentations qui viennent du cœur se seront tues, alors se produira le grand prodige, le réveil de l'Être intérieur et mystérieux qui vit en moi et qui ne sera plus moi.»

Je t'embrasse tendrement.

Thadée

N'importe quel parent qui aurait reçu une telle lettre de son enfant aurait probablement pris le premier avion pour venir le sauver. Cette mère n'était pas n'importe quelle mère et comprit parfaitement le chemin que Thadée entreprenait.

La question n'était pas d'avoir peur ou de faire confiance, ni toute autre chose. Elle le savait. Elle saisissait parfaitement le cheminement intérieur de son fils qui, tel un Siddhartha, se devait d'accomplir son parcours. Seul.

Je me suis souvenu que c'est la mère d'Hermann Hesse qui éveilla en son fils l'auteur qu'il devint. Cette quête philosophique où l'écrivain exprime son amour et sa sensibilité pour la culture, les croyances, les religions et les philosophies orientales. Pour autant, je ne crois pas que ma mère n'ait jamais lu un roman d'Hermann Hesse.

Cette confiance maternelle poussée à l'extrême, c'est ce qui sauvera toujours Thadée.

Elle poursuivait ses séances de psychothérapie dont elle mit du temps à comprendre le sens, mais dont elle ne pouvait plus se passer. Au début, elle changea plusieurs fois de thérapeute dans l'espoir de trouver celui qui « lui convienne ». Dès qu'un thérapeute la poussait dans des retranchements qu'elle trouvait « inconfortables », elle fuyait. Prenant cela pour de l'agressivité de la part du psychologue, elle décidait d'en changer. Puis, progressivement, elle accepta l'idée que c'était à elle de « s'adapter ».

Elle fit ce rapprochement avec Thadée qu'elle changea, alors qu'il était enfant, de nombreuses fois d'école, espérant trouver celle qui lui « convienne ». Il suffisait que Thadée se plaigne d'un enseignant pour que ma mère l'inscrive dans une autre école. Elle avait depuis compris que son rôle aurait dû être de l'aider à grandir, que c'était à lui de faire l'effort, pas aux autres. Elle prit conscience que ce n'était pas la faute des écoles ni la faute de son fils, mais la sienne. Elle n'avait pas su insuffler l'autorité nécessaire afin de permettre à Thadée de se construire.

Victor Hugo disait que le rôle de l'école était d'instruire et celui des parents d'éduquer. Elle n'en tirait pas de culpabilité particulière. Personne ne peut dire aujourd'hui si une autorité maternelle mieux affirmée aurait rendu Thadée différent.

Elle était un caméléon s'adaptant à toutes sortes de situations, fussent-elles totalement inattendues. C'était sa force et sa faiblesse.

Enfants, nous n'avions pas de directives. Nous faisions à peu près ce que nous voulions et, sans céder à nos caprices, elle essayait à chaque fois de favoriser le bon côté de nos envies.

Fred proposa à Thadée des nouveaux acides qui, disait il, procuraient des voyages inégalables. Thadée regrettait de l'avoir suivi, cependant il se fit une raison et s'accoutuma à sa présence, prenant soin de ne pas se laisser envahir.

– Peut-être… Ça vient d'où? demanda Thadée.

– C'est un Américain qui me les a vendus. C'est de la super-came.

– T'es sûr de lui ? Je n'ai pas envie d'un bad trip.

– Sûr, mec, vraiment, cool. J'en ai pris un il y a quinze jours, c'était le kif total. Je te fais un prix… Tu ne seras pas déçu.

Thadée n'aimait pas les familiarités. Il n'aimait pas que l'on dise « mec » ou d'autres expressions argotiques sous prétexte de vouloir instaurer une fausse convivialité. Il s'exprimait dans un excellent français et faisait de sa politesse une passerelle universelle qui lui permettait de s'adresser à n'importe qui en créant de l'empathie.

– Donne, ça paiera ta chambre, dit Thadée.

– Putain, t'es dur, là.

– OK, garde-le, je n'en veux pas.

– Non, ça va, Ok pour le deal. L'acide contre la chambre. Elle vient d'où, ton oseille ?

– Elle vient, c'est tout. Tu n'as pas besoin de le savoir.

– OK, c'était juste pour la causette. Bon, on voyage ce soir ? Nous n'aurons qu'à aller sur la plage, on sera peinards.

– D'accord. Mais j'ai vu des policiers qui patrouillaient, t'es sûr que nous ne risquons rien ?

– Ce ne sont pas les touristes qu'ils arrêtent, ils sont là pour faire la chasse aux mendiants et aux orphelins.

– D'accord.

Au coucher du soleil, ils se retrouvèrent sur la plage de Mandarmani. Il y avait de nombreuses familles réunies cuisinant sur des petits réchauds des plats qui embaumaient toutes sortes d'épices.

Peu à peu, le rivage se dépeupla. Les brasiers achevaient de se consumer, illuminant la lagune de lueurs rougeâtres éparpillées. L'horizon n'était plus qu'une dentelle lumineuse.

Il faisait encore très chaud. Thadée se tenait assis, les jambes repliées sous son menton.

– Que cherches-tu ici ? demanda-t-il à Fred.

– Je ne sais pas, pour moi, c'est plutôt une fuite qu'une quête. J'en pouvais plus de la vie en France, de mon job minable et de ma vie étriquée et du reste. Il fallait que je parte.

– C'était quoi, ton job ?

– Chauffeur.

– Chauffeur de quoi ?

Fred éclata de rire.

– T'es vraiment d'une autre planète, toi ! Chauffeur avec un camion, livreur quoi. Tu te fais engueuler toute la journée, t'attends des plombes et personne ne te remarque. Tu deviens transparent. Et toi ?

– Quoi ?

– Ben, ton job, c'était quoi ?

– Ah… dit Thadée en souriant. Je suis malade, je ne peux pas travailler.

– Ben, t'as quoi ? T'as pas l'air très malade.

– C'est compliqué. Je te raconterai plus tard. Bon, si on se le faisait, ce trip ?

– Malade… T'es pas malade, en fait. Tiens, mets ça sous ta langue, on se retrouve demain.

Thadée glissa le papier imbibé de LSD sous sa langue et s'allongea, observant les premières étoiles naissantes. Il connaissait le nom de chacune d'elles.

Le LSD est une drogue très puissante. Thadée le savait, il en avait déjà consommé. Il en prenait dans le but d'avoir des hallucinations qu'il interprétait comme un voyage intérieur, une expérience mystique. Puis, au fil du temps, il se rendit compte qu'il n'y avait rien de mystique.

Le plus souvent, le LSD se présentait sous la forme d'un petit buvard sur lequel se trouvait un dessin. Il fallait le placer sous la langue. Les hallucinations étaient causées par une modification des sens. La perception du monde extérieur était altérée. Il faisait perdre la notion du temps et vous mettait dans l'incapacité de vous situer dans l'espace. Le corps était anesthésié. Ses effets apparaissaient environ une heure après sa consommation et pouvaient durer une dizaine d'heures, voire davantage.

9

Contai
Juillet 1980

La première chose que Thadée ressentit, ce n'étaient pas les coups, c'était la chaleur.

Il ouvrit les yeux et fut aussitôt aveuglé par le soleil matinal déjà brûlant. Puis les coups, des coups violents qui se répétaient dans chacune de ses côtes, puis sur son visage.

Deux policiers matraquaient Thadée à coups de lathis. Les lathis sont de longues matraques en bois que les policiers indiens n'hésitaient pas à brandir, peu en importait la raison.

Avec sa botte, l'un d'eux retourna Thadée qui était allongé face contre terre.

– *Uthe, damrana, uthuna tatari !!!* hurlait-il (« Debout, lève-toi et vite ! ») en bengali.

Thadée les regarda et parvint rapidement à comprendre ce qui lui arrivait.

– *I am French, i don't speak bengali. Please stop knocking at me.*

Les deux policiers découvrirent avec étonnement que l'homme nu gisant à leurs pieds n'était pas indien. Du coup, ils cessèrent de le frapper. Ils l'agrippèrent, lui prenant chacun un bras, et le redressèrent.

– *Give me your passport* !

Thadée s'aperçut qu'il était nu et que ses vêtements avaient disparu. Il chercha Fred d'un regard circulaire, il n'était plus là. Évidemment, se dit-il.

– *My hotel, there, my passport is at my hotel.*

Il désigna du doigt le *People Star Resort* aux policiers.

Lorsqu'ils arrivèrent dans le hall, les policiers questionnèrent le gérant qui, par crainte d'avoir des problèmes, nia connaître Thadée.

Thadée insista pour que les policiers l'accompagnent jusqu'à sa chambre, ce qu'ils firent. Lorsque l'hôtelier ouvrit la porte, Thadée découvrit que celle-ci était occupée par un couple d'Indiens et que rien ne subsistait de ses affaires. L'hôtelier tendit à Thadée un drap afin qu'il se couvre, car les clients commençaient à affluer pour observer la scène.

– Où est Fred ? demanda Thadée à l'hôtelier.

– Je ne connais pas de « Fred » répondit-il. Allez, dégagez d'ici, cria-t-il en s'adressant aux policiers, je ne veux pas de problèmes. Avec les junkies, c'est toujours pareil, que des problèmes, que des problèmes... *Go out !*

Les deux policiers menottèrent Thadée et le guidèrent jusqu'à leur voiture.

Thadée, mal réveillé après sa prise de LSD, ne saisissait pas encore la réalité de sa situation. Sa première inquiétude fut de ne plus avoir ses médicaments. Sans eux, il se sentait vulnérable. Il l'était.

– J'ai besoin de mes médicaments ! dit-il en anglais aux policiers.

Aucun d'eux ne répondit. Thadée regardait le paysage défiler et ne pensait à rien d'autre qu'à ses médicaments.

Lorsqu'ils arrivèrent au poste de police, ils le sortirent et le guidèrent dans une cellule dans laquelle régnait une chaleur déjà insupportable malgré l'heure matinale. Il partageait cet espace avec deux adolescents et un homme qui parlait tout seul en marchand en rond.

Ils étaient là tous les quatre. Quatre histoires, quatre destins qui les avaient conduits à se retrouver ensemble à ce moment précis de leur vie. Aucun d'eux ne savait de quoi son avenir serait fait. Ils passèrent la journée ainsi, allongés, à ne rien faire d'autre que d'attendre ce que les policiers décideraient pour eux.

Un cinquième, puis trois autres encore, vinrent les rejoindre plus tard dans la journée. Il leur fut distribué une gamelle de riz et un peu d'eau. Et c'était tout. Ils ne pouvaient rien faire d'autre qu'attendre.

Thadée s'endormit et ce n'est qu'au coucher du soleil qu'il se réveilla. Ils étaient désormais onze dans cette pièce qui devait faire une dizaine de mètres carrés. Devant lui traînait une gamelle vide, les autres détenus profitant de son sommeil avaient dû se partager son repas.

Dans un coin se trouvait un seau où les hommes se soulageaient. L'odeur était pestilentielle, la chaleur suffocante. Leurs corps ne faisaient qu'un. Un amalgame humain sans résistance, sans espoir, sans aucune énergie. Un tas d'hommes abandonnés.

Plus tard dans la soirée, un policier fit sortir quelques détenus, mais pas Thadée. Il se rendormit et passa sa première nuit en cellule. L'épuisement avait eu raison des odeurs, de la chaleur et du bruit.

Le manque de médicaments se fit sentir au réveil. Son corps tremblait, il ne parvenait plus à contrôler ses gestes. Plusieurs fois, il tenta de saisir un gobelet posé à ses pieds sans y parvenir. Un homme qui l'observait lui tendit un joint. Thadée l'accepta, il le consomma entièrement, frénétiquement. Peu à peu, les tremblements cessèrent.

Un policier le fit sortir avec d'autres hommes et les obligea à s'entasser dans une fourgonnette dans laquelle ils restèrent plusieurs heures avant qu'elle ne démarre. En Inde, le temps est une notion toute relative !

Le voyage ne fut pas long. Thadée vit, au travers du grillage rouillé qui remplaçait d'anciens carreaux cassés, qu'ils se dirigeaient vers Contai. Une ville un peu plus importante qui se situait à une vingtaine de kilomètres de Mandarmani.

La fourgonnette s'immobilisa devant un bâtiment en terre rouge sur lequel figurait l'enseigne « CONTAI SUB-CORRECTIONAL HOME ». Thadée comprit qu'il s'agissait d'une prison.

Il pensa alors que sa vie serait ponctuée de voyages et de prisons. L'hôpital avait été pour lui une prison, c'est ainsi qu'il le ressentait. Même s'il avait toujours eu le droit d'en sortir, c'était une prison. Il douta que celle-ci lui offre autant de liberté.

Ils restèrent encore un long moment dans la fourgonnette. Dehors, des hommes s'invectivaient pendant que quelques passants venaient les observer à travers le grillage.

Quand finalement la porte s'ouvrit, des policiers désignèrent Thadée toujours drapé dans ce tissu sale que lui avait remis l'hôtelier et lui ordonnèrent de descendre. Un homme qui semblait être l'un des responsables de l'établissement l'observa un long moment, puis partit téléphoner. Probablement parlait-il à son commandant pour savoir que faire de cet individu.

Le statut de Thadée, un étranger, lui procurait malgré tout quelques égards. Enfin, très infimes. Cela lui épargna quelques coups de lathis supplémentaires, rien de plus.

L'homme le fit pénétrer dans le bâtiment et le conduisit dans une pièce où étaient disposés un bureau et deux chaises. Il lui désigna l'une d'elles et lui ordonna de s'asseoir et d'attendre. L'homme disparut pendant de longues minutes, puis revint, tenant à la main une feuille et un crayon.

– *Name, country, adress. Write here.*

Il lui tendit la feuille.

Thadée s'exécuta. Le policier examina la feuille et décrocha son téléphone. La discussion dura une vingtaine de minutes et le policier dit à Thadée :

– *You stay here.*

Il accompagna Thadée dans une cellule où résidaient déjà trois autres détenus. Il lui indiqua une couchette et repartit. La porte de la cellule était restée grande ouverte et les détenus des cellules voisines s'approchèrent pour découvrir le visage du nouveau venu.

Les prisonniers se promenaient librement. Ce n'était pas une grande prison, il devait y résider une centaine de pensionnaires. Sans doute un lieu de transit en attendant qu'il soit libéré, pensa-t-il.

Il s'aventura à l'extérieur de son enclos et découvrit qu'il pouvait vaquer où bon lui semblait. Il y avait une cour d'environ deux cents mètres carrés où les prisonniers étaient libres d'aller et venir pendant la journée. Les murs n'étaient pas hauts, mais les gardiens nombreux. Parfois, ils frappaient au hasard à coups de lathis sans raison apparente. Juste pour tromper l'ennui.

Une grande pièce commune servait à prendre les repas. C'était tout. Quelques anciennes revues de cinéma traînaient, rien d'autre.

Ses compagnons de cellule semblaient pacifiques et parlaient peu. Des radios à droite à gauche crachaient de la musique indienne avec une sonorité nasillarde et entêtante.

Curieusement, Thadée ne ressentait aucune inquiétude, si ce n'est l'absence de ses médicaments. Un voisin lui tendit un joint, il en prit une bouffée et le lui rendit en le remerciant. Il ressentait quelque chose de rassurant dans cette atmosphère carcérale.

Sans doute retrouvait-il l'ambiance confinée de ses années passées à l'hôpital.

Thadée se leva et se présenta. Il se désigna du doigt et dit :

– *Thadée... French.*

« *Tadéfrench* », répétèrent les autres détenus. Thadée comprit qu'ils ne parlaient pas l'anglais, que l'hindi ou le bengali. « *Tadéfrench* », « *Tadéfrench* », répétaient-ils en boucle en rigolant. À tour de rôle, ils se nommèrent.

« Harish » dit l'un, « Omkar », dit le deuxième et « Sandeep », le troisième.

Harish, Omkar et Sandeep étaient donc ses nouveaux compagnons.

Ils étaient tous d'âge moyen, la trentaine environ. Leur maigreur traduisait le peu de nourriture qu'ils recevaient ici.

Thadée se leva et inclina la tête en prononçant le mot « bonjour ».

Ils le comprirent et, à leur tour, ils se levèrent et lui dirent « *Hyalo* ». Thadée se pencha à nouveau en prononçant « *Hyalo* ».

Ils rirent, et Thadée rit avec eux.

Allongé sur sa couchette, les yeux grands ouverts, Thadée se remémorait le chemin parcouru.

Son enfance douce et aimante, son adolescence fragile et agitée, ses années d'hôpital dont il ne saurait jamais si elles furent un salut ou une perdition, son goût pour la vie comme celui de comprendre l'au-delà, sa mère dont il savait qu'elle ne le lâcherait jamais, son père dont il mesurait la souffrance qui fut la sienne de voir son fils dévier ainsi de la route qu'il lui avait tracée. Et moi, son frère, qu'il voulait protéger en m'écartant de son chemin tout en cherchant ma proximité.

Il repensa à tous les moments doux, et ça lui manquait. Son voyage en Afghanistan, ses sculptures, ses écrits. Pour la première fois depuis son départ, Thadée avait le vague à l'âme. Il n'éprouvait pas d'inquiétude d'être là où il se trouvait, en prison, dans une ville inconnue sur la côte Est de l'Inde. Loin, tellement loin de son nid. Je n'ai pas de nid, se dit-il. Thadée n'avait jamais eu d'attaches ni aux êtres, ni aux choses, ni aux lieux, et encore moins à l'argent. C'est ce qui lui permettait de vivre ce dépouillement sans souffrance.

Les premiers jours, Thadée prit soin de faire connaissance avec les autres prisonniers. Ils s'échangeaient des sourires, rien de plus. Aucun responsable ne vint le voir pour lui expliquer la suite, il ne chercha pas non plus à la connaître.

Parmi ses trois compagnons de cellule, seul Omkar parlait quelques mots d'anglais. Son vocabulaire était très limité et son accent indéfinissable, mais ils arrivaient à échanger quelques phrases. Thadée lui désigna une revue de cinéma qui traînait et pointa du doigt une phrase écrite en bengali.

– *Teach me,* lui dit Thadée.

– Impossible... (Il rit.) *OK, if you want,* dit Omkar en rigolant, *good luck, my friend.*

Pendant les jours qui suivirent, Omkar et Thadée ne se quittèrent plus.

– *Khaoya* : Il lui fit le signe de manger avec ses mains.

– *Pana karaté* : Il lui fit le geste de boire.

– *Ghumaté* : Il mit ses deux mains sur sa joue droite et ferma les yeux.

Avec l'aide de Sandeep qui semblait être le débrouillard de la bande, Thadée réussit à dégoter un crayon. Il se servait des vieux journaux qui traînaient pour écrire la liste de mots que lui apprenait Omkar.

Peu à peu, il parvint à prononcer quelques phrases.

Un matin, il demanda à Omkar comment se traduisait « Dieu » en bengali. Il désigna le ciel et joignit les mains pour lui faire comprendre de quoi il s'agissait.

– Ah j'ai compris ! lui répondit-il. Brahma, Dieu se dit Brahma. Ça t'intéresse, Brahma ?

– Je crois. Comment expliquer qui nous sommes si Brahma n'existe pas ?

– Et pourquoi l'expliquer ? répondit Omkar. Quelle importance ?

– C'est quoi ta religion ?

– L'hindouisme, mais je ne la connais pas très bien. Tu devrais demander à Harish, il connaît ça mieux que moi.

Harish, en bengali, lui en expliqua les fondamentaux, enfin, ce qu'il en avait retenu.

– Toi, tu as Dieu, son Père et l'Esprit Saint, c'est ça ? dit Harish.

– Oui c'est ça, mais comment le sais-tu ?

– J'étais marin sur un navire portugais, le commandant était croyant. C'est lui qui nous a expliqué ça. Dans notre religion, il y a aussi une sorte de trinité. Elle se compose du dieu créateur, Brahma, du dieu du maintien, Vishnu, et du dieu destructeur, Shiva, qui influence notre destin. C'est comme un cycle perpétuel. Il n'y a pas de ciel comme vous, mais une renaissance permanente.

Puis il reprit :

– Le commandant du bateau, il était chrétien, tu vois, il aurait voulu que nous aimions sa religion. Mais il était très méchant. Même s'il priait parfois, quand il était avec nous, il pouvait devenir dur, très dur, même violent. Il était chrétien, mais il ne nous traitait pas en chrétien. Et puis, un jour, il m'a jeté du bateau, comme ça, en pleine mer. Il m'a accusé d'avoir volé de la nourriture. Je n'avais rien volé. Heureusement pour moi, un autre navire de pêche dont le capitaine était un Indien m'a aperçu et m'a sauvé. Quand je suis revenu à Calcutta, je suis allé voir la police pour le dénoncer. Ils m'ont arrêté. C'est pour ça que je suis ici. Ils disent que j'ai menti, que le capitaine du bateau ne me connaît pas, que je n'ai jamais travaillé pour lui. Voilà. Ici, si tu n'as pas d'argent pour payer la police, tu vas en prison.

Chacun y allait de son histoire, de son destin. Tous n'étaient pas innocents, les coupables ne parlaient pas. Ils éludaient d'un geste les causes de leur incarcération. Harish confia que certains étaient des meurtriers, mais il ajouta aussitôt que parfois la vie t'obligeait à ça.

– Il dit qu'il n'y a pas de mauvais hommes, il y a des hommes malheureux et le malheur crée la méchanceté. Pour vivre, il faut se battre, il arrive parfois qu'il faille tuer, dit Harish.

Le manque de médicaments était cruel. Les joints ne suffisaient plus à calmer les souffrances de Thadée. Il essayait de dévier ses poussées de violence en les retournant contre lui-même. Il lui arrivait de se taper le front contre le mur pendant de longues minutes. Quand la douleur était encore plus vive, il mutilait son corps en se griffant jusqu'au sang, tailladant sa chair afin de déplacer sa douleur. Ses amis ne pouvaient rien pour lui jusqu'à ce que Sandeep lui propose de l'initier au yoga.

Thadée accepta. Il était prêt à tout pour calmer ses douleurs.

D'abord, Sandeep lui en expliqua les origines.

– Le yoga, c'est une pratique très ancienne chez nous les Hindous. Je ne sais pas exactement, mais je crois que ça devait exister bien avant nous, avant nos ancêtres les plus lointains. Yoga signifie relier, joindre, unir ton corps, ton cœur et ton esprit. Tout le travail tend à unifier l'être humain en le mettant en relation avec son intériorité.

Thadée comprit tout de suite que sa pratique le sauverait. Il en avait entendu parler, mais ne s'y était jamais intéressé.

– C'est ici qu'est né le yoga. C'est une discipline créée pour aider les êtres humains à traverser leurs souffrances, pour qu'ils trouvent l'unité et la joie dans leur corps et dans leur âme. Ça va beaucoup t'aider, tu verras.

– Quand commençons-nous ? demanda Thadée.

– Attends. On ne fait pas du yoga comme ça n'importe comment. Demain, si tu veux. Il faut se lever tôt avant qu'il fasse trop chaud.

Durant les semaines et les mois qui suivirent, alors qu'aucun responsable ne vint s'entretenir avec Thadée sur les suites de son arrestation, Thadée apprit les différentes postures et parvint, à force de travail, à vaincre ses souffrances.

Tous les matins il pratiquait le yoga de 5h à 7h. Il s'était obligé à cette discipline rigoureuse et suscitait l'admiration de ses codétenus. Thadée n'essayait pas de les imiter, il savait qu'il demeurait à leurs yeux un étranger. Il se comportait comme tel. Sa pratique du yoga était une nécessité, il n'essayait pas de se donner un genre ou de faire comme s'il était l'un des leurs. Il n'essayait pas de copier ou de ressembler à un Hindou.

Peu à peu, à l'aide des conseils de Sandeep, il perfectionna sa technique de méditation.

Son attitude et sa passivité lui assurèrent une certaine clémence de la part des gardiens qui, voyant qu'il ne posait pas de problèmes, le laissaient relativement tranquille.

Thadée, doué d'une insatiable curiosité, aimait se lier avec tout le monde. Il réussit même à tisser des liens « d'amitié » avec certains des gardiens, ce qui n'était pas très bien perçu de la part des autres codétenus. Thadée n'en avait cure.

En ce mois de juillet, la chaleur était d'autant plus pénible que le taux d'humidité atteignait son apogée. C'était les prémices de la mousson qui allait durer jusqu'au mois de septembre. Il pouvait pleuvoir sans discontinuer pendant plusieurs jours.

Réfugiés dans leur cellule, Thadée, Sandeep, Harish et Omkar passaient leur journée à jouer au Gutte. Un jeu traditionnel qui nécessitait cinq cailloux. Le joueur devait lancer une pierre en l'air et ramasser les pierres restantes gisant sur le sol avec une main sans permettre à celle en l'air de tomber au sol, un peu comme le jeu des osselets qu'il pratiquait enfant dans la cour de l'école. Ensuite, le joueur devait lancer deux pierres en l'air et récupérer le reste.

10
Août 1980

Ma mère s'amusait de ce fils étrange. Dans les dîners, elle répondait avec un apparent détachement aux interrogations de ses amis.

– Que devient votre fils ? Celui qui...

– Il voyage énormément. Je crois qu'actuellement il est aux Indes. Il vient d'exposer une œuvre à Kaboul, il a eu beaucoup de succès.

– Ah bon ! répondaient-ils. Cela ne vous inquiète pas de le savoir seul, si loin ?

– Pas du tout.

– Qu'expose-t-il exactement ?

– Des sculptures.

– Mais c'est formidaaaable ! Il faut absolument que nous le rencontrions à son retour. Nous aimerions beaucoup voir ce qu'il fait. Quelle chance vous avez d'avoir un fils comme lui ! Le mien vient de rentrer à la BNP où il s'ennuie royalement.

Autrefois, elle aurait sans doute apprécié que son fils suive un parcours tracé comme celui des enfants de ses amis. Aujourd'hui, elle n'en était pas certaine. Avec l'aide de ses nombreuses séances de psychothérapie, elle avait non seulement fini par accepter la différence de son fils mais en ressentait même une certaine fierté.

Évidemment, et elle le savait parfaitement, ses « amis » ne pensaient pas un mot des compliments qu'ils lui adressaient par simple politesse. Elle avait cette élégance de ne jamais se plaindre, fruit d'une éducation inculquée par un père militaire qui avait fait de cette exigence un art de vivre. Pour rien au monde son entourage n'aurait souhaité avoir un fils comme Thadée. Cette génération était bien trop conventionnelle pour admettre une telle divergence.

– Mais alors, il s'est très bien sorti d'affaire, disaient-ils.

À leurs yeux, Thadée représentait le parfait échec d'une éducation trop libérale et sans autorité. Il leur était difficile d'accepter l'existence d'une maladie invisible. S'ils avaient eu à faire face à une telle situation, ils auraient mis leur enfant dans une boîte à bac, l'auraient privé de sorties pendant un an et lui auraient mené la vie dure. Voilà tout. À cette époque, ce n'étaient pas les enfants qui décidaient de leur destin ou dictaient leur loi. Du moins pas avant qu'ils obtiennent une « situation » et qu'ils soient convenablement mariés. Elle avait depuis longtemps fait une croix sur cette éducation normée et triste. Elle assumait ses choix avec fierté. Même si, elle en convenait, elle n'avait rien choisi. Les circonstances l'avaient guidée.

Elle a toujours voulu glorifier Thadée. C'était sa manière de se détendre et de combattre sa propre angoisse. Elle avait rayé le mot « faute » de son vocabulaire, il n'y avait pas eu de faute, pensait-elle, il y avait un destin, voilà tout.

Lorsqu'il s'était jeté de la fenêtre et qu'il n'eut qu'un bras fracturé, elle prétendit qu'il s'était fait renverser par une voiture. Ne jamais dramatiser.

– Nous aimerions beaucoup voir ses sculptures, poursuivaient ses amis.

Elle conservait toujours avec elle cette coupure du journal afghan où l'on pouvait voir ce bouquet géant posé au centre de Kaboul. Ses amis, pour qui cette œuvre n'exprimait rien, étaient malgré tout un peu jaloux de voir qu'effectivement Thadée n'était pas qu'un simple vagabond errant dans des pays lointains. Ils faisaient circuler, pleins de fausse admiration, l'article de main en main. Serait-il possible, se disaient certains, qu'il réussisse mieux que nos propres enfants qui avaient tous suivi des études supérieures et s'ennuyaient dans des jobs sans intérêt ? Puis, à l'aide de quelques bonnes bouteilles, ils évacuaient ce trouble passager.

Elle rêvait du retour triomphal de Thadée, tel Henry de Monfreid revenant de la mer Rouge, les valises pleines de récits et de poèmes. Elle l'imaginait déambulant dans les rues de Calcutta, son bloc-notes à la main et son cahier de croquis dans la poche, s'inspirant du spectacle de la vie pour nourrir ses prochaines créations. Puis tout se brouillait. Elle s'angoissait de le savoir seul dans ce pays dont elle ignorait presque tout. Ses rêves et ses espérances étaient autant de parades à la réalité qu'elle savait cruelle et qu'elle ne voulait pas connaître.

Les beaux jours et les jours sombres s'enchaînaient. Elle s'activait pour rendre le temps supportable. Ne pas penser, ne pas avoir de mauvaises pensées... C'était essentiel. Elle portait en elle un imaginaire hors du commun qu'elle utilisait comme une muraille contre la réalité.

11

Août 1980 (2)

Il n'était plus possible de se rendre dans la cour de la prison. La boue y était collante et, de toute façon, une pluie verticale s'abattait sur eux sans discontinuer. La terre était grise et grasse. Thadée l'observa plus attentivement et pensa que, peut-être, il pourrait l'utiliser pour la façonner.

Il attrapa son écuelle, invita ses trois amis à en faire autant, puis leur dit de le suivre. Ils allèrent dans la cour et Thadée leur fit ramasser plusieurs pelletées de boue qu'il fit stocker dans la cellule, sous son lit en ferraille. Les gardiens les observaient sans vraiment comprendre l'utilité de leurs agissements, mais sans s'y opposer non plus.

L'un d'eux leur distribua quelques coups de lathi en leur ordonnant de rejoindre leur cellule. Thadée alla lui parler et lui expliqua qu'ils ne faisaient que nettoyer la cour. Le gardien répéta ses propos aux autres et tous rigolèrent.

Une fois la terre stockée, Thadée se mit à la pétrir pendant de longues heures jusqu'à en faire une grosse boule bien lisse. Puis, avec un improbable assemblage de bouts de bois, il fabriqua un tour de potier. Il utilisa sa ceinture comme courroie de transmission. Cela lui prit plusieurs jours. Le tour était rudimentaire, il fallait l'actionner à la main et sans cesse le relancer afin qu'il tourne. Sa rotation était imparfaite, mais il s'en accommoda.

Il façonna une boule de terre de la taille d'un poing qu'il posa sur le tour. De sa main gauche, il le fit tourner et, à l'aide de sa main droite, il donna une forme régulière à la masse qui s'allongeait vers le ciel.

Harish, comprenant ce que Thadée voulait faire, lui proposa de s'occuper de faire tourner le tour de manière qu'il puisse utiliser ses deux mains pour parfaire son ouvrage.

Sandeep et Omkar observaient sans rien dire. Les détenus des cellules voisines, intrigués par le grincement régulier produit par le tour, vinrent s'agglutiner pour observer Thadée. Tous connaissaient le fonctionnement d'un tour. Chacun d'eux avait inévitablement un potier dans sa famille ou dans son quartier.

Thadée continuait à monter sa pièce et, avec l'extrémité de ses doigts, il évasa le haut du cylindre puis, lorsqu'il jugea que la pièce était aboutie, il la décolla du tour et la déposa sur le sol. Il fouilla dans ses affaires et sortit deux crayons qu'il mit dans le petit pot. Les détenus rigolèrent, puis applaudirent, provoquant immédiatement un chahut qui déclencha la venue des gardiens.

– C'est quoi, ce bordel ! Qu'est-ce que tu fais ?

– J'ai fabriqué un pot, répondit Thadée.

– Ce n'est pas une poterie, ici, c'est une prison.

Ils embarquèrent le pot, le tour et la terre qu'ils bazardèrent sans ménagement dans la cour.

– Vous n'avez pas le droit de faire ça, dit Thadée. Je ne fais rien de mal, vous n'avez pas le droit !

– Ta gueule ! répondit le gardien en lui donnant un coup de lathi. On a tous les droits. Regagne ta cellule et n'essaye pas de recommencer.

– Je veux voir le directeur ! hurla Thadée.

– Si je raconte ça au directeur, il va te faire donner encore plus de coups de lathi, alors ferme ta grande gueule et regagne ta cellule.

Ils le poussèrent sans ménagement et verrouillèrent la porte à clé, ce qui n'était jamais arrivé depuis qu'il était ici.

– Je veux voir le directeur ! hurla Thadée plusieurs fois.

Sandeep le prit par l'épaule et le fit s'asseoir.

– Arrête ! Calme-toi, lui dit-il, sinon on va tous avoir des problèmes.

Omkar et Harish hochèrent la tête en signe d'approbation.

– C'est qui le directeur de cette prison ? demanda Thadée.

– On ne le voit jamais, il s'appelle Jaideep Prabhu, répondit Omkar.

– À quoi ressemble-t-il ? demanda Thadée.

– Je t'ai dit qu'on ne l'a jamais vu. Il s'en fout de nous, pourquoi voudrais-tu qu'il s'intéresse à nous ?

Prendre des coups ne lui faisait pas peur. Il avait survécu aux électrochocs, aux cures de sommeil, aux médicaments expérimentaux et même à ce saut de l'ange d'un quatrième étage. Qu'avait-il à perdre ? Thadée cheminait dans son existence, guidé par une espérance dont il ne savait pas quelle en était la source. Son chemin était pavé d'expérimentations humaines les plus diverses. Son corps était déjà profondément meurtri. Rongé de médicaments, de drogues, de tabac... Seul l'alcool ne faisait pas partie de ses addictions. Sans doute les effets étaient-ils trop doux pour parvenir à le soulager.

Alors, quelques coups de lathi supplémentaires ne lui faisaient pas peur.

Sur ce, la porte s'ouvrit et le gardien désigna Thadée.

– Viens là, toi ! Le directeur veut te voir. Tu vas le regretter, crois-moi !

Le bureau de Jaideep Prabhu n'était pas réellement un « bureau ». Il s'agissait d'une petite pièce dans laquelle étaient entassés de nombreux dossiers dans un incommensurable désordre. Il semblait évident qu'il n'y venait pas souvent.

Jaideep était debout. Le gardien poussa Thadée sans ménagement et le fit entrer en le menaçant de lui donner des coups de lathi. Du haut de ses deux mètres, Jaideep fit un geste de la main au gardien lui signifiant de ne pas être brutal. Il observa Thadée et planta ses yeux dans les siens.

Thadée nota l'élégance ridicule avec laquelle Jaideep était vêtu. Il comprit que la direction de cette prison n'était pas sa principale préoccupation ni sa seule source de revenus. Avec ses doigts boudinés couverts de bagues aussi grosses que des œufs de pigeon, ses bracelets et son collier en or, ses bourrelets de graisse qui tendaient sa chemise jusqu'à en faire éclater les boutons et sa chevelure luisante qui brillait comme un miroir... Jaideep possédait tous les attributs du notable corrompu.

– J'ai beaucoup de travail, lui dit Jaideep en bengali, alors sois bref, que veux-tu ?

– Merci de me recevoir, je sais que votre temps est précieux...

– C'est quoi, cet accent ? Tu n'es pas indien ? D'où viens-tu ?

– Non, Monsieur le directeur, je suis français.

Avec sa peau blanche, Thadée comprit qu'il était une proie facile.

Jaideep ne savait même pas qu'il détenait un étranger dans sa prison. Il demanda qu'on lui apporte le dossier de Thadée. Il le parcourut rapidement puisque seuls figuraient son nom et sa nationalité. Les raisons de son incarcération demeuraient assez vagues.

Un drogué, un paumé probablement, pensa Jaideep qui regrettait déjà de perdre son temps.

– Tu es français ? Je suis déjà allé en France, à Paris.

– J'habite à Paris.

– Quelle chance tu as. Tu aurais mieux fait de rester chez toi plutôt que de venir te perdre ici. Bon, c'est quoi le problème ?

– J'ai fabriqué un tour pour réaliser des objets en terre et tes gardiens l'ont détruit. Je ne fais rien de mal, je veux juste fabriquer des objets.

– Pour quoi faire ?

– Les journées sont longues et cela permet de m'occuper.

– Ce n'est pas une poterie ici, c'est une prison ! C'est quoi, ces objets ?

– Des assiettes, des gobelets, des plats... Cela pourrait servir aux autres prisonniers.

– Tu t'y connais en poterie ?

– C'est la seule chose que je sais faire.

Jaideep réfléchit un instant, puis demanda à Thadée.

– On pourrait les vendre, ces objets ?

– Je ne sais pas, répondit Thadée, sans doute. Ça ne m'intéresse pas de les vendre.

– Voici ce que nous allons faire. Tu vas me réaliser quelques prototypes, et si je suis satisfait de ton travail, je te laisserai ton tour. À une condition, tout ce que tu vas fabriquer m'appartiendra.

– J'ai aussi besoin d'un four, dit Thadée.

– Tu as de l'argent ?

– Non.

– Et comment penses-tu que je puisse te payer un four ?

– Ce n'est pas très compliqué de fabriquer un four. Il me faut des briques que l'on met sur le sol, dessus on dispose les objets couchés sur le côté et encastrés les uns dans les autres. Entre chaque circonvolution, on jette du charbon de bois. L'ensemble forme comme un igloo. Une fois cet assemblage terminé, on recouvre le tout de papier journal, puis d'un enduit d'argile. Cette couche hermétique va favoriser une cuisson douce, à l'étouffée si vous voyez ce que je veux dire, un feu trop violent briserait les objets...

– Oh oh oh... Arrête là. J'en ai rien à foutre de tes explications. Je n'ai rien compris et ça ne m'intéresse pas, mais j'ai déjà vu ce genre d'installation chez les artisans. Et donc, de quoi as-tu besoin pour construire ton bazar ?

– De briques et de charbon de bois.

– Et ou le mettras-tu, ce four ?

– Dans la cour.

– Bon. Je ne te promets rien, mais je vais y réfléchir. Retourne dans ta cellule.

Jaideep dit au gardien de reconduire Thadée à sa cellule, de lui rendre son tour, et lui ordonna de faire taire son lathi. Le gardien qui avait imaginé que Thadée finirait au mitard et constatant les égards avec lesquels Jaideep s'était adressé à lui, ne savait plus comment se conduire.

Sandeep, Omkar et Harish n'en revinrent pas de le voir revenir en un seul morceau.

– Alors ? Tu l'as rencontré ?

Quelques jours plus tard, avec l'aide de ses compagnons, Thadée avait réalisé une dizaine de plats de grande taille et quelques assiettes. À l'aide d'une pointe, il traça sur la terre des motifs en forme de fleurs inconnus. Contrairement à la production locale, il attachait une grande importance à ce que l'épaisseur des objets soit la plus fine possible.

Avec la terre qui lui restait, il sculpta deux gargouilles aux formes étranges qu'il accrocha à l'extérieur de sa cellule. Les gardiens ne savaient pas s'il fallait les détruire ou les protéger. Dans le doute et, compte tenu des égards de Jaideep pour ce détenu, ils jugèrent plus prudent de ne rien faire.

Quelques semaines plus tard, Jaideep fit venir à nouveau Thadée dans son « bureau ».

– Montre-moi ce que tu as fait.

Thadée disposa la dizaine d'objets réalisés sur la table.

– Ils ne sont pas cuits, dit-il, il me faudrait un four.

– Me casse pas les couilles avec ton four ! Nous verrons cela plus tard. Laisse ces objets ici et retourne dans ta cellule.

Jaideep porta les objets chez un artisan potier au bout de la rue et lui demanda de les cuire.

– Ça vient d'où, ça ? demanda l'artisan.

– T'occupe pas de ça. Tu peux les cuire, oui ou non ?

L'artisan examina les assiettes et les plats. Il caressa la terre avec l'extrémité de ses doigts et constata la finesse de l'ouvrage.

– C'est du bel ouvrage. C'est très fin, dit-il. Mais ça risque de se casser à la cuisson...

– Démerde-toi pour que ça ne se casse pas.

Quelques jours plus tard, Jaideep passa récupérer les pièces et les présenta à son épouse pour juger de sa réaction.

– C'est magnifique, dit-elle. Où as-tu trouvé ça ? Je n'en ai jamais vu sur les marchés ici.

– Ça te plaît ?

– Oh oui, c'est magnifique. Mais il en faudrait d'autres, que veux-tu que je fasse avec ça ?

– Combien ça coûte, à ton avis ?

– 100 roupies, 120 peut-être...

– Montre-les à tes amies et essaye de les leur vendre.

– Mais personne ne va acheter ça s'il y en a aussi peu.

– Il y en aura d'autres, dis-leur que ce sont des modèles.

Le lendemain, l'épouse de Jaideep avait engrangé quelques commandes.

– Amenez-moi le Français ! ordonna Jaideep au gardien.

– Voici ce que je te propose. Tu vas fabriquer les mêmes modèles que ce que tu m'as montré et, moi, je finance ton four, ton charbon de bois et je te fais livrer un vrai tour. En échange, je garde toute ta production en attendant que je me sois remboursé, ensuite, nous verrons bien.

– Et la terre ?

– Quoi la terre ? Tu l'as ramassée dans la cour, non ?

– Oui, mais il n'y en aura pas assez.

– Et où veux-tu que je la trouve, ta terre ? Ce n'est pas moi qui vais la ramasser quand même !

– La terre vient des alluvions du Gange, il y en a partout, il faut demander aux artisans du coin. Ils sauront comment vous la procurer.

– Tu ne manques pas d'air. Bon, admettons que j'en trouve, je rajouterai ça sur ta note.

Quelques jours plus tard, Thadée reçut un tour, certes d'occasion, mais il pouvait actionner la rotation du disque avec un système de pédales, ce qui était bien plus pratique. Il forma Omkar, Sandeep et Harish aux techniques élémentaires de la cuisson et il les nomma responsables du four.

Le lendemain, après avoir pratiqué son yoga matinal, il commença la réalisation de quelques pièces. Il travailla ainsi une semaine avant d'entreprendre la première cuisson.

Omkar disposa le charbon de bois entre les briques et la combustion débuta. Ils laissèrent le four refroidir pendant la nuit et, le lendemain, ils sortirent les pièces une à une. Il y avait quatre grands plats et dix assiettes.

Thadée les observa attentivement et fut satisfait de son travail. Il s'accorda une journée de repos et en profita pour écrire sa première lettre depuis la prison.

Ma chère maman,

Pardonne-moi, je ne t'ai pas écrit depuis longtemps. Je suis toujours à proximité de Calcutta dans un petit village nommé Contai. Une petite mésaventure me retient ici pour le moment. À la suite d'une mauvaise rencontre, je me suis fait arrêter par la police et je suis actuellement retenu, le temps de régler quelques problèmes administratifs car j'ai perdu mes papiers...

Les Indiens sont des gens attachants. Ils ne semblent pas se soucier du temps qui passe et ça me plaît. Sans doute leur croyance en la réincarnation n'oblige-t-elle à aucune exigence de temporalité.

L'Inde n'existe pas. C'est un assemblage de races, de langues, de cultures et de religions. Il tient du miracle que tous parviennent à vivre ensemble.

Ici, il demeure cette étrange sensation que l'univers s'écroule, comme si les Hindous étaient plus proches de la fin du monde que nous le sommes. Ils sont en avance, en quelque sorte.

Dans notre religion chrétienne, Dieu a dit que la lumière soit, et la lumière fut. Puis il sépara la lumière des ténèbres. Il nomma jour la lumière et nuit les ténèbres. Chez les Hindous, le commencement est un tout. Il n'y a pas eu besoin de séparer les choses, comme la lumière des ténèbres ou le bien du mal. Pour eux, tout est dans tout.

C'est fondamental dans leur perception de la vie, et surtout dans la perception de la mort. Nous croyons à la vie après la mort. Pour eux, la mort est dans la vie et la vie est dans la mort. Il n'y a pas avant et après. Il y a le présent et c'est ce qui compte. Ce présent n'existe pas puisque le temps avance sans cesse. Seuls les très grands sages parviennent au Nirvana, l'extinction du désir humain, savoir ne plus rien espérer, même la vie, l'anéantissement suprême du vouloir.

Je réfléchis beaucoup à ces choses. Je m'aperçois que ma passion pour l'astronomie est infiniment liée à la spiritualité des éléments.

Je me suis fait cette réflexion paradoxale que plus ce monde approche de sa fin, plus nous en savons sur son origine. À la toute fin de notre monde peut-être en découvrirons-nous la genèse.

L'avantage, avec Dieu, c'est qu'il parle à tous. Aux savants comme aux incultes. La croyance n'exige aucune connaissance particulière, et ceux qui « savent » en fait ne savent qu'une infime partie des choses de la science, et encore moins des choses de la religion.

Personne ne sait rien du grand mystère de notre existence et c'est cela qui nous unit. Le reste, les choses qui nous préoccupent au quotidien, ne sont rien que quelques péripéties sans beaucoup d'intérêt.

Les hommes ont infiniment besoin d'autres biens que ceux qu'offre le monde auquel ils appartiennent. Dieu n'est pas de ce monde… C'est pour ça qu'il est notre seul espoir. Après avoir parcouru ce chemin, même si ce n'est qu'une toute petite partie, je comprends que les hommes ne nous apportent aucune réponse.

La pensée de Dieu, c'est la « maison de campagne » de notre esprit. Le seul repos possible se trouve dans son existence.

Ne t'inquiète pas, tout va bien. J'ai trouvé ici un petit atelier où je peux travailler un peu de terre pour passer le temps.

Je pratique le yoga. Cela me permet de trouver un certain équilibre et de remédier au manque de médicaments. Les gens ne comprennent pas quand je leur dis que je suis malade. Quelle étrange maladie qui ne peut ni se voir ni s'expliquer.

Je t'écris sur le coin d'un papier journal car, là où je suis, il est impossible de se procurer du papier. Je te réécrirai plus longuement dès que j'en trouverai.

Je t'embrasse tendrement,

Thadée

Avec quelques bouts de cartons glanés dans la cour, Thadée fabriqua une enveloppe, puis il alla trouver Jaideep pour lui demander de la poster.

– Et qui va payer le timbre ? demanda Jaideep.

– C'est une lettre pour ma mère. Je vous promets de vous rembourser dès que j'aurai mes papiers et mon argent. Elle va faire le nécessaire.

– C'est ce que tu crois… Donne-moi cette lettre.

De mauvaise grâce, Jaideep saisit l'enveloppe.

Le soir venu, sur la route qui le menait chez lui, Jaideep la balança négligemment par la fenêtre de sa voiture.

12

Septembre 1980

Après sa séance de yoga matinale, Thadée partagea le thé avec ses amis. Ils souhaitaient savoir comment était la vie dans son pays. Y avait-il plus à manger que chez eux ? Y avait-il du travail ? C'était le centre de leurs préoccupations. Thadée ne savait pas quoi leur répondre.

– Je ne sais pas répondit Thadée, je n'ai jamais travaillé.

– Comment ça, tu n'as jamais travaillé ? Comment faisais-tu pour vivre ? Tu volais ?

– Non, je n'ai jamais rien volé. J'étais malade, les autres s'occupaient de moi.

– Ah... C'était quoi, ta maladie ? Ici, quand tu es malade, personne ne s'occupe de toi, il faut te débrouiller tout seul, dit Omkar.

– Je ne connais pas le nom de ma maladie, les médecins m'ont juste dit que j'étais malade.

– Et là, ça va mieux ? demanda Sandeep. Tu n'as pas l'air malade.

– Peut-être, je ne sais pas.

– Mais tu ne faisais rien ? insista Harish.

– Si, je faisais beaucoup de choses. Je m'intéresse beaucoup à l'astronomie par exemple.

– Les étoiles ? Tu es un savant alors, dit-il en rigolant.

– Non, je ne suis pas un savant, dit Thadée en souriant. Par exemple, je m'intéresse à l'origine de la vie. Nous sommes capables d'imaginer ce que pourrait être la fin du monde, mais comment expliquer son origine ? (Ses amis le regardaient, perplexes...) Comment du rien nous sommes arrivés à...

À ce moment-là, Thadée fut interrompu par l'arrivée de Jaideep dans la cellule. Il ne semblait pas de bonne humeur.

– Vous faites quoi, là ? Tu crois que je t'ai payé un tour et un four pour que tu feignasses à prendre le thé ? J'ai des commandes, figure-toi, alors tu vas bouger ta carcasse et te mettre au travail ! Et vous autres, vous allez l'aider.

– Et pourquoi nous devrions l'aider ? demanda Sandeep.

– Pourquoi ? Alors, écoutez-moi bien, si vous restez plantés là sans rien faire, je vous colle tous au trou et je vous promets de vous y laisser pendant plusieurs années jusqu'à ce que le vent ait dispersé la dernière des cendres de vos misérables carcasses. AU BOULOT ! hurla-t-il, fou de rage.

– Et toi, Thadée, suis-moi ! ajouta-t-il.

Il le prit à part dans la cour.

– Bon, j'ai beaucoup de commandes. Voici la liste. Si tu n'y arrives pas tout seul, je vais te faire livrer des tours et tu vas former les autres détenus.

– Je ne suis pas sûr qu'ils en aient envie, dit Thadée.

– Je me fous pas mal qu'ils en aient envie ou pas. C'est toi qui as eu cette idée, alors maintenant démerde-toi pour me fournir ce dont j'ai besoin.

– Mais pourquoi accepter ces commandes ? dit Thadée.

– Tu es vraiment sérieusement à l'ouest, toi. À ton avis ? Pour payer ton tour et ton four, abruti ! N'oublie pas que tu me dois beaucoup d'argent, et plus vite je serai remboursé, mieux cela vaudra pour toi.

Très vite, les nouveaux tours arrivèrent. Thadée et Sandeep construisirent deux nouveaux fours. Thadée passa de longues journées à former les prisonniers. Certains possédaient une aisance naturelle pour manipuler la terre, ceux qui n'y arrivaient pas furent affectés à la cuisson et les autres à l'emballage. C'est Harish qui prit en main l'organisation de cette petite fabrique. Après quelques semaines d'apprentissage et de mise au point, l'atelier était capable de produire une centaine de pièces par jour. L'épouse de Jaideep s'occupait de la commercialisation. Jaideep loua un entrepôt où furent transportées les pièces. Les commandes ne cessaient de croître.

Jaideep comprit qu'il faudrait rapidement augmenter le nombre de prisonniers s'il voulait que son commerce prospère. Il se montrait prudent, car bénéficier de cette main-d'œuvre gratuite n'était pas très bien vu des autres artisans locaux. Pour faire taire les contestations, il leur fit de nombreux cadeaux et soudoya le chef de la police locale afin de museler les grincheux. Certains artisans se mirent à copier les productions de la prison de Contai, aussitôt Jaideep envoya quelques policiers détruire la production de l'artisan imprudent.

Tout était assez bien huilé, au point que Jaideep réfléchissait déjà à l'idée d'agrandir sa prison. Il commença à en dessiner les plans comme un véritable chef d'entreprise. Même en arrosant tout ce petit monde, il restait une marge confortable et, rapidement, Jaideep se constitua un joli pactole sur le dos des prisonniers.

Un matin, après l'une des longues séances de yoga auxquelles participaient de plus en plus de prisonniers, Sandeep, Harish et Omkar vinrent parler à Thadée.

– Thadée, ça ne nous dérange pas de travailler, mais maintenant Jaideep a dû largement se rembourser de ses investissements. Désormais, il va falloir qu'il rémunère notre travail.

– Hum... Je ne suis pas très doué pour les affaires, l'un de vous se sent-il capable d'aller lui parler ?

– Non, il y a que toi qui puisses agir auprès de lui. Il te respecte, parce que tu es un étranger. Si c'est l'un d'entre nous qui s'y colle, il ne nous écoutera pas et nous fera distribuer des coups de lathi.

– Bon, ça ne me dérange pas de lui parler... Mais combien lui demander ?

– Des rumeurs circulent comme quoi il vend les plats 150 roupies. Il faut qu'il nous donne la moitié.

– Et s'il n'accepte pas ?

– Nous discuterons. Sans nous, il ne peut rien faire.

– J'irai le voir, dit Thadée. Nous verrons bien.

Il attendit quelques jours, guettant le moment où Jaideep serait d'assez bonne humeur pour espérer qu'il écoute ses revendications. Nous étions en hiver, les vents froids de l'Himalaya s'abattaient sans pitié sur ce peuple habitué à vivre le reste de l'année dans une chaleur humide et étouffante.

Il décida finalement que cela ne servait à rien d'attendre et il alla à sa rencontre.

– Ah, Thadée, tu tombes bien… Il va falloir que tu arrêtes tes séances de yoga et que vous commenciez à travailler plus tôt.

– Non.

– Comment ça, non ?

– Non. Nous travaillons déjà beaucoup et les séances de yoga sont notre seul moment de détente.

– Moment de dé-ten-te !!! Mais vous vous croyez où, tous ici ? Je vous rappelle que c'est une prison, pas un club de vacances !

– Ce n'est pas non plus un atelier de poterie, répondit calmement Thadée, un sourire ironique aux lèvres.

Très bien. Si tu le prends comme ça, je fais interdire les séances de yoga et je vous fais travailler la nuit s'il le faut.

– Vous n'obtiendrez rien en agissant ainsi.

– Je te conseille de baisser d'un ton. Vous ferez ce que je vous dis de faire.

– Puisque nous en parlons, je pense que vous vous êtes largement remboursé de ma dette. Les détenus veulent être payés pour leur travail.

– Ah ah ah… Et puis quoi encore ! Tu n'imagines pas le nombre de personnes que je dois soudoyer pour que vous puissiez continuer à vous amuser avec vos jouets. Crois-tu qu'il soit si simple de vendre ces pots et ces plats ? C'est beaucoup de travail, en plus, il faut convaincre les clients. Ils négocient durement les prix. Les marges sont très faibles.

– Ils veulent la moitié.

– La moitié de quoi ?

– La moitié de ce que vous touchez en revendant leur production.

– Ben voyons… Écoute-moi bien. Tu vas retourner les voir et leur dire qu'ils n'auront rien et que c'est déjà beaucoup. La seule chose que je suis prêt à leur offrir, ce sont des coups de lathi pour qu'ils travaillent plus vite. Dégage de mon bureau. Et n'oublie pas… Plus de yoga.

– Je peux vous demander au moins de poster cette lettre pour ma mère ?

– Donne. Ça oui, bien sûr, je peux le faire. Tu vois, je ne dis pas non à tout. Allez, retourne les calmer et dis-leur que s'ils travaillent plus, je m'arrangerai pour augmenter les rations de riz.

Thadée retourna dans sa cellule.

Comme à son habitude, Jaideep fit une boule de papier de la lettre que lui avait confiée Thadée, puis la balança par la fenêtre de sa voiture.

13

Février 1981

Ma mère commença à s'inquiéter de ne plus recevoir de lettres.

Au début, elle s'habitua à ce silence. Elle savait que Thadée n'écrivait qu'après avoir vécu suffisamment d'aventures pour les lui raconter. Mais là, cela faisait presque un an qu'elle n'avait plus rien reçu. Sans doute était-ce dû à la lenteur de la poste indienne, pensa-t-elle.

Elle relut le denier courrier reçu et constata que la lettre n'avait mis qu'une semaine à lui parvenir. Ce n'était donc pas la poste...

Elle s'étonna aussi de cette absence de signe au moment des fêtes de Noël. Non pas qu'elle y attachât une importance particulière, mais cela l'intriguait. Elle n'osait pas en parler à ses amis, ne souhaitant pas leur donner le sentiment que Thadée était en difficulté. Elle souhaitait que ce voyage en Inde fût perçu comme une revanche de Thadée, pas comme un échec.

– Avez-vous des nouvelles ? lui demandaient-ils régulièrement.

– Oui, oui, disait-elle. Tout va très bien, il continue son voyage.

– Quelle chance ! répondaient-ils.

Elle se décida finalement à se rendre au commissariat de son quartier pour connaître les démarches à entreprendre si cette situation devait durer.

Elle pénétra pour la première fois de son existence dans un commissariat et demanda à rencontrer un responsable.

– C'est pour un cambriolage ? demanda le préposé.

– Non, c'est pour me renseigner sur une éventuelle disparition.

– Éventuelle ?

– Oui. Il s'agit de mon fils, cela fait plusieurs mois que je n'ai plus reçu de nouvelles et je me demande s'il ne lui serait pas arrivé quelque chose.

– Il est mineur ?

– Non pas du tout, il a vingt-sept ans.

– Ah… Il n'y a pas vraiment de raisons de s'inquiéter, alors.

– C'est-à-dire… Il est en Inde.

– Pour voyage d'affaires ?

– Non, disons qu'il parcourt le monde.

– Madame, vous n'êtes pas à la bonne adresse. Pour les disparitions à l'étranger, il faut vous adresser au ministère des Affaires étrangères, au Quai d'Orsay. Mais si je puis me permettre, je ne pense pas qu'ils se passionnent vraiment pour la « disparition » d'un jeune homme de vingt-sept ans qui voyage pour son plaisir, qui plus est en Inde.

– Pourquoi spécialement en Inde ? demanda-t-elle.

– Disons que... les jeunes qui s'y rendent... je doute que ça les excite.

– Et s'il lui était arrivé quelque chose ?

– Oui bien sûr, mais bon... L'Inde, d'après ce que j'entends, ils n'y vont pas que pour le plaisir de goûter la cuisine locale, si vous voyez ce que je veux dire ?

– Pas du tout. Je ne vois pas. Que dois-je faire alors ?

Le policier lui remit l'adresse et le numéro de téléphone du Quai d'Orsay.

– Ils vous indiqueront la marche à suivre. Bonne chance, Madame, dit le policier en grimaçant.

Maman se rendit à l'accueil du 37, quai d'Orsay comme le lui avait conseillé le policier.

– Bonjour, Madame, vous avez rendez-vous ?

– Non, je souhaiterais me renseigner. Voilà, je n'ai plus de nouvelles de mon fils qui est en voyage en Inde.

– Mineur ?

– Non, il a vingt-sept ans.

La secrétaire lui tendit un formulaire.

– Tenez, remplissez ce formulaire et revenez me voir.

Elle s'assit dans un coin et commença à remplir le document.

Nom, prénom, date de naissance, adresse (elle donna la sienne).

Profession : Sans

Numéro de passeport : Inconnu

Pays de destination : Inde
Pays de provenance : Afghanistan (Elle hésita.)
Dernière ville de destination : Mandarmani
Nom de l'hôtel ou adresse de résidence : Inconnu
Date de la disparition : Septembre 1980
Etc.

Elle tendit le document à la secrétaire qui le classa sans le lire.

– Un responsable vous contactera.

– Cette semaine ?

– Bientôt.

– Très bien.

Elle revint chez elle, apaisée et convaincue qu'un responsable la recontacterait bientôt afin de lui communiquer les nouvelles coordonnées de Thadée.

Plusieurs semaines passèrent sans que personne ne la joigne. Elle téléphona plusieurs fois afin de savoir ce qu'il en était. Un fonctionnaire lui répondait invariablement que le dossier suivait son cours.

Un mois plus tard, elle reçut enfin un appel.

– Bonjour, Madame. Je m'occupe de votre demande au Quai d'Orsay. Nous avons dû faire des recherches pour obtenir le numéro de passeport de votre fils. Nous avons vérifié, il est effectivement en Inde.

– Oui merci, ça, je m'en doutais.

– Il y est entré avec un visa de trois mois, or, cela fait plus de six mois qu'il y réside. Il est donc en infraction vis-à-vis de la loi indienne. Avez-vous des raisons particulières de vous inquiéter ?

– Cela ne lui ressemble pas de ne pas donner de nouvelles.

– Je vois… Puis-je vous demander les raisons de son voyage ?

– Disons qu'il avait éprouvé le besoin de voyager, de changer d'air, si je puis dire.

– Je vois… Il faisait du tourisme, donc. Il voyageait seul ?

– Oui, je crois.

– Je vois…

– Arrêtez de me dire « je vois » tous les deux mots. Vous voyez quoi ? Il faut faire quoi ?

– Hum… Dans ce cas précis, je pense que nous allons diffuser un avis de recherche que nous enverrons aux autorités consulaires locales.

– Et…

– Peut-être votre fils a-t-il fait des démarches ? Nous le saurons rapidement. Possédez-vous une photo récente de votre fils ?

– Oui, mais je doute qu'il ressemble encore à ce portrait.

– Je vois… Euh… Je voulais dire bien sûr, oui, faites-nous parvenir cette photo et nous diffuserons un avis de recherche, mais, Madame, en France un enfant disparaît toutes les dix minutes, 90 % d'entre eux sont retrouvés en moins de vingt-quatre heures, dix mille personnes disparaissent par an, dont trois mille définitivement. Nous faisons tout pour les retrouver. Certains s'organisent pour ne pas l'être. Ils disparaissent volontairement. J'ai vérifié, il y a douze millions d'habitants à Calcutta…

–Vous êtes fort en statistiques. Vous me donnez le tournis avec tous ces chiffres.

–Pourriez-vous m'envoyer une copie du dernier courrier qu'il vous a adressé ?

–Oui, bien sûr. Il parle beaucoup de religion de l'Inde, visiblement, il est très marqué par ce pays.

–Je v... Madame, je ne devrais pas vous inquiéter mais, dans ce genre de situation, mieux vaut agir par vous-même. Certains de nos dossiers de recherche datent de plusieurs années...

–Tant que ça ? C'est-à-dire ? Que puis-je faire ?

–Vous rendre sur place, sillonner la ville, les hôtels, les cafés... Souvent, cela donne de bons résultats. Certes, Calcutta est une grande ville, mais vous me dites que la dernière fois qu'il vous a écrit, il résidait à Mandarmani. Je ne connais pas cette ville, mais d'après ce que j'ai vu sur la carte, ce n'est pas bien grand. Vous devriez vous y rendre.

À l'issue de cette conversation, elle eut une sorte de vertige suivi d'un moment de panique, puis elle se ressaisit. Elle n'avait pas envisagé une seule seconde l'hypothèse d'une disparition. Bien sûr que non. Thadée n'avait aucune raison de vouloir disparaître.

Ma mère me fit part de son intention de se rendre en Inde. Elle n'était pas inquiète, elle voulait savoir. Elle laissait paraître un certain détachement comme si retrouver Thadée n'était pas une priorité. Affichait-elle cette décontraction pour me « protéger » ?

Probablement. Pour ma part, Thadée n'était pas un « problème », pas encore. Il vivait sa vie, je vivais la mienne. J'avais cette forme d'égoïsme propre à mon âge qui faisait que j'étais centré sur mes projets et peu m'importait la façon dont Thadée traçait sa route. Pas une seconde il m'était venu à l'esprit d'accompagner ma mère en Inde.

14

Mars 1981

Comme prévu, les détenus refusèrent en bloc les propositions de Jaideep.

Ils avaient un à un déposé leur tour dans la cour et vidé leur cellule de tout matériel leur permettant de travailler. Même les blocs de terre furent entassés dans les couloirs de la prison.

Le premier soir, ils ne reçurent pas leur ration de riz habituelle. Ni le lendemain matin ni les jours d'après. Les gardiens avaient reçu l'ordre de fermer les cellules à clé et de ne laisser sortir aucun prisonnier. Il régnait un silence pesant, seuls les bruits lointains de la ville signalaient que la vie poursuivait son cours, ailleurs. Sans eux.

Parmi tous les détenus, Omkar était le plus virulent. Il s'était emparé du rôle de leader et avait ordonné à tous les prisonniers d'arrêter de travailler. Il n'avait pas peur et était prêt à se battre et même à se faire battre s'il le fallait.

Ce n'était pas l'avis de tous. Certains considéraient qu'il était impossible de lutter contre Jaideep et pensaient qu'une portion supplémentaire de riz était une offre raisonnable de sa part. Omkar les fit taire rapidement.

De son côté, Jaideep fulminait.

Les clients commençaient à se plaindre de ne plus être livrés, certains le menaçaient d'aller faire produire les modèles ailleurs. Certains même envisageaient de le dénoncer car tous avaient bien compris que Jaideep s'enrichissait en usant d'une main-d'œuvre qu'il ne payait pas. Il fut obligé de continuer à soudoyer les policiers pour que l'affaire ne s'ébruite pas, mais l'argent ne rentrait plus et ses économies ne tiendraient pas longtemps face à cette rébellion qui semblait s'installer durablement.

Jaideep comprit qu'il avait tout à perdre et qu'il lui fallait parvenir à un accord avec le Français.

Après trois jours de privations, Jaideep ordonna aux gardiens de lui amener Thadée.

– Bon… J'ai réfléchi. Mais c'est donnant donnant… Vous recevrez tous un tiers du montant des ventes que vous partagerez avec les gardiens. En échange, vous vous démerdez pour augmenter la production et vous cessez vos séances de yoga.

– Non.

– Comment ça non ?

– Nous n'arrêterons pas les séances de yoga.

– Après tout, faites comme vous voulez du moment que vous parvenez à produire ce dont j'ai besoin.

–Nous n'allons pas fonctionner comme ça, lui dit Thadée.

–Ah bon ? Et comment « souhaitez-vous » fonctionner ? répondit Jaideep, goguenard et furieux.

–Nous savons très bien que tu ne nous diras jamais la vérité. Alors c'est nous qui te fixerons les prix de ce que nous produisons ! Toi, tu revendras les pièces au prix que tu jugeras bon.

–Ah oui... Et quels sont vos tarifs ?

Jaideep n'en revenait pas de l'aplomb avec lequel Thadée s'adressait à lui.

–Ce n'est pas moi qui le décide. Tu verras ça avec Omkar, Sandeep et Harish.

Les jours qui suivirent, Omkar, Sandeep et Harish passèrent de longues heures avec Jaideep, négociant pied à pied chaque détail.

Omkar était le plus agressif des trois. Il ne laissait rien passer. Jaideep disait que la terre était coûteuse, Omkar lui rétorquait que ses tarifs étaient faux, Harish tentait de composer et Sandeep se faisait l'intermédiaire entre eux et les autres prisonniers et les gardiens. Jaideep faisait valoir ses arguments, expliquant qu'il devait arroser de nombreux intermédiaires et que sa marge était infime. Omkar démontait systématiquement ses calculs, contestant chaque chiffre à la virgule près.

Thadée n'avait pas voulu assister à ces échanges. Cela ne l'intéressait pas. Il avait réussi à redonner un sens à la vie de ses camarades et il s'en contentait. Il régnait dans la prison une vive agitation digne d'une négociation syndicale tendue. Les hommes allaient de cellule en cellule et chacun revenait avec des contre-propositions.

Après trois jours de palabres, ils trouvèrent un accord. Jaideep imposa qu'il fût oral, ne voulant pas signer de documents compromettants à son égard.

Ce moment étrange rapprocha les prisonniers et leur redonna de la dignité. Chacun s'était trouvé un rôle et une nouvelle raison d'espérer. Même Jaideep finit par éprouver du respect pour ces hommes qui se battaient pour leurs droits. Certains d'entre eux ne ressortiraient jamais de cette prison mais, grâce à ces petits arrangements, ils pourraient envoyer de l'argent à leurs familles et retrouver un rôle social auprès des leurs. Pour célébrer cet accord, Jaideep avait même accepté l'invitation d'Omkar à partager leur repas.

Le lendemain, tous se remirent au travail. On ralluma les fours, ils firent en sorte que la production reprenne rapidement. Il régnait désormais une atmosphère joyeuse où chacun avait le sentiment d'être à nouveau vivant.

Le matin, les séances de yoga reprirent. Même ceux qui les avaient dédaignées finirent par se joindre aux autres. Certains gardiens regrettaient même de ne pouvoir y participer.

Les commandes affluaient et les premières recettes furent partagées selon ce qui avait été convenu. C'est Omkar qui assurait la redistribution auprès des prisonniers et des gardiens.

Thadée qui n'avait jamais travaillé de sa vie avait réussi à créer une entreprise florissante et, peut-être… prospère. Il ne s'occupait que de la création des prototypes et laissait aux autres le soin de s'organiser. Il avait su faire renaître l'espoir.

Omkar ne comprenait pas pourquoi il refusait la part qui lui était due au même titre que les autres.

– Je ne veux pas d'argent, disait Thadée, je n'en ai pas besoin. Partagez ma part entre vous trois.

Omkar, Harish et Sandeep refusèrent.

– Nous te gardons ta part et tu la récupéreras lorsque tu en auras besoin.

– Si vous voulez, dit-il, mais je n'en aurai jamais besoin.

Thadée avait fait de cette prison sa maison. Pour la première fois de son existence, il éprouvait une sorte de sérénité qu'il n'avait jamais connue. Il ne se posait plus la question de savoir quand il quitterait ce lieu. Peu à peu, il s'était rapproché de cette philosophie qui, pour parvenir à trouver la paix en son âme, consistait à effacer tout désir en soi.

Depuis cet épisode, les prisonniers, les gardiens et même Jaideep surnommaient Thadée le « Sahib », ils en avaient fait son surnom. Aux Indes britanniques, durant les périodes féodales et coloniales, Sahib était un titre honorifique utilisé pour les aristocrates de naissance. Thadée s'amusa de ce surnom, se disant que partout où il irait, sa condition le rattraperait.

15

Avril 1981
Vol F0226

Lorsque ma mère parvint à Calcutta, elle fut submergée d'émotions à la découverte de ce monde qu'elle n'avait connu qu'au travers de vagues estampes et illustrations diffusées dans les manuels scolaires. Elle partageait cette remarque que lui fit Thadée que, pour espérer s'approcher et comprendre un peu l'Inde, il n'y avait pas meilleur endroit que d'en débuter la découverte par la gare de Calcutta. Elle y passa un long moment, déambulant au milieu des déchets et se sentant invisible à leurs regards.

Tard dans la soirée, lorsqu'elle revint à l'hôtel, elle relut les lettres de Thadée puis elle s'endormit sans dîner.

Le lendemain, elle se fit recommander par le concierge un hôtel à Mandarmani.

– Ce n'est pas une ville pour vous, dit-il en souriant. Il n'y a pas d'hôtel de luxe à Mandarmani, ce ne sont pas vraiment des hôtels...

Elle se contenta de sourire, régla sa note et s'engouffra dans un taxi.

Bien que Mandarmani ne fût qu'à une trentaine de kilomètres de Calcutta, il lui fallut plus de quatre heures pour y parvenir. Il se faufilait comme il le pouvait dans une inextricable circulation où se mêlaient voitures, camions, animaux et rickshaws. Il roulait au centre, à gauche ou à droite de la chaussée. Le chauffeur arborait une barbe imposante et se retournait sans cesse pour lui adresser un sourire édenté voulant la rassurer.

Elle tenta de lui adresser quelques mots en anglais auxquels il répondit en bengali, puis elle abandonna l'idée de l'obliger à bien vouloir rester concentré sur sa route. La radio crachait des musiques improbables. De toute façon, elle était totalement insensible à la musique et n'aurait pas su reconnaître la *Marseillaise* d'un morceau des Rolling Stones.

Captivée par le spectacle de la rue, elle n'éprouva aucune impatience dans ce long trajet. Elle ne s'attendait à rien, se disant qu'il valait mieux ne rien espérer de ce qu'elle trouverait sur place.

Le taxi la déposa devant une petite maison jaune et délabrée sur laquelle pendouillait une vieille enseigne « Bengali Resort ».

Des enfants jouaient autour, une paysanne rafistolait un filet de pêche et un chien aboyait, l'empêchant de descendre. Personne ne lui ouvrit la porte et ne vint écarter le chien. Elle finit par sortir, le chien la renifla puis retourna faire sa sieste.

– Hôtel ? demanda-t-elle à la paysanne.

Celle-ci vociféra en direction de la maison, et apparut sur le seuil un jeune garçon à l'air embarrassé.

– Hôtel ? dit-elle à nouveau.

– *Yes,* hôtel, répondit-il avec un large sourire. Combien de chambres voulez-vous ? lui dit-il en anglais.

– Une. Je suis toute seule.

– Toute seule ? répéta-t-il.

– Oui, pourquoi ?

– *Dangerous,* dit-il. Ici, les femmes ne voyagent pas seules.

L'hôtel, enfin si c'était bien un hôtel, était situé à quelques mètres de la plage. Le jeune garçon la fit pénétrer dans la maison et lui désigna une porte entrouverte.

– *Room,* dit-il en lui désignant la pièce.

Même si elle ne s'attendait à rien, elle fut saisie que ce « rien » puisse se résumer à si peu. Sur le sol en terre battue gisait un matelas, et c'était tout. Elle hésita un instant à faire demi-tour quand elle entendit le bruit du taxi qui déjà s'éloignait. Bien... se dit-elle, après tout elle n'était pas venue pour faire du tourisme, mais pour retrouver Thadée. Elle fit signe au garçon qu'elle prenait la chambre.

Le froid était toujours vif et, bien évidemment, il n'y avait pas de chauffage. Elle s'enroula dans son manteau, s'allongea en essayant d'oublier la précarité du lieu et la propreté douteuse de la couche, puis s'endormit.

Plusieurs fois dans la nuit, les aboiements des chiens errants la réveillèrent. Elle observa le ciel par la fenêtre. L'absence totale d'éclairage lui révéla une voie lactée immaculée comme elle ne l'avait jamais vue auparavant. Malgré l'inconfort, malgré l'éloignement de tout, elle remercia secrètement ce fils qui la guidait par un fil invisible, lui faisant découvrir un autre monde. Paradoxalement, elle ressentait cette absence de repères comme une libération.

Le lendemain matin, le jeune garçon poussa timidement la porte de sa chambre qui, de toute façon, ne possédait pas de serrure. Il portait un plateau en bois sur lequel étaient disposés une théière et un verre. Il posa le plateau délicatement sur le sol et resta un moment à l'observer avant de la réveiller en douceur.

– *Room service. Miss, Miss... Morning...*

Elle se réveilla sans peine. Elle l'observa et fut troublée par sa beauté. La veille, elle n'avait vu que cette chambre misérable et ne l'avait même pas remarqué.Elle trouva un miroir fêlé accroché au dos de la porte et s'arrangea comme elle put. Puis elle décida d'aller marcher sur la plage. À cette heure, la lagune était déserte. Au bout de quelques pas, elle remarqua que le garçon la suivait.

– Approche, dit-elle. Pourquoi tu me suis ?

– C'est dangereux ici, dit-il en anglais. Qu'est-ce que tu fais toute seule ici ?

– C'est une longue histoire. Je viens chercher mon fils. La dernière fois qu'il m'a écrit, il m'a dit qu'il était à Mandarmani.

Elle sortit une photo de sa poche et la lui montra.

– Je ne l'ai jamais vu.

– Sais-tu s'il y a un endroit où aiment aller les touristes ici ?

– Il n'y a pas de touristes ici, Madame. Que des Indiens. Tu devrais aller voir la police, peut-être eux, ils savent...

– La police ? Tu pourrais m'y conduire ? Comment t'appelles-tu ?

– Ajay. Si tu veux, je t'y conduis, mais je n'aime pas trop aller là-bas.

Elle lui tendit la main et se présenta, il la lui serra longuement.

Ajay la fit monter à l'arrière de sa moto, une antique Royal Enfield qu'il dut pousser sur une dizaine de mètres afin qu'elle accepte de démarrer. Elle se hissa à l'arrière et se laissa guider par son nouvel ami.

Le poste de police se résumait en une vieille baraque située à la sortie du village.

Intrigués par ce couple étrange, les passants se regroupèrent autour d'eux pendant qu'Ajay essayait de les calmer et de se frayer un chemin jusqu'à l'entrée du poste.

Réveillés par cette agitation inhabituelle, deux hommes débraillés en sortirent et interrogèrent Ajay en bengali.

– Pourquoi tu es là ? C'est quoi le problème, tu as essayé de la voler ?

– Mais non, elle cherche son fils, il est perdu, elle a une photo, elle voudrait vous la montrer.

Les policiers la dévisagèrent et lui firent signe d'entrer.

Un homme relativement âgé qui devait être leur chef l'invita à s'asseoir autour de l'unique table et l'interrogea. Son anglais était suffisamment correct pour qu'ils puissent échanger quelques mots. Elle lui expliqua les raisons de sa venue ici et lui demanda s'il pouvait l'aider à retrouver son fils. L'homme l'écouta sans rien dire. Il nota le nom, puis observa longuement la photo. Il se leva, lentement, et se dirigea vers une armoire métallique d'un autre siècle qu'il eut du mal à ouvrir. Une avalanche de dossiers, de registres et d'imprimés publicitaires s'effondra à ses pieds. Il chaussa ses lunettes et se baissa pour parcourir un à un les registres répandus sur le sol.

Parcourant les lignes que soulignait son doigt, il rabattait sans cesse son épaisse tignasse argentée et marmonnait des phrases incompréhensibles. Après une bonne demi-heure de recherche, il s'assit en tailleur, poursuivant son exploration archéologique.

Elle comprit qu'elle perdait son temps lorsque, soudain, il se retourna vers elle avec un large sourire.

– Contai ! lui dit-il en désignant une des lignes du registre du doigt.

– Contai ? répéta-t-elle.

– *Yes*, Contai... *Jail.*

– La prison ?

– *Yes, he is in jail.*

– Vous devez confondre, dit-elle en anglais. Mon fils ne peut pas être en prison, il est français, j'en aurais été avertie par le consulat.

– *He is in jail... I just tell you.*

– Montrez-moi votre registre.

Elle ne put en déchiffrer les lignes, mais vit que le nom de « Thadée de Parlebosq » était bien inscrit au milieu de ce fouillis administratif.

– Mais qu'a-t-il fait ? demanda-t-elle en anglais.

– *I don't know. He is in jail, in Contai.*

Il lui expliqua que Contai n'était pas très loin d'ici.

Après tout, qu'avait-elle à perdre que d'aller vérifier qu'il s'agissait bien d'une erreur ?

– Ajay, demanda-t-elle, peux-tu m'y conduire, à cette prison ?

– *Yes, jump.*

Lorsqu'ils arrivèrent devant la prison, une pluie battante et glacée s'abattit sur eux.

Le gardien observa cet équipage étrange composé d'une femme de type européen aux cheveux plaqués sur le visage et d'un jeune garçon en guenilles grelottant de froid. Ajay lui désigna la prison du doigt et lui dit qu'il préférait l'attendre un peu à l'écart. Il se mit à l'abri d'une échoppe, de l'autre côté de la rue. Comme il ne savait pas de quoi était accusé Thadée, s'il s'agissait bien de lui, il jugea plus prudent de ne pas être mêlé aux échanges qui suivraient.

Elle observa cette prison, se disant qu'il était impossible que Thadée puisse y être détenu. Il s'agissait évidemment d'une erreur.

Elle s'en approcha sans crainte et s'adressa à l'unique gardien posté devant l'entrée.

– Bonjour, Monsieur, je souhaiterais parler à un responsable.

– Vous ne pouvez pas rester ici, Madame, c'est une prison.

– Oui, merci, je sais que c'est une prison. Je souhaite m'adresser au responsable.

Le gardien la dévisagea longuement et considéra qu'il s'agissait peut-être d'une cliente voulant acheter des poteries. Il ferait mieux d'avertir Jaideep.

– Restez là, je reviens.

Quelques minutes plus tard, Jaideep apparut sur le seuil de la porte.

– Bonjour, Madame.

– Vous êtes… ?

– Je suis Jaideep Prabhu, le directeur de cet établissement. C'est pour une commande ?

– Une commande de quoi… ?

– Euh… rien, pardon. Que puis-je pour vous ?

– Pourquoi une commande, enfin ? Bon, je viens du commissariat de Mandarmani. Je suis à la recherche de mon fils. Le commissaire prétend que vous le détiendriez.

– Comment s'appelle votre fils, Madame.

– Thadée de Parlebosq.

Le visage de Jaideep afficha un léger rictus. Il se retourna pour voir si personne ne l'écoutait et s'adressa à maman.

– Pourriez-vous me répéter le nom ?

– Thadée de Parlebosq, il est assez grand, 1,90 m, il a des cheveux bruns. Tenez, j'ai une photo sur moi.

Elle lui tendit la photo et Jaideep fit mine de l'étudier attentivement.

– Hélas non, Madame. Votre fils n'est pas ici.

– Pourtant, le commissaire m'a dit qu'un certain Thadée de Parlebosq avait été conduit dans votre prison.

– Je suis certain du contraire, Madame. Je connais chaque prisonnier, c'est une petite prison, vous savez. Sans doute le commissaire s'est-il trompé de registre, ça arrive très souvent.

– C'est exactement ce que j'ai pensé. Je ne vois pas pourquoi mon fils serait en prison.

– Comment s'appelle le commissaire qui vous a donné cette information, Madame ?

– Je ne saurais pas en prononcer son nom. Tenez, voici sa carte de visite.

– Ah oui... je comprends, fit Jaideep en faisant mine de pousser un long soupir. Je connais ce commissaire, il fait beaucoup d'erreurs. Il n'est pas tout jeune, parfois il confond les choses. Je l'appellerai pour lui en parler. Si vous voulez, je vous recontacterai pour vous dire ce qu'il en est.

– Merci, c'est très aimable à vous. Je pense retourner à Calcutta. Je demeure au *Grand Hôtel Oriental.*

– Ah oui, je connais, c'est un très bel hôtel. Comptez sur moi, je vous tiendrai au courant.

Ma mère se fit conduire à un taxi et prit congé de son guide Ajay à qui elle remit quelques billets. Ajay lui embrassa les mains et la serra longuement dans ses bras.

Le lendemain, elle décida de se rendre au consulat de France pour tenter d'obtenir quelques informations. Elle était soulagée que Thadée ne soit pas en prison et inquiète de ne pas savoir par où commencer ses recherches.

Le consulat était logé dans une magnifique demeure coloniale. Elle traversa de luxuriants jardins avant d'y pénétrer.

– Bonjour, Madame, que puis-je pour vous ? lui dit une ravissante hôtesse de type indien qui parlait un français sans accent.

– Bonjour, Mademoiselle, je souhaiterais m'entretenir avec le consul.

– Vous avez un rendez-vous ?

– Non. Je viens d'arriver à Calcutta. Je suis à la recherche de mon fils et une personne du Quai d'Orsay m'a suggéré de me rendre ici.

– Oui, bien sûr. Nous traitons ce genre de problème. Si vous vous voulez bien attendre ici, je vais voir si quelqu'un peut vous recevoir.

Quelques minutes plus tard, un homme grand de belle allure se dirigea vers elle.

– Bonjour, Madame, je suis Carlos Albertini, consul de France à Calcutta.

– Bonjour, Monsieur le consul. C'est drôle, vous êtes italien en poste au consulat de France ?

– Je suis d'origine italienne Madame, dit-il avec un large sourire. Mais rassurez-vous, je possède bien la nationalité française.

– Bien sûr. Auriez-vous quelques minutes à m'accorder ?

– Bien entendu. Veuillez me suivre.

Elle était sous le charme de cet Italien vêtu comme un prince qui affichait la décontraction de ceux qui ne connaissent ni l'ennui ni les privations.

– Je vous écoute, Madame.

Me mère raconta le parcours de Thadée et lui tendit la dernière lettre qu'elle avait reçue.

– Humm… Je constate qu'il était à Mandarmani. Peut-être pourrions-nous commencer par nous renseigner sur place. Je peux demander à l'un de mes agents de passer quelques coups de fil aux autorités locales.

– Mais je suis allée sur place. J'y étais hier. Le commissaire a prétendu qu'il avait été emprisonné à Contai, j'y suis allée également et j'ai rencontré le directeur de la prison. Il m'a certifié qu'il ne détenait aucun prisonnier de ce nom-là.

– Vous êtes allée toute seule à Mandarmani ? Vous avez fait tout cela seule ? Toute seule à Contai… ?

– Oui, il ne fallait pas ?

– Si, bien sûr… Enfin, peut-être auriez-vous dû venir me voir avant. C'est dangereux de s'aventurer seule dans ces endroits. Pourriez-vous me répéter ce que vous a dit exactement ce commissaire ?

– Il a longuement cherché dans ses registres, ça a duré un temps fou, puis il m'a montré une feuille où était inscrit le nom de Thadée de Parlebosq. Je n'ai pas pu déchiffrer le reste de la phrase.

– Et ce registre disait que votre fils était en prison ? À Contai ?

– Apparemment.

Le consul décrocha son téléphone et fit venir l'un de ses adjoints. Il lui expliqua la situation et lui demanda de téléphoner au commissaire de Mandarmani ainsi qu'au directeur de cette prison.

Avec la plus grande précipitation, Jaideep grimpa dans sa voiture et fila à vive allure au commissariat de Mandarmani pour y trouver le commissaire de police qui avait identifié Thadée.

– Montre-moi le registre, lui dit-il.

– Quel registre ? dit le commissaire.

– Celui que tu as montré à la femme européenne qui est venue te voir hier.

Le registre n'avait pas été rangé et le commissaire le lui remit. Jaideep lui tendit une liasse de billets.

– Prends, c'est pour toi.

Il accepta. Jaideep feuilleta le registre et identifia la page sur laquelle figurait le nom de Thadée. Il la déchira puis la mit dans sa poche.

– Si elle revient te voir, téléphone-moi tout de suite.

Quelques instants plus tard, le commissaire reçut un appel de l'adjoint du consul. Toute en palpant les billets que lui avait remis Jaideep, il répondit qu'il ne se souvenait pas d'avoir vu cette dame et que le nom de Thadée de Parlebosq ne figurait pas dans ses registres.

N'ayant pas d'autorité d'investigation, l'adjoint du consul téléphona à l'une de ses connaissances au sein de la police de Calcutta et lui demanda de l'accompagner à Mandarmani pour tirer cette affaire au clair. Lorsqu'ils arrivèrent au commissariat, ils n'eurent aucune difficulté à constater que l'une des pages du registre correspondant à peu près à la date de la « disparition » de Thadée avait été grossièrement arrachée.

Ils prirent la direction de la prison de Contai. Une fois sur place, l'inspecteur de police venu de Calcutta insista pour pénétrer à l'intérieur de la prison.

Jaideep était absent et les gardiens n'osèrent pas lui en refuser l'accès. Quelques minutes plus tard, il ressortit et confirma à l'adjoint consulaire qu'un homme du nom de Thadée de Parlebosq était bien détenu ici.

Le consul fit le nécessaire, non sans difficultés, afin que Thadée soit libéré et présenté aux autorités consulaires de Calcutta.

Thadée ne comprenait pas pourquoi il ne pouvait pas rester en prison et s'étonna de la satisfaction affichée du consul qui le reçut dans son bureau.

– Ah, fit le consul, je suis heureux de vous avoir sorti de ce mauvais pas. La France n'abandonne jamais ses ressortissants. Nous devons d'abord nous assurer que vous avez été correctement traité. Nous n'avons trouvé aucun acte d'accusation vous concernant et il semble évident que votre détention était totalement arbitraire. Vous pourrez remercier votre mère, car c'est elle qui nous a mis sur la bonne piste. D'ailleurs, elle ne va pas tarder à nous rejoindre.

– Ma mère ? Elle est ici ?

– Oui, votre mère est une femme formidable.

– Mais pourquoi est-elle ici ?

– Elle est venue vous chercher, répondit le consul, surpris par cette question. Nous avons encore pas mal de procédures à régler mais, normalement, vous pourrez repartir en France dans quelques jours.

– Pourquoi ?

– Pourquoi... quoi ? lui répondit le consul en écarquillant les yeux.

– Pourquoi dois-je repartir en France ?

– Même si vous vouliez rester en Inde, cela ne serait pas possible, votre visa est déjà expiré depuis longtemps. Votre présence en Inde est une infraction. Vous semblez déçu ?

– Donc je ne pourrai pas revenir en prison ?

– C'est une question étrange, vous souhaiteriez y retourner ?

– Je ne peux pas les abandonner comme ça... Ils ont besoin de moi.

– Écoutez, c'est une chance que nous ayons réussi à vous sortir de là. Alors, s'il vous plaît, n'allez pas nous compliquer la tâche. J'ignore pourquoi vous souhaiteriez y retourner, mais je trouve vote attitude étrange. D'habitude, les personnes que nous secourons nous remercient, et vous, vous semblez déçu... Ah ! voici votre mère.

Elle serra Thadée dans ses bras tout en retenant l'émotion qui l'étreignait, puis recula légèrement pour mieux l'observer. Elle le trouva beau. Il avait changé d'apparence, bien sûr, il avait maigri mais s'était musclé. Son visage s'était sculpté comme celui d'un marin revenant d'un long voyage.

Comme maman s'y attendait, Thadée ne manifesta pas un élan d'affection excessif. Dans ma famille, mais surtout dans notre milieu, il n'était pas bien vu d'être trop démonstratif. L'un et l'autre firent preuve d'une dignité pleine de retenue et d'élégance. Elle remercia chaleureusement le consul et Thadée en fit de même.

Thadée a toujours respecté les institutions même s'il avait parfaitement conscience qu'il vivait en marge des règles établies.

La première chose qu'elle fit fut de lui donner ses médicaments. Thadée les tenait dans sa main comme un acte de condamnation à perpétuité. Ne serait-ce que de les voir, cela lui rappelait que sa condition était d'être « malade ». Il prit conscience que cela faisait plusieurs mois qu'il avait vécu sans. Plusieurs mois qu'il avait oublié cette condition qui était la sienne : « malade ». Peut-être ne le suis-je pas, pensa-t-il. Peut-être m'a-t-on menti. Peut-être s'est-on trompé.

C'était la première fois que ce doute venait le perturber. Ce doute, même infime, allait le plonger dans une réflexion néfaste. Jusqu'ici, cette maladie lui avait, sans qu'il s'en aperçoive, procuré un confort dont il prenait conscience pour la première fois. « Confort » n'était évidemment pas le mot qui convenait. Disons une « protection ». Mais avait-il besoin d'être protégé ?

Ma mère me fit parvenir un télégramme : « Suis avec Thadée, tout va bien, revenons à Paris cette semaine. » Je ne fus pas surpris. Comme je n'avais jamais été inquiet, je n'exprimai pas non plus une joie particulière à l'idée de revoir Thadée.

Trois jours plus tard, ils embarquèrent sur un vol Air France pour Paris.

Pendant le voyage, Thadée parla peu. Ma mère pensait l'avoir sauvé, Thadée se sentait sombrer. Elle faisait des projets pour lui alors qu'il s'évertuait à ne plus rien désirer. Il ne demandait rien, il n'attendait rien.

Dans cette prison, c'est comme si ses yeux avaient été crevés, de cette cécité était née sa lumière. Il ne voyait plus les choses de la même manière, il les percevait avec son âme et son cœur. Il les devinait au travers du regard d'un autre dont il ne savait pas encore qui il était.

Il avait trouvé dans cette prison un équilibre, étrange certes, mais cela lui convenait. Son incarcération l'avait préservé d'une réalité dont il craignait les sollicitudes. Il avait été protégé et, plus il s'en éloignait, plus cette évidence s'imposait en lui. Fuir ce cocon était douloureux alors que son entourage imaginait que c'était pour lui un soulagement.

Il n'en voulait pas à sa mère de l'en avoir sorti. Il comprenait son inquiétude, bien sûr. Il se sentait redevable qu'elle se soit démenée pour le retrouver. Comment aurait-il pu en être autrement ? Il avait pourtant pris soin dans ses lettres de ne jamais l'inquiéter, ignorant encore qu'elle ne les avait jamais reçues. Quand ils en parlèrent un peu plus tard, il comprit que Jaideep ne les avait jamais envoyées. Il ne lui en voulut pas.

Thadée avait sur les hommes un jugement fataliste qui lui ôtait toute sorte de disposition à les juger. La revanche lui était étrangère, comme le mépris. Ce n'est pas que Thadée était bon, même s'il l'était, il s'agissait plus précisément de son incapacité à concevoir qu'une autre personne puisse porter la responsabilité de ce qui lui arrivait. Thadée considérait que même si vous receviez une météorite sur la tête, c'était de votre responsabilité. Vous étiez le seul responsable de votre destin.

Lorsque le commandant de bord annonça que l'avion commençait sa descente vers Paris, il fut pris d'une violente envie de pleurer. Il sentit monter en lui un sanglot profond gonflant son plexus solaire et il pleura sans pouvoir se retenir. Elle lui serra la main. Il ne savait pas pourquoi il pleurait. Il bredouillait, il lui dit que ce n'était pas grave, qu'elle ne s'inquiète pas. Cela dura jusqu'à l'atterrissage. Il se calma, observa ce plafond lourd et gris qui surplombait la capitale et, probablement, son avenir.

16

Mai 1981

Lorsque Thadée débarqua à Paris, la France vivait le suspense médiatique des élections présidentielles qui, quelques jours plus tard, propulseraient Mitterrand et le Parti socialiste au pouvoir.

La première fois que je revis Thadée, je ne le trouvai pas différent du Thadée que j'avais quitté. Sans doute ne voulais-je pas qu'il eût changé. Je ne perçus pas tous les signes, pourtant visibles, du commencement de sa « dépression ». Je continuais à me fabriquer l'image d'un frère victorieux, un héros. Je bâtissais en moi l'image d'un Thadée « présentable ». Un Thadée qui ne me faisait pas « d'ombre ». Un Thadée « sans problème », un peu différent, un peu marginal, c'est tout.

Installé chez maman, Thadée se passionna pour ce renversement politique. Cela le distrayait et lui permettait de reprendre contact avec la réalité. Le soir de l'élection, il déambula dans les rues joyeuses même s'il n'avait au fond de lui aucune conviction politique.

Par devoir ou par nécessité, il l'ignorait lui-même, il retourna chez son psy comme pour opérer la révision d'une voiture qui aurait beaucoup roulé.

– C'est étrange, lui dit-il, je suis partagé entre une profonde insouciance et une attente désespérée de l'avenir.

– Cette « insouciance », comment la décrivez-vous ?

– L'abandon du désir en moi. Je n'attends rien, je ne souhaite rien.

– Et cette « attente désespérée » ?

– C'est comme si j'attendais la venue de quelque chose qui ne vient pas et qui ne viendra sans doute jamais. Dans ce monde, il ne faut pas essayer d'être trop intelligent.

– Pourquoi ?

– Il y a des signes, des choses, sans doute irrationnelles, qui viennent à nous et que l'intelligence empêche de percevoir. Nous ne pouvons pas tout analyser, il faut laisser une place aux signes, c'est important.

– Par exemple ?

– Ce qui tient du spirituel.

– La religion ?

– Je ne sais pas. Les messes de mon enfance m'ont laissé le souvenir d'un ennui abyssal. Je ne suis pas à ma place dans une religion trop contrainte d'obligations et trop ridicule par son cérémonial. Mais c'est vrai, la religion, c'est quelque chose qui m'interroge. Elle nous demande de sacrifier ce que nous avons de plus cher.

Abraham a offert son fils Isaac, Dieu aussi… Je n'ai pas de fils, dit Thadée en rigolant.

– Vous seriez prêt à le sacrifier ?

– Je n'ai pas de fils, répéta Thadée, mais je pourrais aussi vendre mon âme au diable.

Il rigola à nouveau.

– Donc vous sacrifieriez votre fils ?

– C'est ça le problème avec vous, les psys. Si je vous disais que j'avais ou que j'aurais sacrifié mon fils, il ne vous importerait pas de connaître la véracité de mon affirmation, ce qui vous intéresse, c'est de savoir de quoi cet acte serait le symptôme. Vous percevez le monde comme une illusion, un assemblage de probabilités, une partie d'échecs où il n'y aurait jamais ni vaincus ni vainqueurs.

– C'est votre interprétation.

– Oui, et c'est un problème. Apparemment, il existe ici une règle qui m'empêche de savoir ce que vous pensez. Je l'accepte. Mais vous me laissez croire que tout est possible, ce n'est pas vrai, tout n'est pas possible dans le monde des hommes et je suis bien placé pour le savoir. Je suis sans doute moins « malade » que vous ne l'êtes vous-même. Parfois, j'ai l'impression que vous sucez mon âme pour vous guérir. En fait, vous vous en foutez pas mal de ce qu'est ma vie, de savoir si vous m'apportez ou non la guérison. Je suis votre matériau. Je vous fais trop confiance. Je ne sais pas pourquoi je viens vous voir. Et pourtant, je viens…

– Rien ne vous y oblige.

– Rien, effectivement.

– Revenons-en à la religion.

– Vous connaissez la différence entre un athée et un croyant ?

– Oui, je crois.

– Un athée sait que Dieu n'existe pas. Un croyant sait qu'il existe. Les deux savent quelque chose. Mais le croyant possède un savoir que l'autre ne détient pas.

– Je connais des athées qui possèdent le savoir.

– Je ne parle pas de la connaissance, je ne parle pas de ceux qui connaissent les Évangiles. Moi-même, je ne les connais pas. Je parle de la foi. Ceux qui possèdent la foi. Elle consiste à croire quelque chose que l'on ne sait pas, ce n'est pas parce que l'on connaît les Évangiles que l'on a la foi.

– Et vous, vous pensez avoir la foi ?

– Je ne sais pas. D'ailleurs, je ne sais pas si je suis catholique. J'aurais pu naître juif ou de n'importe quelle autre religion, même athée, cela ne changerait rien.

– Qu'est-ce qui devrait changer selon vous ?

– Rien, vous ne comprenez pas. Rien n'est jamais fixe, tout peut être modifié, à chaque instant. Celui qui se demande « pourquoi » ne s'embarrasse pas du « comment ». Il peut tout supporter et tous les moyens sont bons pour parvenir à trouver un sens. La drogue, l'art, la poésie, la religion, même la violence s'il le faut... Qu'importe. Quand il s'agit de comprendre sa souffrance, il n'y a pas de limite aux expériences que vous êtes prêt à entreprendre. Je ne sais plus ce que je dis…

Thadée se leva, fit le tour de la pièce et s'arrêta devant un vase posé sur une colonne. Il le caressa et s'adressa à nouveau à son psy.

– Vous tenez beaucoup à ce vase ?

– Oui.

– Si je le brisais devant vous, maintenant, que diriez-vous ?

– Vous ne le ferez pas.

– Vous êtes incroyable ! Vous voyez comme vous êtes ? Vous théorisez tout. Vous êtes en dehors de la réalité.

– Venant de vous… Pardon, je ne devrais pas dire cela. Je pense que nous allons arrêter là pour aujourd'hui.

– Oui, c'est préférable. Vous avez raison. Je ne le renverserai pas.

Revenu à la maison, il retrouva maman qui était en train de lire dans le salon.

– Il est nul, ce psy.

– Pourquoi dis-tu cela ?

– Et puis, je n'en ai pas besoin. Et puis merde, j'en ai marre d'être ici, marre de me faire servir, c'est quoi cette vie de merde ?

– Calme-toi.

– Non, je ne vais pas me calmer, sûrement pas. Tu n'aurais pas dû venir me chercher ! J'étais bien en Inde dans ma prison.

Thadée souleva la table basse et la renversa. Elle se brisa. Il jeta violemment à terre tous les objets disposés à droite à gauche et envoya à travers la vitre tout ce qui se trouvait sur son passage, puis il se cogna la tête contre le mur, le frappant violemment de ses poings jusqu'à ce qu'ils saignent. Lorsqu'il se tourna vers maman, elle prit peur. Elle partit s'enfermer dans sa chambre et composa le numéro de la police.

Dans le salon, il n'y avait plus d'autre bruit que celui de sa respiration profonde, comme celle d'un plongeur qui refait surface.

Elle s'assit sur le bord de son lit et plongea sa tête dans ses mains comme si elle ne voulait plus rien entendre. Même ce silence devenait plus lourd que ses cris. Une demi-heure se déroula sans qu'aucun des deux ne bouge.

Lorsque la sonnette retentit, elle dut traverser le salon pour aller leur ouvrir. Elle vit Thadée prostré à terre, immobile, les yeux clos. Les policiers entrèrent. Elle leur fit le signe avec ses mains que la situation s'était apaisée. Elle prit un des policiers à part et lui demanda s'il était possible qu'ils accompagnent Thadée à la Maison Blanche.

– Vous voulez porter plainte, Madame ?

– Sûrement pas.

– Ben, dites donc, il vous a mis un sacré bazar.

– C'est sans importance.

– Monsieur, Monsieur ? Vous m'entendez ?

Thadée hocha la tête en signe d'acquiescement. Deux policiers le relevèrent en douceur.

– Vous allez nous suivre, d'accord ?

L'un d'eux sortit une paire de menottes et s'apprêta à les lui passer.

– Non ! S'il vous plaît, pas les menottes.

Elle s'interposa entre Thadée et le policier.

– Je n'ai pas le choix, Madame, c'est pour notre sécurité et la sienne. Vous êtes certaine que ça va aller ? Vous êtes sûre de ne pas vouloir porter plainte ? Voulez-vous vous faire examiner par un médecin ?

– Il ne m'a pas frappée. Tout va bien. Je vous l'ai dit, je ne porterai pas plainte.

– Déposez au moins une main courante. Je vous le conseille. Vous pouvez le faire demain.

– Non.

Thadée n'opposa aucune résistance et tendit ses bras. Pendant qu'elle téléphonait à la Maison Blanche, ils firent asseoir Thadée sur un fauteuil, il fixait un point lointain qui n'existait pas. Deux policiers s'étaient positionnés derrière lui, gardant chacun une main sur ses épaules.

Lorsqu'ils partirent, elle se sentit rassurée.

Pas pour elle car elle savait que Thadée ne l'aurait jamais frappée, non, elle était rassurée de savoir Thadée en sécurité.

Avait-elle eu raison de le ramener en France ? se demanda-t-elle. Elle balaya cette question d'un revers de main. Bien sûr, on ne laisse pas son fils moisir en prison, qui plus est lorsqu'il est innocent. Cela, elle ne le regrettait pas. Mais demain ? Que serait demain ? Thadée n'était visiblement pas en état de recommencer à sculpter, pas tout de suite, se dit-elle. Il allait falloir qu'il « digère » son voyage, ça sera long pensa-t-elle. Mais quel chemin allait-il prendre... C'était là sa véritable inquiétude.

Thadée resta une semaine à la Maison Blanche. Les médecins lui prescrivirent de nouveaux médicaments. Depuis son dernier séjour, la médecine avait progressé. Les effets des anxiolytiques de la première génération avaient considérablement évolué. Les médecins avaient appris à mieux les maîtriser et à adapter les doses.

Lorsque Thadée revint à la maison, il s'excusa.

– Tu sais que je ne t'aurais jamais frappée, dit-il.

– Je le sais, d'ailleurs, je l'ai dit aux policiers.

– Tu aurais raison de m'en vouloir. Pourtant, ce n'était pas « moi », il faut me croire. J'avais trop mal, trop de souffrances. Tu as eu raison de venir me chercher en Inde et tu as eu raison d'appeler la police l'autre jour. Je dois me reposer, je suis très fatigué.

– Que t'ont-ils dit à la Maison Blanche ?

– Je ne sais plus, dit-il en rigolant. Ils ont été très gentils, comme toujours. Ils s'intéressent à moi plus que je m'intéresse à eux.

À l'époque, ma mère ne me fit pas part de cet incident. J'en pris connaissance bien plus tard. Elle ne fit jamais peser sur moi les comportements violents de Thadée. Thadée ne m'en parlait pas non plus. Cela restait entre eux. Une communion à deux qu'ils souhaitaient l'un et l'autre garder pour eux. Il ne s'agissait pas de cacher ces incidents. C'était leur « dialogue » et ce qu'ils échangeaient dans ces moments n'appartenait qu'à eux.

Thadée sortit marcher. Ce mois de mai était délicieux, l'élection de François Mitterrand avait donné un souffle nouveau qui ressemblait à un vent de liberté. Une énergie printanière irriguait les rues. Les radios étaient devenues « libres », des visages inconnus apparurent sur les bancs de l'Assemblée nationale, la France tentait d'apprendre leur nom. Les grandes fortunes craignaient de se faire tondre et les pauvres pensaient qu'ils allaient devenir riches.

Rien de tout cela n'arriva.

Il remontait la Seine, marchant le long des berges. Les touristes se mélangeaient aux étudiants, les jeunes aux plus âgés. En les observant, Thadée n'éprouvait ni solitude ni jalousie. Comme un satellite tourne autour de la Terre pour nous observer, il sillonnait ces groupes tel un être invisible.

Parfois, quand il croisait une jolie fille, il s'amusait à l'aborder. Ça lui arrivait. Thadée n'était pas timide. Il arrivait qu'elles le suivent. Ne possédant pas de « chez-lui » Thadée passait la nuit chez elles. Il leur offrait beaucoup de tendresse, elles n'attendaient rien d'autre.

Poursuivant sa déambulation, il longea l'université de Jussieu, puis le Jardin des plantes. À l'heure où les ombres s'étirent, il poursuivit son chemin qui lui fit longer la gare d'Austerlitz. La population n'était pas la même. Ce n'étaient plus des groupes de jeunes croisés le long de l'île de la Cité mais des clochards fatigués.

– Hé toi… T'as pas une clope ?

Thadée lui tendit son paquet et lui dit :

– Garde-le.

– Ben ça, c'est sympa. Tu veux boire un verre ?

Thadée s'assit à ses côtés et l'autre lui tendit une bouteille de rouge.

– J't'ai jamais vu par ici ? Où c'est que tu crèches ?

– Je ne sais pas, dit Thadée. Et vous, où dormez-vous ?

– Ben, tu peux me tutoyer, on n'est pas à l'Élysée !

– Pardon, où dors-tu alors ?

– Tu ne voudrais pas me piquer mon plumard quand même ! Cela dit, tu n'as pas une tronche à dormir sur le pavé. D'où c'est que tu viens ?

– J'étais en Inde.

– Chez les Indiens ? Avec les cow-boys ?

– Mais non, j'étais à Calcutta en Inde… Le pays, les Hindous.

– Connais pas. Jamais allé là-bas. C'est où?

– Loin.

– Ah…

– Et toi, tu viens d'où? demanda Thadée.

– Tu es bien curieux, toi. Paye-moi une bouteille et je te raconterai.

– C'est quoi ton nom ?

– Bixente.

Thadée alla acheter une bouteille de rouge à la buvette de la gare. Il n'y avait que des demi-bouteilles pour les voyageurs. Il en acheta quatre.

– Des demi-bouteilles, lui dit Bixente... T'es con ou quoi, ça coûte le double. En plus, elles sont minuscules.

– C'est pas important.

– Ben, si t'as de l'oseille, tant mieux pour toi. Bon, j'étais charpentier dans le temps. Puis j'ai eu un accident à la con. Je suis tombé du toit et ils m'ont mis plein de ferraille un peu partout, mais bon, j'ai perdu mon agilité, puis mon job. J'ai cherché du boulot, je n'ai pas trouvé. Que des trucs chiants, enfermé dans un bureau. J'ai pas voulu. J'ai été au chômage, puis il y a un moment où ça s'arrête. Walou... plus rien. Ma copine s'est barrée, mes potes aussi, ma famille en avait marre de m'avoir dans les pattes. J'ai fait des petits boulots de plage, j'ai rencontré des traînards et je me suis mis à boire avec eux. Au début, ce n'était pas grand-chose, des soirées qui s'allongeaient tard dans la nuit. Le matin, tu oublies de te réveiller, tu traînes en ville, t'as plus envie de rien. J'ai commencé à demander un peu d'argent aux copains, à la famille. Au début, ils donnaient un peu, puis voyant que je ne les remboursais pas, ils ont arrêté. J'aurais fait pareil. J'avais plus de ronds pour le loyer. J'ai dormi au camping, puis ils m'ont viré. C'est là que tu découvres que t'es devenu un mec infréquentable. Fallait bien que j'me nourrisse, et la picole ça coûte cher. Alors, j'ai navigué dans des plans foireux, je vendais un peu de shit à la jeunesse dorée de la côte. Ça payait bien, mais je me suis fait choper par les keufs. Un an ferme. C'est raide quand même. Puis tu sors de prison... Et là, rien. Personne ne te propose rien et, toi, t'as plus le jus pour t'en sortir. C'est là que j'ai commencé à faire la manche. Mais bon, sur la côte, ils n'aiment pas trop les gens comme moi. Alors je suis monté à Paris. Ça fait huit ou neuf ans, je ne sais plus. Bref, ça fait un bail. Ici, il y a toujours des piécettes qui tombent à droite à gauche. Le soir, y a la Croix-Rouge qui t'apporte de quoi bouffer. Le problème, c'est la crèche. Au début, tu te fais jeter de partout. Tu prends des coups, personne ne te respecte. Peu à peu, tu comprends comment ça fonctionne. Dans ce labyrinthe, y a des règles, même pour les plus paumés.

– C'est quoi, les règles ?

– Déjà faut être matinal. Tu te lèves à 6h avant qu'on te dégage. Même dans les parkings, ils te jettent. Ensuite, faut trouver une planque pour ton duvet et le peu que tu transportes. Tu cherches un parc pas trop loin, il faut y être avant qu'ils vident les poubelles, t'as toujours des trucs à récupérer pour te faire un petit déjeuner. Là, tu tues le temps en buvant des bières bon marché, chez Super U elles sont à 60 centimes. Puis tu vas bosser, tu fais la manche. Toujours au même endroit, les gens finissent par s'attacher à toi, et toi à eux. Quand une grosse pièce tombe, tu la prends sinon un autre te la vole. L'hiver, ça paye mieux, les gens ont pitié. Le soir de Noël, c'est toujours jackpot, j'appelle ça mon treizième mois. On a tous des surnoms, celui-là, dit-il en désignant du doigt un homme sans âge, c'est « Capitaine Haddock », l'autre là, c'est « l'Américain », elle qui est allongée à droite, c'est « Lady Diana ».

– Et toi ?

– Ah… Moi, c'est « Paparemborde », comme le rugbyman à cause de mon accent du Sud-Ouest, pas à cause de ma carrure. J'suis pas bien épais. Ensuite, t'essayes de joindre le 115. Faut trouver une cabine, regarder s'il y a des pièces par terre, il y en a toujours une ou deux qui traînent. Parfois, tu trouves un lit pour la nuit, mais bon, le plus souvent t'as une connasse qui te dit « Bonjour, toutes les lignes de votre correspondant sont occupées, veuillez rappeler ultérieurement », dans toutes les langues, anglais, russe ou arabe. Si par miracle tu les as, on te met en attente, y a des jours tu peux attendre plus d'une heure avec la même musique de merde qui tourne en boucle. Et le plus souvent, après avoir passé tout ce temps, on te dit : « Nous sommes désolés, mais il n'y a plus de place. » Pour les clopes, les gens t'en donnent, plus que des pièces… Sinon tu fumes leurs mégots. T'en prends plusieurs, tu les dépiautes et tu roules dans du papier à cigarette. Après t'écoutes la radio, c'est le seul moment où tu as l'impression de faire partie de la société. Le pire, tu vois, c'est qu'on s'habitue à la rue. Au début, tu cherches du boulot, puis, à force de refus, tu t'attaches à ta liberté, tu y prends tellement goût qu'il devient impossible de changer ton mode de vie. Tu descends très vite, tu ne remontes jamais. Voilà, mon pote, c'est ça la rue.

– Et… qu'est-ce qui te pousse… Je veux dire, c'est rude cette vie, tu n'as aucun espoir ?

– Pour moi, l'espoir d'une journée ensoleillée me suffit. Mais pour beaucoup, il n'y en a pas. Certains se laissent mourir de froid ou de fatigue, je les comprends.

Mais toi… une journée ensoleillée te suffit vraiment à ne pas sombrer ?

– La limite est fragile, bien sûr. Rien que d'en parler, j'ai des vertiges, des angoisses, je fais l'autruche, évidemment. Sinon tu deviens fou.

– Tu crois en Dieu ?

– Mais c'est un véritable interrogatoire ? Tu te prends pour Jacques Chancel ? Ah Dieu… Ben, on dirait qu'il nous a un peu oubliés, non ? Dans les églises, on est bien reçus, remarque, pas toutes. Mais bon, que devrais-je attendre de Dieu ?

– L'espoir peut-être ?

– L'espoir de quoi ?

– D'une vie éternelle, d'un recommencement.

– Un recommencement ? Mais t'es dingue, quelle horreur ! J'ai vu ce que c'était la vie, c'est bon, j'ai vraiment pas envie de m'en taper une deuxième. Non merci. Alors ça !

– Mais justement, l'idée qu'après ta mort tu trouves un, comment dire, un réconfort.

– *Nada*. Quand t'es froid, t'es froid, c'est fini, et heureusement d'ailleurs.

– Alors il n'y a plus d'espoir…

– Ben non. C'est comme ça.

– C'est triste quand même, non ?

– Ce n'est pas triste. C'est horrible.

– Alors pourquoi ne pas y croire ?

– Mais t'es qui, toi, au juste ? Un missionnaire ? T'es en train de vouloir me convertir ? Tu fais partie d'une secte ? D'ailleurs c'est pas la peine, je suis déjà baptisé.

– Non, pas du tout. Je me pose la question. Ça m'est venu comme ça en te parlant. Où puis-je dormir ce soir ?

– T'as pas un chez-toi ?

– Si, enfin non, j'habite chez ma mère.

– Ben, profites-en. Un jour, elle te foutra dehors. Ça finit toujours comme ça.

– Pas elle. Je ne crois pas.

– Bon ben alors, pourquoi tu n'y retournes pas ?

– Je ne sais pas, je crois que j'ai besoin de changer d'air, je ne suis pas en lutte avec elle, pas du tout, mais à force de vivre chez elle, je ne sais plus très bien qui je suis.

– Ouh làààààààlààà. Monsieur ne sait plus « qui il est » ! Tu t'égares, mon garçon, je ne te suis plus. Il faut être plus simple dans sa vie. Tu t'entends avec elle ou pas ? Si non, tu prends « tes responsabilités » comme ils disent à la radio, c'est-à-dire ton sac à dos, et tu te dé-mer-des. Je ne connais pas d'autre solution.

– Bon, je peux dormir où, alors ?

– Putain, t'es un vrai boulet, toi... D'abord, ce n'est pas l'heure, ensuite je ne suis pas guide. Bon, paye-moi un coup et je verrai ce que je peux faire pour toi.

Thadée revint à la maison après quatre nuits passées dehors.

« Paparemborde » avait finalement accepté de lui trouver une planque dans les soubassements de la gare d'Austerlitz. Ils avaient passé la semaine ensemble.

Thadée lui raconta la bataille d'Austerlitz dans les détails. Il la connaissait par cœur. Il lui expliqua comment Napoléon avait manœuvré auprès des Autro-Russes pour faire croire à son infériorité. Comment il envoya son aide de camp, Savary, faire des propositions de paix que le tsar refusa, persuadé de sa victoire certaine. Le tsar lui envoya en retour Dolgoroukov, un prince impertinent et arrogant plus habitué aux salons de Saint-Pétersbourg qu'aux champs de bataille. Il découvrit, à sa grande surprise, Napoléon sortant d'un fossé, tout crotté et mal habillé. À son retour, il déclara au tsar : « Napoléon tremblait de peur. J'ai vu l'armée française à la veille de sa perte. Notre avant-garde suffirait à l'écraser. »

– Bon, abrège… lui dit Paparemborde.

– Par la ruse, par son intelligence, son sens de l'observation et son anticipation, Napoléon gagna cette bataille où l'on compta plus de seize mille morts côté russe et mille cinq cent trente-sept côté français.

Il récita même à Paparemborde le fameux discours de Napoléon à ses troupes qu'il connaissait parfaitement :

– « Soldats, je suis content de vous. Vous avez, à la journée d'Austerlitz, justifié tout ce que j'attendais de votre intrépidité ; vous avez décoré vos aigles d'une immortelle gloire. Une armée de cent mille hommes, commandée par les empereurs de Russie et d'Autriche, a été, en moins de quatre heures, ou coupée ou dispersée. Ce qui a échappé à votre fer s'est noyé dans les lacs... »

Pour le prononcer, il se dressa et le clama devant une assemblée, restreinte certes, mais médusée.

C'est de là que Thadée fut baptisé par la vieille clocharde surnommée « Lady Diana » : « Napoléon ».

Après avoir pris une très longue douche, il raconta à maman qui, loin d'être choquée ou inquiète, fut totalement fascinée. Il lui parla de Lady Diana, de Paparemborde et des autres protagonistes qui hantaient les nuits de la gare d'Austerlitz. Le faisant comme s'il parlait d'une pièce de théâtre où il avait obtenu un rôle.

– Et tu vas y retourner ? demanda-t-elle, non sans laisser poindre une pointe d'inquiétude.

– Oui. C'est mon autre famille, ils sont comme les prisonniers de Contai, tu sais. Ce monde est peuplé d'enfants égarés et je suis l'un d'eux. Je ne suis pas orphelin, je suis égaré. C'est ma maladie, elle n'a pas de nom. Je n'ai pas de boussole et, comme les orphelins je suppose, les enfants égarés se reconnaissent entre eux et ont besoin de vivre ensemble.

– Mais que vas-tu faire ?

– Je n'ai pas besoin de « faire », maman. Tout le monde ne peut pas prétendre « faire ».

– Oui mais, enfin, comment vas-tu occuper tes journées ? Et puis, tu vas avoir froid, si tu ne laves pas, tu vas attraper des maladies, enfin, dit-elle sans s'énerver, ce n'est pas une vie.

– Si justement, c'est « une vie », comme tu dis. C'est ma vie. Je ne cherche pas le bonheur, tu sais.

Que cherches-tu alors ?

– Je ne sais pas ce que je cherche ni si je suis en recherche de quelque chose. (Il repensa à Paparemborde qui s'était moqué de lui lorsqu'il lui avait dit ça. Il en avait un peu honte.) Enfin, c'est compliqué à expliquer, dit-il. Je suis bien comme ça, je suis bien avec eux.

Il quitta la maison, propre comme un sou neuf. Comme il percevait une pension d'invalidité que ma mère avait réussi à lui obtenir, il repartit avec un peu d'argent. Il décida de suivre le même trajet, longea les quais de la Seine sans penser à rien, mais avec ce sentiment d'être aimanté par ce monde de la rue.

17

Décembre 1981

Je m'étais à nouveau habitué à revoir Thadée chez ma mère, les samedis, lorsqu'il venait y déjeuner.

C'était devenu un rituel agréable. Je m'arrangeais toujours pour arriver un peu en retard, après qu'il avait pris un bain et qu'il s'était rasé. J'avais toujours beaucoup de difficultés à le voir « délabré ». Je forçais mon regard à ne voir que son âme et à effacer son corps meurtri.

Nous nous étions habitués à Thadée. À sa différence, à sa vie à part. Il n'y avait jamais chez lui la moindre jalousie.

À cette époque, je dirigeais une société de communication, mes bureaux étaient situés avenue des Champs-Élysées, je roulais en Golf GTI et j'habitais rue du Bac, dans le septième arrondissement. C'était une époque bénie pour les affaires. Elles étaient faciles. L'argent, pour qui avait un peu d'imagination et quelques relations, n'était pas compliqué à fabriquer.

Souvent, je proposais à Thadée de lui en donner, toujours il refusait. Nos mondes étaient diamétralement opposés, cela n'affectait en rien notre complicité. Thadée se passionnait pour mes affaires. Il me demandait mille détails et, parfois même, me donnait des conseils pleins de bon sens. Pour ma part, je l'avoue, je ne lui posais jamais de questions sur son mode de vie. Je savais, ma mère me racontait, mais je ne voulais pas « voir ».

Thadée possédait cette pudeur de comprendre nos différences. Il possédait cette élégance et cette lucidité de ne point nous « déranger » avec sa façon de vivre.

Ce jour-là, je le trouvai affaibli.

– J'ai eu une descente difficile, me dit-il.

Je compris évidemment qu'il s'agissait de drogues. Je ne connaissais rien aux drogues. J'en avais peur et j'avais toujours refusé d'en consommer.

Je ne cessais de penser à ce jour où il avait sauté du quatrième étage, je craignais qu'il ne recommence et je faisais en sorte de ne jamais le laisser seul lorsque j'étais avec lui.

– Je sais à quoi tu penses, me disait-il, ne t'inquiète pas, c'est de l'histoire ancienne.

Je m'inquiétais, évidemment. J'ignorais pourquoi, peut-être avais-je peur d'être attiré par son univers. J'en étais à des années-lumière, mais jamais je n'ai voulu savoir comment était sa vie. La drogue me faisait peur, la rue me faisait peur, comme la misère, la maladie... Pourtant, lui me rassurait.

Je n'ai jamais voulu voir la réalité jusqu'au jour où, sortant de chez moi rue du Bac, un matin où il neigeait, je vis Thadée allongé dans la rue. Il était d'une saleté repoussante, comme tous les clochards que j'avais l'habitude de croiser. Son regard était vide. Il n'était pas couvert, emmitouflé dans un amas de sacs-poubelle pour se protéger du froid. Un instant, j'ai failli agir comme si je ne l'avais pas vu. Mais je n'ai pas pu. Je me suis approché de lui, il ne me reconnaissait pas.

– Thadée, ça va ? C'est moi.

– Ah ! dit Thadée, c'est toi.

Il me fixa et je vis son regard semblable à celui d'un homme qui fixe l'horizon.

– Tu ne peux pas rester comme ça, là, allongé par terre, ce n'est pas possible, viens chez moi te réchauffer.

Son corps dégageait une odeur horrible.

– Ah non, c'est gentil. Je suis bien là. On se verra plus tard.

– Mais tu ne peux pas rester là, en face de chez moi, dans cet état.

« En face de chez moi... » « En face de chez moi... » J'avais prononcé cette phrase. C'était donc bien cela qui me dérangeait, « en face de chez moi », j'avais honte d'avoir prononcé ces mots, honte de mon manque de courage à regarder cette réalité en face. Maintenant, elle était là, devant moi, je ne pouvais plus y échapper.

– Ah ! tu habites là ? C'est drôlement chic comme quartier, dit-il en riant, tu en as de la chance.

– Allez viens, ne reste pas là.

– Mais non vraiment, je suis bien là. Ne t'inquiète pas, ça va. Vas-y, tu vas être en retard.

Je l'ai laissé là. Le cœur serré, en colère contre moi. Les autres avaient beau me dire : « tu ne peux rien faire pour lui ». comment ne pas ressentir une monstrueuse culpabilité ? Arrivé au bureau, j'ai fait demi-tour et je suis retourné rue du Bac pour le forcer à venir chez moi. Il était parti.

Voir, pour de vrai, mon frère dans son « jus ». Prendre conscience de ce qu'était sa vie, je ne le supportais pas. Bien plus tard, je compris que je ne le regardais pas, mais que je me projetais dans sa vie. Que l'idée de devenir comme lui m'était insupportable. C'était mon erreur. Mais le choc était trop violent. C'était la cause de ma peur et quelque part de mon rejet. Avais-je honte ? De moi, certainement. De lui, jamais. Pourtant, comment définir ce dégoût à voir ce qu'il était devenu. J'ai toujours été fier de ce frère. J'ai admiré sa volonté, son courage, sa réussite artistique pendant un temps. J'ai même été jaloux de son talent, de sa liberté, de son insouciance. J'aurai adoré faire ce voyage en Inde. En aurais-je été capable ? Sûrement pas dans de telles conditions.

J'ai été fasciné par les récits de son voyage en Afghanistan. Même de son séjour en prison, de la façon dont il en parlait. Il nous arrivait parfois de passer des moments ensemble. Il aimait passer des heures attablé aux terrasses de bistrots, et c'est là où il me lâchait, par petites bribes, certaines des aventures qu'il avait vécues dans ses voyages. J'étais fasciné par ses récits. Mais surtout, impressionné par sa lucidité et le recul qu'il mettait entre sa vie, qu'il savait marginale, et moi. C'était comme s'il me parlait d'un autre monde, il n'essayait jamais de m'y emmener. Il en parlait, c'est tout. Nos rencontres et nos échanges étaient toujours un terrain neutre. Nous ne nous jugions pas.

Il ne connaissait pas la peur, sans doute savait-il déjà, sans en avoir conscience, que son avenir était céleste et non pas terrien, comme le mien.

Brutalement, à cause de l'apparence de cette déchéance qui n'était autre que celle de sa souffrance, à cause de mon manque de courage, je l'ai rejeté.

La scène s'est répétée plusieurs jours. Chaque matin, même quand il pleuvait, il était là, allongé par terre, devant ma porte. Chaque jour, je lui disais de monter chez moi, chaque fois il refusait.

Et puis, un matin, je suis sorti de chez moi, je l'ai ignoré.

Je l'ai vu, il m'a vu, je suis passé devant lui sans même lui porter un regard. Mes journées étaient plombées par cette vision, par ce dégoût de moi qui lui tendais la main sans vraiment vouloir qu'il la saisisse. Je sais qu'il le devinait, et c'est sans doute à cause de cela qu'il ne la prenait pas. Avais-je peur ? Sûrement, de quoi ? D'être absorbé dans son monde, je ne sais pas.

Chaque jour, son corps s'affaiblissait un peu plus. Il ne venait plus à nos déjeuners du samedi. Nous avions cessé de nous rencontrer dans les bistrots. Cela dura tout l'hiver. J'aurai dû le prendre, l'obliger, faire preuve d'autorité, je ne l'ai pas fait. Je savais que, d'une certaine façon, je l'abandonnais.

Les amis à qui j'en parlais essayaient encore de me déculpabiliser – « tu n'y peux rien, il n'y a rien à faire, ce n'est pas de ta faute » –, mais c'était inutile. C'était de ma faute, un peu, je le ressentais ainsi.

Un matin, je pris une décision. La pire des solutions pour lui et la seule qui me sauverait, moi. J'ai fui. Je suis parti presque du jour au lendemain m'installer aux États-Unis pour reprendre des études. Je l'ai laissé là, dans sa crasse, dans sa merde, dans la rue. J'ai mis mon appartement en location pour m'obliger à ne pas revenir dix jours plus tard, étranglé par le remords. Je ne voulais plus le voir, plus l'entendre, ne plus y penser.

Dans l'avion qui m'emmenait à Los Angeles, je pleurais. Ma voisine, une jeune Américaine qui revenait de son séjour en Europe, me demanda si ça allait.

– *Are you sure? You don't look like.*

– *Yes really. It's just because of my brother.*

J'ai dit ça bêtement.

– *Oh I so sorry, what age was he?*

Mes larmes venaient de si loin qu'elle crut qu'il était mort. Je n'ai pas voulu la contredire. J'ai pris conscience que je venais de l'enterrer. Voilà, dans cet avion qui m'emmenait en Californie, j'ai enterré mon frère, de son vivant.

Arrivé à Los Angeles, je me suis noyé dans la foule, dans les fêtes et les soirées déjantées. J'ai vécu comme un étudiant américain. J'ai mangé les mêmes choses, pratiqué les mêmes sports, suivi les mêmes études. Les premières semaines, j'avais du mal à trouver le sommeil. La nuit, je pensais à ma vie d'avant, à Thadée que j'avais abandonné dans la rue, puis un brouillard lancinant s'est installé, jetant un voile opaque sur mon passé.

Ma mère m'écrivait. Elle ne me parlait pas de Thadée, je lui racontais ma vie d'étudiant, je ne lui demandais pas comment il allait. Parfois, elle écrivait dans ses courriers que Thadée allait un peu mieux, ou un peu plus mal... Cela variait d'une lettre à l'autre. En retour, je ne lui demandais jamais de quoi était fait ce « un peu mieux » ou ce « un peu plus mal ».

Quand on me parlait de Thadée, j'avais l'impression qu'on me giflait.

Peu à peu, il disparut de mes pensées puis, au bout de six mois, je l'avais oublié. Parfois, son image apparaissait furtivement. Comme les morts qu'on enterre et dont parfois on vient fleurir la tombe. Il m'arrivait même d'en parler au passé. Thadée était mon frère... Mais la réalité est que je n'en parlais jamais. Avec mes nouveaux amis, des étrangers pour la plupart, j'ai dû évoquer Thadée une fois ou deux. Je leur disais que mon frère avait été sculpteur... C'est tout. Ils ne posaient pas de questions et je ne relançais jamais la conversation. Comment expliquer Thadée sous le soleil de Californie ? Trop compliqué dans un pays où tout réside dans les apparences sociales.

Une fois, je suis allé consulter un psy américain. Je lui ai raconté « l'histoire » de Thadée. Je crois qu'il ne m'a pas cru. Ça ne l'intéressait pas.

Alors, j'ai gardé ce gros paquet de remords au fond de moi, comme si je l'avais rangé dans la consigne d'un aéroport, et puis j'ai perdu la clé. Du moins le croyais-je !

Après deux ans passés sur les bancs de UCLA, sans être parvenu à devenir un bon surfeur et muni d'un diplôme sans intérêt, je suis revenu en France.

18

Novembre 1983

Pour Thadée, rien n'avait changé.

Il s'était enfoncé lentement dans le monde obscur de la rue. Cet univers que nous croisons tous plusieurs fois par jour sans vouloir l'approcher ni même oser le regarder de peur qu'il nous happe.

Il revenait parfois déjeuner avec maman. Toujours le même rituel, douche, rasage, repas... Elle s'était habituée. Elle n'espérait rien, elle se contentait d'accompagner Thadée du mieux qu'elle le pouvait.

Elle ne savait pas dire si Thadée « allait mal », il ne se plaignait jamais. Il avait choisi de vivre ainsi, se disait-elle. Thadée ne parlait pas de choix. Plus léger qu'un atome, ce monde l'aspirait jusqu'à le faire disparaître. Un trou noir humain. Il venait, s'asseyait, fumait quelques cigarettes et regardait par la fenêtre comme s'il subissait un coucher de soleil.

– As-tu besoin de quelque chose ? lui demandait maman.

– Euh, non c'est gentil, je ne vois pas, j'ai tout ce qu'il me faut.

– Mais tu n'as rien…

– Je n'ai besoin de rien, maman.

– As-tu pensé qu'un jour arrivera où je ne serai plus là ?

– Ce n'est pas ça qui m'inquiète.

– Quoi alors ?

– Nous retrouverons-nous après notre mort, c'est là la véritable question qui pourrait m'inquiéter.

– Oui bien sûr… Mais quand même, d'ici là, comment feras-tu ?

– Comment ferai-je quoi ?

– Pour vivre, tout simplement.

– Mais je vis, maman, je vis, j'essaye.

– Mais n'as-tu pas envie d'avoir un appartement, un lieu qui t'appartienne, n'as-tu pas envie de te remettre à la sculpture ?

– Tu m'as dit que papa m'avait laissé de l'argent, suffisamment pour acheter un appartement. Tu vois, j'aurai toujours un toit.

– Veux-tu que je cherche un appartement pour toi ?

– Non, dit-il en riant. Maman, ça ne m'intéresse pas. Ce n'est pas que je m'en fous, je sais que plein de gens ne pourraient pas vivre comme moi, je sais ça. Je n'ai pas besoin de posséder, j'ai besoin d'être.

– Mais « être », ce n'est possible que dans la rue ? Ne peux-tu pas « être » ailleurs ?

– Ce n'est pas là la question. « Être » ne nécessite pas un lieu, mais un état.

– La drogue, l'alcool, la rue… Je ne te juge pas, je voudrais comprendre.

– Je ne bois jamais. La drogue, c'est un plaisir, elle ne m'aide en rien. Si je le voulais, je pourrais m'en passer demain, disons que ça m'occupe. La rue, je m'y sens chez moi, les gens que je rencontre, c'est mon école, ils m'enrichissent.

– École de quoi ?

– École de l'espoir. Si j'avais un appartement, une maison, alors je serais chez moi, seul. Là, je ne suis jamais seul. Il y a toujours quelqu'un à écouter, à aider, toujours quelqu'un avec qui partager.

– Mais… la peur du lendemain, n'as-tu pas la peur du lendemain ?

– J'ai davantage le vertige à regarder mon passé qu'à envisager mon avenir.

Ils pouvaient parler ainsi pendant des heures. Une fois, il lui proposa même de fumer de l'herbe. Elle toussa et ne ressentit aucun effet.

Il lui arrivait même de déposer Thadée à la gare d'Austerlitz.

Une fois, Thadée lui présenta quelques-uns de ses compagnons de rue. En la voyant, une belle femme élégante et aimante pour son fils, ils ne comprirent pas pourquoi Thadée restait avec eux.

– Sérieux, Napoléon, c'est ta mère ?

– Oui, c'est ma mère.

– Putain, sans lui manquer de respect, elle est canon.

– Tu trouves ? Oui, c'est une belle femme.

– Mais elle accepte que tu dormes chez elle ?

– Oui.

– Et toi, tu restes là... T'es un peu ouf.

– Je suis bien là, parmi vous, c'est chez moi.

– T'es bien le seul, enfin presque, j'en connais des comme toi qui ont une famille et qui ne veulent plus y retourner, mais en général, c'est parce qu'ils sont brouillés. Toi, t'as l'air de bien t'entendre avec elle.

– Oui.

– Rappelle-moi, c'est quoi déjà ta maladie ?

– Les médecins parlent de schizo, enfin ils ne sont pas sûrs.

– C'est quoi, ça ?

– Ben, je ne sais pas trop... C'est ma maladie.

– Tu prends des médocs ?

– Beaucoup.

– Et...

– Ben, je ne sais pas ce qu'il se passerait si je ne les prenais pas. Enfin si, lorsque j'étais en Inde, j'ai arrêté de les prendre, au départ c'était dur, puis je m'y suis fait et je les ai oubliés.

– Ah... Mais t'as mal quelque part ?

– Pas du tout.

– Ah... Ça doit être une maladie rare, comme ils disent.

– Sans doute.

Pendant deux ans, la vie de Thadée se déroula ainsi. Il était devenu l'un des leurs. Vivant de l'aumône (dont il n'avait, en fait, pas besoin) et redistribuant tout aux autres.

C'était un monde de misère, mais un monde de partage. Parfois il y avait des bagarres, Thadée n'y participait pas. Quand un autre lui prenait sa place, il en changeait.

Il avait appris toutes les combines pour survivre. Son état de santé s'était évidemment dégradé, il n'avait jamais été aussi maigre et tombait souvent malade. Infections en tout genre et grippes à répétition. Dans les gares, on connaît les voyageurs par les maladies qu'ils véhiculent. Parfois, quand il faisait trop froid, il s'asseyait dans une rame de métro et faisait plusieurs fois l'aller-retour sur la même ligne. Comme il embarquait au début de celle-ci, il trouvait toujours une bonne place. L'odeur qu'il dégageait éloignait les voisins.

Lors de l'un de ces voyages, une religieuse vint s'asseoir en face de lui.

– Bonjour, ma sœur, dit-il en lui souriant.

Elle ne répondit pas et détourna son regard. Puis il s'endormit.

Quelques minutes plus tard, il sentit une main posée sur la sienne. Cela le fit sursauter.

– Vous êtes... vous êtes Thadée ? dit la sœur.

– On m'appelle Napoléon.

– Napoléon ? Vous n'êtes pas Thadée ?

– Un peu...

– C'est vous ?

– Oui, Thadée c'est moi. Je vous connais ?

– Je crois. Enfin, vous me connaissiez avant que je rentre dans les ordres. J'ai offert ma vie à Dieu, je suis carmélite.

– Je suis désolé. Je ne vous reconnais pas.

– C'est normal, j'ai beaucoup changé. Je suis Cécile.

– Cécile... La Maison Blanche ? dit-il dans un soupir mélancolique et bienveillant.

C'est bien ça. Je suis Cécile de la Maison Blanche, dit-elle en souriant.

Thadée était sans voix. Il ne savait pas comment réagir. Son passé surgissait de nulle part comme une gifle brutale. Cette fille, il l'avait un peu aimée, il ne savait plus très bien, sa mémoire était trouble. C'est avec elle que la première fois il avait découvert l'amour. Ça, il s'en souvenait parfaitement. Elle réapparaissait comme l'être le plus désirable qu'il eût jamais rencontré.

Son apparence immaculée rejetait sur lui son allure misérable. En la voyant, il prit conscience qu'il avait abandonné toute forme de vie civilisée. Il se sentit honteux de lui apparaître si délabré.

– Je croyais que les carmélites ne pouvaient pas sortir du couvent ? fut la seule chose qu'il trouva à dire.

– Nous le pouvons, parfois, pour des rendez-vous médicaux. Je dois aller chez le dentiste, il ne peut pas se déplacer avec tout son matériel. C'est aussi simple que cela. C'est extraordinaire, c'est la première fois que je sors en ces six années depuis que j'ai offert ma vie à Dieu et je te rencontre.

– C'est un bon signe ? interrogea Thadée

– Je ne sais pas... (Elle sourit.) C'est troublant.

– Oui, c'est troublant. Je me souviens de nous, des instants que nous avons partagés.

– Moi aussi, pourtant je ne devrais pas… Enfin, je ne sais pas.

– Pourquoi pas ? Oui, oh pardon, je comprends bien sûr…

– C'est comme ça…

– Oui… Mais cette rencontre avec Dieu, comment cela s'est-il produit ?

– C'est très simple, enfin, aujourd'hui c'est simple. Ma vie a été un peu compliquée. Après notre rencontre, oh, pas à cause de toi. La drogue, la glissade vers la dépression, puis moi aussi, j'ai été hospitalisée en psychiatrie. Pas à la Maison Blanche, à Sainte-Anne. Après, je l'ai rencontré, il m'a appelé, j'ai dit oui, de toute mon âme je me suis livrée.

– C'est aussi simple que cela ?

– Non, bien sûr, pourtant, oui, c'est aussi simple que cela. Je suis arrivée à ma station, Thadée. J'ai été très heureuse de te revoir. Mais je n'ai même pas eu le temps de te demander comment tu allais, ça a l'air compliqué pour toi…

– Non, c'est très simple, dit Thadée en rigolant. Pouvons-nous nous revoir ?

– Non, c'est impossible. Je le regrette.

– Mais puis-je au moins t'écrire ?

– Oui, bien sûr, au carmel de Montmartre, tu trouveras l'adresse dans l'annuaire.

Elle se leva et lui fit un signe d'adieu avec la main.

Thadée, cloué sur son siège, ne désirait qu'une chose, la revoir, la serrer et revivre de nouvelles nuits d'amour dans ses bras.

À la station suivante, il descendit et revint à celle où ils s'étaient quittés. Il pensa qu'il la rencontrerait peut-être à nouveau sur le chemin de son retour. Il passa l'après-midi à scruter chaque nouveau passager qui arpentait le quai. Il ne revit pas Cécile. Le soir venu, il alla chez sa mère, prit une douche et resta dormir chez elle.

Le lendemain, Thadée lui demanda s'il pouvait rester quelques jours.

– Mais bien sûr, mon chéri, tu peux rester autant que tu veux.

– J'aimerais aller chez le coiffeur.

– Je te prends un rendez-vous ?

– Et... pourrais-tu m'accompagner pour acheter quelques habits ?

– Évidemment.

– Maman, ai-je suffisamment d'argent pour acheter un appartement ?

Elle ne posa aucune question. En quelques jours, la transformation de Thadée fut saisissante. Rasé, coiffé, habillé et chaussé comme un sou neuf, Thadée retrouva son allure de prince.

Après avoir interrogé Thadée sur ce qu'il souhaitait, elle sélectionna quelques appartements qu'ils allèrent visiter. Thadée porta son choix sur un petit deux-pièces situé dans une belle copropriété du passage Brady, près de la rue Saint-Denis. Un quartier populaire et animé, à une époque où les bobos n'en avaient pas encore pris possession. Le passage Brady était essentiellement habité par des Indiens expatriés en quête d'une vie meilleure. Thadée aimait cette ambiance où grouillaient des dizaines de gargotes proposant des aliments à la provenance incertaine. Les femmes arboraient fièrement des tenues colorées et les hommes sillonnaient les passages, vêtus avec simplicité et élégance.

Une fois installé chez lui, Thadée disposa un bureau face à la fenêtre. La vue sur cette parenthèse indienne et les odeurs épicées provenant des échoppes l'apaisaient. Il venait d'avoir trente-trois ans et, pour la première fois, il était chez lui.

Il faut que je me réconcilie avec le monde, se dit-il. La première chose qu'il fit fut de m'écrire.

Mon cher frère,

Je pense si souvent à toi, bien sûr, cette période de Noël réveille toujours des sentiments nostalgiques, c'est inévitable. Nos jeux d'enfants me manquent, nos discussions qui duraient jusqu'au petit matin, tout ce qui a fait notre passé, tu me manques. Je veux que tu saches, parce que je t'aime infiniment comme un frère, et moi, bien plus qu'un autre, je peux l'affirmer, je ne perds pas espoir que bientôt nous retrouverons un peu de normalité dans nos vies égarées. Enfin surtout la mienne bien sûr, mais pas que...

Je sais que ma façon de « vivre » t'était insupportable. Je le comprends aujourd'hui. Peu à peu. Ma « maladie », quoi que tu en dises, m'a écarté malgré moi de ta route, et de la mienne probablement. Surtout ne crois pas que j'aie pu imaginer un instant que tu m'avais abandonné. Je peux comprendre qu'il ait fallu que tu t'écartes de moi. Si je t'ai blessé, je m'en excuse.

Nos existences sont parfois tissées d'événements inattendus, mais certaines choses restent profondément ancrées en nous. Tu es mon frère, c'est un fait.

J'aimerais tellement te revoir, je suis intimement convaincu que, toi aussi, tu as ce désir. Je l'espère profondément. Même si nous ne savons pas trop comment sortir de cette situation étrange où nous nous comportons comme si nous habitions chacun dans un pays éloigné. En réalité, dans nos cœurs, nous ne sommes pas si loin, nous sommes même très proches. Je pense à toi souvent, comme une prière que l'on récite le soir en se couchant.

C'est une alchimie fragile que la vie qui nous est donnée de vivre. Elle nous berce comme une barque portée par le fleuve avec une force inouïe qui nous empêche de remonter le courant, mais cette barque nous pouvons aussi la diriger, un peu. D'une rive à l'autre. Sans cesse en équilibre, nous sommes portés par des valeurs et des aspirations que nous pensons bénéfiques, pour nous et pour notre entourage.

Parfois nous faisons des erreurs, nous en faisons tous, c'est dans ces moments qu'il est important de savoir que nous reposons sur des piliers profondément ancrés dans notre passé.

Voilà, je pensais à ça ce matin. À toi, à nous, à ceux que nous aimons sans savoir parfois comment le leur dire. Nos maladresses sont toujours coupables, mais jamais intentionnelles. Pas chez nous. Il existe des funambules plus habiles que d'autres.

Alors, je te le dis tout ça simplement, comme je le sens au fond de moi, avec tout mon amour et ma tendresse.

Thadée

PS: Je voulais aussi te dire que je compte bientôt me marier, j'aimerais que tu acceptes d'être mon témoin.

Ayant terminé celle-ci, il s'empressa d'écrire une nouvelle lettre pour Cécile.

Ma chère Cécile,

Vas-tu pouvoir lire ces lignes? J'ai besoin que tu les lises même si elles nous condamnent, même si elles te déchirent et même si elles me ridiculisent.

La vraie misère humaine est celle ne pas se risquer, de ne pas dire... Je prends ce risque de m'engager sur ce chemin très étroit qui longe ce flanc de falaise que je côtoie depuis l'enfance.

Tu as fait le choix d'épouser un inconnu. Ne te méprends pas, je ne me moque pas, j'ai la plus grande considération pour les choses de la religion, pour tous les dieux de toutes les confessions. C'est un mystère qui m'interroge depuis longtemps. Je possède en moi cette croyance et aussi ce doute qui un jour t'a quittée. La «croyance», je l'ai rencontrée un peu partout en ce monde, sous des formes les plus étranges.

Mais pourquoi Dieu, ton, notre Dieu chrétien, tient-il tellement à enfermer toutes ces femmes pour son seul usage? N'a-t-il pas créé les sexes pour les unir?

Ces femmes admirables qui n'ont pour but que de répandre le bien sur terre et à qui Dieu offre la sérénité des âmes innocentes. Mais la vertu... qu'a-t-elle à voir avec le divin?

Après tout ce temps, tu m'as vu démuni, sale, repoussant, effondré et sans avenir. Tu m'as tendu la main. Tu m'as reconnu, tu es venue me chercher et me relever. Oui, c'est toi qui es venue et j'ai honte du combat que je t'inflige, j'ai lu dans ton regard. Dans tes yeux j'ai aperçu Dieu, je t'ai vue aussi, je t'ai reconnue tapie dans son ombre alors que ton visage n'est que lumière.

Je pose chaque mot comme les baguettes d'un mikado et je tremble à l'idée que tu les lises, que tout s'effondre et qu'ils te blessent. Tu devines mon dessein, alors arrête là ta lecture si le trouble est trop grand. Toi qui as rencontré la lumière, rejette mes paroles qui viennent réveiller ta douleur. Il en est encore temps.

Mutilé, vivant, combattu, mais miraculé, le songe persiste qu'un été nous est encore possible. Ne vois pas en moi le mal, mais l'amour. J'ai entendu parfois les prêtres dire: «Il n'y a pas plus grand amour que Dieu!» Ce sont les hommes qui le disent, pas Dieu. Pourquoi vouloir mesurer l'amour? Qui le pourrait? À quoi cela servirait-il? Oui, pour aimer tant de misère, seul Dieu doit en être capable. Mais pour aimer, tout simplement, en quoi ce Dieu s'y opposerait-il? Lui qui prône si fort le partage.

Dieu existe, il nous jugera sévèrement, sans doute, et après, cela l'empêchera-t-il de nous aimer? Et nous de l'aimer en retour?

On ne vit pas vieux, caché derrière des illusions. Là, cette nuit, je me courbe. Talleyrand disait que « la meilleure façon de grandir n'est-elle pas de se courber ». Je me courbe humblement. Aveugle et béni par la lumière que tu diriges vers moi.

Cette clarté soudaine, est-elle la tienne ? Où est-ce le divin qui t'a fait me rencontrer ? Lui qui peut tout, pourquoi ne le voudrait-il pas...

Depuis longtemps, j'ai ce souvenir où flottent encore les vapeurs de nos premières caresses. Ni toi ni moi n'étions disposés à nous aimer. Nos corps et nos cœurs étaient en écharpe, incapables de recevoir ni de donner.

Ce que j'ai vu, ce que j'ai ressenti en te voyant, bien sûr, tu l'as perçu également.

Nous allons nous retrouver, je le sais déjà. Nous allons unir nos cœurs, nos corps et nos croyances et prier Dieu pour qu'il nous pardonne, et il nous pardonnera.

Thadée

Il posta ses deux lettres.

Quelques jours plus tard, il alla rencontrer le prêtre logé dans l'église la plus proche du passage Brady. Thadée avait fait de ce quartier son village. L'église Saint-Laurent est située à quelques mètres de la gare du Nord. Ce n'est pas une « belle » église. Perdue au milieu d'un carrefour bruyant, à quelques pas de la rue Saint-Denis, et dotée d'une architecture quelconque. Thadée se dit qu'elle lui ressemblait, perdue au milieu de nulle part.

Thadée avait peu fréquenté les églises. Il aperçut un prêtre déambuler dans les allées et alla directement à sa rencontre.

– Mon père, puis-je vous parler ?

– Mais oui, bien sûr, en quoi puis je vous aider ?

– Je ne sais pas par où commencer...

– Par une confession peut-être ? répondit le prêtre en souriant.

– Oui, mais ça va être long...

– Ah... Alors revenez me voir ce soir, nous prendrons notre temps, à moins que cela ne puisse attendre ?

– Ça fait si longtemps que j'attends, ce soir, c'est parfait.

Profitant du temps qui lui restait il s'attabla au *Palais des Rajpout* qui était l'un des multiples bistrots indiens du passage Brady.

Il discuta en bengali avec Ajay qui en était le propriétaire. Ajay le félicita de connaître si bien sa langue.

Rajpout signifiait « Les fils du prince ». Thadée estima qu'il était digne d'y avoir sa table. La cuisine était séparée par un long bar sur lequel étaient peintes des divinités improbables. Thadée s'y sentit tout de suite à l'aise. Il commanda un tandoori et observa les ballets bien réglés des serveurs.

– *Tadéfrench* ! cria une voix du fond des cuisines. *Tadéfrench, my friend !*

Thadée leva la tête et le reconnut instantanément. Omkar !

– Mais... que fais-tu ici ? Mais ce n'est pas possible, comment es-tu arrivé en France ?

Ils s'étreignirent longuement sous les yeux médusés de Ajay.

– Surtout ne lui dis pas que j'étais en prison, lui glissa Omkar dans le creux de l'oreille, s'il le savait, il me renverrait.

– Mais comment est-ce possible ? Raconte.

Omkar lui raconta qu'après que sa mère était venue le récupérer, Jaideep, le directeur de la prison, avait été arrêté pour avoir abusé de sa position en faisant du trafic en tout genre. Jaideep ne se contentait pas de vendre les poteries réalisées par les prisonniers, il négociait aussi de la drogue que certains détenus lui procuraient, moyennant un partage des bénéfices. À la suite de ce scandale, il fut arrêté et, grâce à la confusion administrative provoquée par cette affaire, de nombreux prisonniers furent relâchés.

– Je me suis retrouvé à la rue du jour au lendemain. Je n'avais rien ni nulle part où aller. Un de mes cousins m'a mis en contact avec ce restaurant qui cherchait un cuisinier. Alors j'ai dit oui, je ne savais pas où aller. Ajay, le patron, est correct, il a payé le voyage, il me loge et me nourrit. Mais je n'arrive pas à gagner assez d'argent pour en envoyer à ma famille. C'est un peu triste. Tu avais raison lorsque tu nous disais que la vie n'était pas facile dans ton pays. J'imaginais autre chose.

– Mais pourquoi n'as-tu pas continué à faire des poteries en Inde ? Tu étais doué.

– Oh tu sais, ça marchait parce que tu étais là, après ton départ, beaucoup ont cessé de travailler, les autres n'avaient plus de directives, puis quand Jaideep fut arrêté, tout est parti à la dérive.

– Je l'aimais bien, Jaideep. C'était un voleur, mais je l'aimais bien.

– Je sais dans quelle prison il est enfermé.

– OK, tu me donneras l'adresse. Combien te paye ton patron ?

– Il me donne 100 francs par semaine. Mais je ne dépense rien.

– 100 francs ? Mais le salaire minimum est de 2600 francs par mois ici ! Laisse-moi faire.

– Non, non, je ne veux pas d'histoires, dit Omkar. Ne fais rien, je ne veux pas perdre mon travail. Je vais me retrouver à la rue.

– Laisse-moi faire, te dis-je. Tu garderas ton travail et tu seras payé correctement.

Thadée alla voir Ajay. Il négocia de lui rembourser le billet d'avion d'Omkar et de payer un mois de salaire en échange de quoi celui-ci devait s'engager à payer Omkar au SMIC.

– Mais je ne peux pas, dit-il, si je le paye au SMIC, je ne gagne pas d'argent.

– Ne me raconte pas de salades, j'habite au-dessus de chez toi et je vois bien que ton resto est plein à craquer du matin au soir. Alors, si tu ne veux pas voir l'Inspection du travail débarquer chez toi, je te conseille d'accepter. Je suppose que les autres ne sont pas mieux payés ? En échange, je te promets de venir prendre tous mes repas chez toi.

– Il n'a même pas ses papiers en règle !

– Et toi, ils sont en règle tes papiers ? Ça, c'est mon problème, nous sommes d'accord ?

– Mais le loyer ?

– Quel loyer ?

– Ben, je le loge, il faut qu'il paye son loyer, aujourd'hui, c'est moi qui lui paye.

– Où loge-t-il ?

– Au premier étage.

– Montre-moi.

– Enfin... Il partage sa chambre avec les autres. Mais le loyer est très raisonnable.

– Montre-moi, te dis-je.

Au premier étage, Omkar était logé dans une chambre encore plus petite que sa cellule de Contai. Il y avait quatre matelas crasseux étalés par terre, pas d'eau et même pas de fenêtre.

– Tu oses réclamer un loyer pour ça ?

– Tu connais l'Inde, c'est normal de payer pour ça.

– Omkar ira loger ailleurs, ça aussi je m'en occupe.

Thadée lui trouva facilement une petite chambre avec une fenêtre et un lavabo, à deux pas du restaurant. Le propriétaire demanda à Thadée de se porter caution et de payer six mois d'avance, ce qu'il fit. Le loyer était de 380 francs par mois, ce qui laissait à Omkar 2220 francs pour vivre et, ainsi, il pouvait envoyer un peu d'argent à sa famille.

Thadée s'occupa également de régulariser ses papiers. Ce ne fut pas simple mais, avec Mitterrand qui venait d'être élu, beaucoup de travailleurs émigrés profitèrent de ce changement de régime pour obtenir leur carte de séjour.

Thadée tint sa promesse et prit tous ses repas sous l'œil méfiant, mais finalement bienveillant, d'Ajay.

– Au nom du Père, du Fils et du Saint-Esprit… je vous écoute, mon fils.

En cette fin de journée, l'église était quasiment déserte. Le prêtre avait choisi de confesser Thadée à visage découvert.

Assis tous les deux le long d'une contre-allée, il avait installé deux chaises face à face. Thadée raconta longuement son passé sans omettre aucun détail. Parfois, le prêtre acquiesçait par un léger mouvement de tête sans ne rien laisser paraître de ses émotions. Il faut dire qu'étant donné la situation géographique de son église, il était habitué à entendre les destins les plus tragiques, parfois les plus sordides.

Après que Thadée eut achevé son récit, le prêtre devina qu'il y avait autre chose.

– Vous m'avez confessé une vie, mais quel péché souhaitez-vous vous faire pardonner ?

– Ce n'est pas un péché.

– De quoi s'agit-il alors ?

– D'amour… je crois.

– D'amour ou de désir ?

– Les deux.

– Ce n'est pas la même chose. Rilke disait : « Nous savons peu de choses, mais qu'il faille nous tenir au difficile, c'est là une certitude qui ne doit pas nous quitter. Il est bon d'être seul parce que la solitude est difficile. Qu'une chose soit difficile doit nous être une raison de plus de nous y tenir. Il est bon aussi d'aimer ; car l'amour est difficile. L'amour d'un être humain pour un autre, c'est peut-être l'épreuve la plus difficile pour chacun de nous, c'est le plus haut témoignage de nous-mêmes ; l'œuvre suprême dont toutes les autres ne sont que les préparations. » Le désir, ce n'est rien, c'est du vent.

– Vous lisez Rilke ?

– Rilke disait également : « Pour trouver Dieu, il faut être heureux car ceux qui par détresse l'inventent vont trop vite et cherchent trop peu l'intimité de son absence ardente. » Oui, je lis Rilke, et bien d'autres choses encore... Alors, s'agit-il d'amour ou de désir ?

– Comment pourrais-je le savoir ?

– Souffrez-vous de votre solitude ?

– Pas du tout.

– Vraiment ?

– C'est certain, mon passé le prouve.

– Alors c'est peut-être de l'amour.

– Cependant, je ne vous ai pas tout dit. Elle en aime un autre.

– Elle est mariée ?

– En quelque sorte.

– C'est-à-dire ?

– ... Elle... elle s'est donnée à Dieu. C'est une carmélite.

Le prêtre posa sa main sur l'épaule de Thadée et se leva doucement.

– Attendez-moi, ne bougez pas.

Il déambula dans l'église, les mains jointes, réfléchissant à ce qu'il venait d'entendre et à ce qu'il devrait répondre. Puis, après quelques minutes, il revint s'asseoir devant Thadée.

– Dieu ne condamne jamais. Mais rompre avec Dieu, c'est une lourde responsabilité que vous lui imposez.

– Je ne lui impose rien. D'ailleurs, elle ne le sait pas encore. Et je ne lui demande pas de rompre.

– Que ne sait-elle pas ?

– Que nous allons nous marier.

– Pardonnez-moi... Vous ne lui avez pas encore fait part de vos sentiments ?

– Je lui ai envoyé une lettre. Je sais qu'elle me suivra.

– Comment pouvez-vous en être si sûr ?

– C'est la différence entre l'amour et le désir, mon père.

Le prêtre sourit.

– Est ce suffisant ? Et si elle ne souhaitait pas vous suivre ?

– Elle me suivra.

– Mais si elle ne vous suivait pas ?

– Elle me suivra.

19

Janvier 1984

Le carmel de Montmartre était peu chauffé, mais Cécile s'en accommodait.

Cela faisait maintenant deux mois qu'elle avait reçu la lettre de Thadée. Elle ne l'avait lue qu'une seule fois, puis l'avait délicatement cachée dans un endroit où elle était certaine que personne ne la trouverait.

Au fond d'elle-même, elle savait déjà qu'elle rejoindrait Thadée. Elle l'avait compris dès qu'ils s'étaient croisés quelques mois plus tôt dans le métro. Pour Cécile, c'était une évidence. Son amour pour Dieu l'était aussi. La seule personne à qui elle pouvait se confier était Dieu. C'est donc dans d'interminables prières que Cécile échangea ses pensées avec Dieu. Elle avait tout quitté pour lui, elle ne le quitterait pas pour Thadée, mais elle partirait du Carmel. Elle lui garderait une place et ne voyait pas d'autre solution que d'envisager cette relation à trois. Partir sans fuir était sa volonté.

Vers la fin du mois de janvier, elle annonça son départ à la mère supérieure. Cécile ne voulut pas s'expliquer. Elle partait, c'était tout.

La mère supérieure, humaine et bienveillante, l'informa que pour cela il lui faudrait obtenir l'autorisation de Rome et que cette procédure était longue, incertaine et compliquée. Cécile lui répondit que, dans ses prières, Dieu l'y avait autorisée. Elle ne voulut pas polémiquer avec la mère supérieure qui, d'ailleurs, n'opposa aucune résistance à sa décision. Elle connaissait suffisamment les forces obscures qui parfois obligeaient ses protégées à quitter le carmel. Elle savait la torture intime qu'imposait cette décision. Elle connaissait l'intégrité de Cécile, peu lui importait de connaître les raisons qui guidaient son choix. Cécile se leva, s'agenouilla devant elle et partit sans se retourner. Une larme glissa sur sa joue sans qu'elle sache si c'était une larme de bonheur.

Cécile n'avait pas d'argent et nulle part où habiter.

Elle ne voulut pas rejoindre Thadée dans l'instant et fit le choix de partir s'installer quelques semaines chez ses parents qui vivaient en pleine campagne dans le Gers. C'étaient des gens simples et généreux. Ils ne posèrent aucune question. Cécile avait l'air heureuse et sereine, cela suffisait à les rassurer. Cécile passa ces quelques semaines à faire de longues marches, seule. Elle acheta quelques habits et alla même chez le coiffeur pour redonner à son visage une apparence moins austère.

Le seul signe de son attachement à Dieu était une discrète croix en or attachée à une petite chaîne qui pendait à son cou. Elle ne pouvait s'empêcher de la caresser comme pour se rassurer de la presence de Dieu. Parfois, elle se disait que si Dieu lui en voulait, sa croix se mettrait à chauffer jusqu'à lui brûler la peau. C'était son premier geste, chaque matin au réveil, elle la caressait et se rassurait de savoir que Dieu ne la lui avait pas subtilisée pendant son sommeil.

Elle pensa aussi que c'était sûrement Dieu qui avait mis Thadée sur son chemin.

Cette pensée la rassurait. Cécile n'éprouvait pas de culpabilité, mais ça la rassurait. D'ailleurs, de quoi était-elle coupable ? Elle n'avait pas quitté Dieu puisqu'il était toujours là, dans son âme et sur sa poitrine, représenté sous la forme de cette croix modeste. Parfois, elle se demandait si Thadée n'était pas un messager de Dieu. Après tout, il avait bien envoyé son fils, et Thadée, à sa manière, portait une croix qui lui paraissait bien lourde.

Cécile s'inventa plein de bonnes raisons qui la confortaient dans son choix. Elle ne savait rien de Thadée. Elle ne s'attendait à rien. Elle possédait cette certitude inexplicable que sa présence lui était nécessaire. Était-ce l'amour ? Comme l'amour de Dieu ? Cécile ne savait pas et jugeait que cette question n'avait pas d'importance. On ne peut pas mettre des mots sur toutes ces choses mystérieuses. Comme lui avait écrit Thadée, elle avait épousé un inconnu, désormais, elle allait vivre avec un autre inconnu. Cette pensée la fit sourire.

Même en hiver, le Gers offrait des lumières qui trahissaient la présence de Dieu. Tout était doux à son âme.

Le soir, elle se regardait dans la glace, nue. Elle se trouva belle, elle l'était. Le temps qui passait n'avait pas d'importance et elle avait jugé nécessaire d'instaurer ce trait d'union entre le carmel et sa vie prochaine. « Trait d'union », elle s'amusait à l'idée que cette expression n'avait jamais eu autant de sens.

Elle n'avait toujours pas répondu à Thadée. Elle connaissait peu Paris et l'adresse indiquée sur le dos de l'enveloppe lui était inconnue. Elle s'imagina l'endroit où bientôt elle irait vivre, un appartement modeste, baigné de lumière, avec une fenêtre qui donnait peut-être sur une cour d'école. Peut-être...

Le soir, Cécile allait régulièrement nager dans le lac situé à proximité de la ferme de ses parents. L'eau gelée ne la dérangeait pas. Le choc que provoquait cette température sur sa peau était égal à celui de sa rencontre avec Thadée.

Un matin, elle prit sa plume et lui rédigea une lettre.

Elle savait que pour lui dire ce qu'il voulait lire, il n'y avait pas besoin d'utiliser beaucoup de mots. Ses années passées au carmel lui avaient appris à être économe. Elle jugea qu'un petit « bristol » et trois mots suffiraient à exprimer la décision d'une vie.

Mon amour,
Attends-moi,
Cécile

Avant de le glisser dans une enveloppe, elle le relut plusieurs fois, des centaines de fois.

Elle sourit bêtement, elle était heureuse.

Le lendemain, elle tendit sa lettre vers la boîte jaune que la poste avait installée à un carrefour, entre deux chemins perdus dans la campagne gersoise. Il était écrit sur la boîte « Levée du courrier tous les jeudis à 12h ». Rien ne pressait. Elle savait que Thadée n'attendait pas d'autre réponse de sa part et que peut lui importait de savoir quand elle lui répondrait. Ils avaient su prendre le temps qu'il fallait.

Elle écarta le pouce de son index et la lettre sombra dans la boîte. Elle entendit le bruit léger de l'enveloppe atterrissant au fond, un « tac » imperceptible. Elle en déduisit que cette lettre devait être la seule gisant au fond de cette boîte. Elle la caressa, s'imaginant caresser l'inconnu, puis elle serra son poing et le lança en avant tout en grimaçant. Comme un joueur de tennis lorsqu'il remporte un match. Elle poussa un petit cri et se retourna pour être certaine que personne ne l'avait entendue.

Sur le chemin du retour, elle posa son vélo par terre et s'allongea dans l'herbe. Malgré le froid glacial, elle resta ainsi de longues heures à contempler les nuages. Pour la première fois de son existence, elle ressentit ce sentiment profond et apaisant de sérénité.

– Sé-ré-ni-té, articula-t-elle à voix basse.

20

Mai 1984

Omkar cuisinait à merveille. Il conservait de son enfance la mémoire d'une multitude de saveurs et de plats qu'il avait vu préparer par sa mère et ses sœurs. Il savait aussi s'imprégner des saveurs et des usages occidentaux. Omkar apprenait vite.

Avant de se nourrir, les Indiens se lavent les mains et la bouche. Les nourritures doivent être saisies par la main droite, en prenant soin de ne se servir que des deux dernières phalanges de l'index et du majeur et de la dernière phalange du pouce. La main gauche est autorisée à tenir la timbale de métal pour boire. C'est une cuisine riche en goûts et en saveurs, agrémentés d'épices variées comme la coriandre, le curcuma, le safran, la cardamome, l'anis étoilé, la badiane, le cumin, la cannelle, le piment et bien d'autres.

Omkar aimait bien tester sur Thadée ses nouvelles recettes. Il était créatif et s'aventurait à varier ses plats en utilisant des produits nouveaux pour lui, comme l'huile d'olive très rare en Inde. Il essayait d'alléger les sauces tout en conservant les saveurs orientales. Il testait différentes farines, parvenant ainsi à produire des naans et des chappattis plus légers qui furent unanimement adoptés par la clientèle. Puis il inventa des plats plus sophistiqués, un saumon label rouge tandori, un masala de Saint-Jacques et une soupe de lentilles à l'huile de truffe qui fit rapidement sa renommée ainsi que sa fameuse glace au safran du Cachemire parfumée à l'eau de rose.

Le petit restaurant devint le rendez-vous d'une clientèle nouvelle et branchée, comme on disait alors. Il n'était quasiment plus possible de venir sans avoir réservé. Thadée avait sa table, toujours la même, au fond de la salle près de la cuisine. Ainsi pouvait-il discuter avec Omkar.

Un matin, Thadée demanda à Omkar de cuisiner un plat simple à emporter. Un poulet tika ferait l'affaire. Il demanda à Omkar de lui préparer une quinzaine de parts qu'il viendrait chercher vers 19h. Il négocia âprement le prix avec Ajay qui, exténué par ces discussions interminables, finit par les lui offrir.

À l'heure convenue, quinze petites boîtes étaient prêtes être livrées. Omkar, sans le dire à Ajay, avait rajouté quelques naans parfumés à l'huile de sésame.

Thadée prit le carton et s'engouffra dans un taxi.

– Dites donc, ce n'est pas un resto mon taxi, ça sent fort, votre truc.

– Oui ça sent les épices et l'huile de sésame, répondit Thadée.

– Et où voulez-vous emporter ça ?

– Gare d'Austerlitz, s'il vous plaît.

– C'est vrai que ça sent bon, mais je plains les passagers qui vont voyager avec vous.

– Je ne prends pas le train, répondit Thadée.

Quand il arriva à la gare, Thadée retrouva ses compagnons de misère avec qui il partagea gaiement le repas. Lady Diana, Paparemborde, l'Indien, Capitaine Haddock, l'Américain et un nouveau qu'il ne connaissait pas encore, que l'on appelait le Gitan à cause de sa guitare qu'il grattait comme un Espagnol. Ils étaient tous là.

– Ben, mon pote, t'es balaise en cuisine, ça change des plats de la Croix-Rouge.

– Si ça vous plaît, je vous en rapporterai.

– T'es pas banal, toi. Ça doit être ta maladie qui t'a rendu comme ça.

– Peut-être...

– C'est une bonne maladie, alors. Dommage qu'elle ne soit pas contagieuse.

– Arrête de dire des conneries, dit Lady Diana, et bouffe ton truc, sinon je m'en occupe.

– Tu vois, Napoléon, je l'ai toujours dit, pas de filles dans le campement, ça fout la merde.

Ils échangèrent les dernières nouvelles, Thadée leur demanda de quoi ils avaient besoin. De rien, répondirent-ils... Thadée se souvint que lui aussi, lorsqu'il vivait ici, n'avait besoin de rien.

Il leur raconta sa rencontre avec Cécile et leur annonça qu'il allait bientôt se marier.

– Tu nous inviteras à la noce, répondirent-ils en chœur.

– La noce, on viendra la faire ici, leur promit Thadée.

Ainsi prit-il l'habitude de venir chaque jeudi avec ses quinze petites boîtes et quelques bouteilles de bons vins. À chaque fois, les taxis lui faisaient la remarque. Il empestait avec ses trucs exotiques, n'empêche que ça sentait bon.

Thadée proposa à Omkar de lui dessiner des plats et une vaisselle qui conviendraient mieux à sa nouvelle cuisine, et surtout à sa nouvelle clientèle. Ajay s'affola de cette proposition qu'il jugeait inutile, imaginant déjà le prix qu'il devrait débourser pour produire cette vaisselle... Cela ne servirait à rien, pensait-il, lui qui ne faisait pas la différence entre des assiettes blanches bon marché et ce qu'envisageaient Thadée et Omkar.

– T'inquiète pas, lui dit Thadée, l'addition c'est pour moi. Ça ne te coûtera rien.

– Ah bon... Ben, si vous pensez que c'est mieux, je ne suis pas contre.

Thadée réalisa une assiette différente pour chaque plat. Celle destinée au tandori de saumon était dans les teintes azur et évoquait la mer, pour le masala de Saint-Jacques, il avait imaginé une coupe dans les teintes ocre, la glace au safran était servie dans une coupe allongée rappelant la forme d'un pétale de rose.

Thadée avait déniché un petit atelier qu'il avait loué pour réaliser suffisamment de plats et d'assiettes pour au moins trois services. Cela l'occupa un bon mois pendant lequel il ne pensa pas à Cécile. C'est comme si elle était déjà à ses côtés. Il n'avait pas besoin d'y penser. Elle était là.

Ma mère devint une cliente régulière du *Rajpout*. Conquise et amusée par cet endroit insolite, elle amena ses amis, ravis de cette découverte exotique. Les restos indiens étaient en général assez bas de gamme. Là, ils découvraient une cuisine délicate au sein d'une ambiance bigarrée qui créait une atmosphère unique.

Le bouche-à-oreille fit que rapidement l'endroit s'avéra trop étroit pour servir tout le monde. Ajay n'en avait cure. La salle était bien assez grande et, le soir, ils parvenaient à servir une centaine de couverts en deux services, et même plus certains soirs. Les clients qui sortaient des théâtres avoisinants se mélangeaient aux Hindous pure souche qui avaient gardé leurs habitudes. L'ambiance chaleureuse faisait qu'ils restaient tard, et il n'était pas rare que les derniers convives partent après 2h du matin.

Plusieurs guides et articles de journaux firent que le téléphone ne cessait de sonner. Il faudrait bientôt engager quelqu'un rien que pour gérer cette tâche, se plaignit Ajay. Thadée lui rappela qu'il faisait péniblement vingt couverts par soir avant qu'ils ne se rencontrent.

– Je te trouverai quelqu'un, lui dit-il, et il faudrait aussi engager un voiturier…

– Un voiturier, mais tu n'y penses pas !

– Si, justement, j'y pense. Il se rémunérera tout seul, tu n'auras rien à payer.

– Un voiturier... Je vais monter les prix alors !

– Non, justement, tu ne vas rien monter du tout. Le prix, c'est aussi la clé du succès. Si tu les montes, tes clients ne reviendront pas.

– Mais c'est mon restaurant tout de même, je fais ce que je veux.

– Omkar et moi aussi... nous faisons ce que nous voulons. Rien ne nous oblige à rester là.

– D'accord, d'accord. Bientôt, je vais vous laisser les clés... Je ne suis plus d'aucune utilité...

– Bien sûr que si. Tout ça, c'est grâce à toi.

Thadée lui donna une tape sur l'épaule et Ajay sourit.

– Ah, Sahib, Sahib... Je comprends mieux pourquoi ils t'appellent tous comme ça.

– Et Ajay, en indien, ça veut bien dire « invincible » ?

– Absolument, dit-il avec un grand sourire.

– Bien tu vois, il ne peut rien t'arriver.

Thadée était sincère quand il disait à Ajay que sa présence était indispensable. Ajay était essentiel à cette étrange alchimie, il y a des gens dont la qualité se résume à savoir réunir les énergies positives. Ajay en faisait partie.

Un après-midi, alors qu'il était attablé en train de boire un thé, il vit par la vitrine Cécile déambuler lentement dans le passage.

Elle marchait paisiblement, observant les passants et les devantures exotiques. Dans ce tumulte qu'était le passage Brady, elle dégageait une aura de sérénité apaisante. Elle cherchait sans se presser l'adresse que lui avait envoyée Thadée. Il crut deviner sur son visage un sourire. Il ne bougea pas. Il savourait cette vision de son amour retrouvé qui venait à lui à petits pas. Comme une barque portée par le courant, elle se rapprochait de lui.

Le temps était clément. Cécile portait un simple chemisier blanc qui flottait sur son jean. Elle tenait de sa main droite une petite valise, et c'était tout. La valise semblait légère. Cécile aussi semblait légère.

Elle examina les boîtes aux lettres accrochées à l'extérieur et trouva ce qu'elle cherchait. Thadée, 2e étage gauche. Lentement elle monta l'escalier et trouva porte close.

Lorsqu'elle redescendit, elle chercha un endroit pour patienter et fut attirée par l'enseigne du restaurant *Le Palais des Rajpout*. En longeant sa devanture, elle aperçut Thadée qui lui souriait en l'observant. Elle lui fit un petit signe de la main, elle entra et vint s'asseoir à ses côtés. Ils se prirent la main sans autre forme de cérémonie. C'était comme s'ils venaient de se quitter.

– Je crois que je ne vais plus pouvoir me lever, dit elle.

– Nous sommes bien ici. Pourquoi vouloir se lever ?

– C'est vrai, dit-elle en enlaçant Thadée, ça y est, je suis bien, enfin.

Ils passèrent le reste de la journée à ne rien faire. Ils regardaient les passants en imaginant leur destin et en mesurant la chance qu'ils avaient de s'être retrouvés.

Thadée présenta Cécile à Ajay.

– Je te présente ma femme, lui dit-il. C'est elle qui va s'occuper de prendre les réservations, je t'avais dit que je trouverais quelqu'un.

Cécile ne posa pas de questions. Désormais Thadée guiderait ses pas.

– Suis-moi, dit-il.

– Tu n'imagines pas à quel point je vais te suivre maintenant, dit-elle en riant.

Ils quittèrent le passage Brady et se dirigèrent vers l'église Saint-Laurent.

– Je ne connais pas bien les choses de la religion, dit Thadée. J'ai lu un peu les Évangiles, c'est curieux comme Jésus n'est jamais décrit en train de rire ? dit-il à Cécile alors qu'ils marchaient en se tenant la main.

– C'est vrai, je ne m'en étais jamais fait la réflexion.

– Le rire est-il diabolique ?

– Il est impossible que Jésus n'ait point ri.

– Cette religion est trop sérieuse.

– Je pense que la joie décrite dans les Évangiles symbolise le rire.

– Non, ce n'est pas la même chose. Quand Jésus exulte de joie sous l'action de l'Esprit Saint, ce n'est pas le rire.

– Le rire n'est-il pas le propre de l'homme ?

– Sans doute... Mais c'est dommage.

– Mais pourquoi cette question ?

– Il y a quelque chose de divin dans nos retrouvailles, et ça me donne l'envie de rire, de rire de joie.

Cécile s'amusait. Elle aussi avait cette envie de rire.

Lorsqu'ils pénétrèrent dans l'église, ils se signèrent et s'agenouillèrent devant l'autel.

– Mon père, je vous présente Cécile.

Le prêtre examina Cécile, puis par un geste bienveillant l'attira à lui et la serra dans ses bras.

– Bienvenue, ma sœur, donc vous êtes venue. Thadée en était si sûr.

– Bonjour, mon père. Oui, je suis venue, ne me jugez pas. Appelez-moi Cécile, je pense que c'est mieux ainsi.

– Jésus mène ses fidèles là où il veut. C'est donc lui qui vous a conduite ici. Je ne vous juge pas. En vous guidant vers Thadée, il vous fait répondre à vos propres questions. Bienvenue dans votre maison.

Ils restèrent ainsi tous les trois un moment sans parler. Les mots étaient bien faibles pour exprimer leurs émotions.

– Mon père, dit Thadée, nous souhaiterions nous marier.

– Je m'y attendais un peu et j'y ai beaucoup réfléchi. Je n'ai pas trouvé dans mes prières une raison qui pourrait s'opposer à ce mariage. Mais, vous le comprendrez, je ne peux pas l'inscrire dans les registres de notre église.

– Peu importent les registres, répondit Thadée.

Cécile acquiesça par un léger mouvement de tête.

– Et quand souhaiteriez-vous vous marier ?

– Je ne sais pas, il regarda Cécile, demain ? C'est possible ?

– Oui, c'est possible... Vous avez des témoins ?

– Oui, dit Thadée, mon frère. (Il se tourna vers Cécile.) Tu penses à quelqu'un ?

– Je pense que Dieu sera mon meilleur témoin.

– Bien, dit le prêtre. Je vous propose que nous organisions cela en fin de journée.

Cécile tenait toujours sa valise à la main. Thadée lui aurait dit qu'ils partaient gravir l'Everest pieds nus, elle l'aurait suivi.

Thadée débarqua chez maman sans prévenir.

– Je te présente Cécile.

Maman enlaça Cécile. « Comme vous êtes belle, furent ses premiers mots. Vous avez le visage d'un ange et la tournure d'une reine. »

– Merci, Madame, je me souviens de vous, vous n'avez pas beaucoup changé.

– Ne m'appelle pas Madame. Tout le monde m'appelle Mady.

– Vous n'avez pas changé, Mady.

– Nous nous sommes déjà vues ?

– Oui, je travaillais à la Maison Blanche.

– Comme c'est loin ! Tu y travailles toujours ?

– Non, il faut que je vous dise... Je suis rentrée au carmel et j'y suis restée six années. Et puis, Dieu a mis Thadée sur ma route... Voilà.

– Ah ? Évidemment. Je dois dire que je n'attendais pas de Thadée qu'il me présente une personne... disons quelqu'un au chemin tout tracé. En quelque sorte, nous vivons la même aventure. C'est sans doute Dieu qui a mis Thadée sur ma route... Je n'y avais jamais pensé, mais c'est possible.

– Je crois au contraire que mon chemin était bien tracé... dit-elle en souriant.

– Oui, bien sûr... Tu as sans doute raison. Thadée m'a fait découvrir tant de choses merveilleuses que je ne pensais jamais vivre. Peut-être nos destins sont-ils écrits depuis déjà bien longtemps.

– Maman, nous allons nous marier, dit Thadée.

– Quelle joie ! s'exclama maman qui faisait mine de trouver toutes ces annonces parfaitement naturelles.

Elle se leva pour aller chercher une bouteille de champagne. Lorsqu'elle fut seule dans sa cuisine, elle s'appuya sur le mur et poussa un grand soupir. Dans le fond, elle était heureuse de voir la vie de son fils évoluer ainsi. Sa joie était sincère. Sur la forme, elle se dit que... Et puis, pourquoi pas...

Elle se demanda comment aurait réagi son mari. Impossible de l'imaginer, se dit-elle.

Lorsqu'elle revint avec un plateau et des coupes, elle les trouva tous les deux assis sans parler. Ils avaient l'air heureux, même s'ils n'extériorisaient aucun signe pouvant le faire penser.

– Et... quand comptez-vous vous marier ?

– Demain, à 18h, tu viendras ?

– Demain... Tu veux dire demain ? Oui, bien sûr, pourquoi pas ? Pourquoi pas... euh... oui, bien sûr que je viendrai, quelle question !

– Je vais demander à Vincent d'être mon témoin.

– Appelons-le tout de suite. Il va être surpris.

– Il est déjà au courant.

– Ah très bien... Tu vois, Cécile, j'ai mis du temps à l'accepter, je l'avoue, mais je sais que Thadée a toujours fait les bons choix dans sa vie et je vois que, toi aussi, tu as l'air heureuse. Ça se voit, ça se sent.

Ils m'appelèrent. Et nous convînmes de nous retrouver le lendemain à l'église.

– Euh... Thadée, j'ai oublié de te poser une question. Comment s'appelle ta future épouse ? lui dis-je.

– Cécile.

– Ah, très bien. Eh bien, à demain alors ?

– Oui, à demain.

Si, moi aussi, j'ai été surpris par la rapidité de cette annonce, j'ai envié cette capacité qu'avait Thadée de rendre les choses aussi simples et de les réaliser aussitôt.

Le soir, ils dînèrent au *Palais des Rajpout*. Thadée présenta Cécile à Omkar et ils l'invitèrent à leur mariage.

– Il faut que tu me prépares un festin pour demain soir.

– Oui bien sûr, dit Omkar, on va privatiser le restaurant, je m'en occupe.

– Non, nous allons aller célébrer ça avec nos amis à la gare d'Austerlitz.

– C'est qui, « nos » amis, demanda Cécile ?

– Fais-moi confiance, ils vont t'adopter comme ils m'ont accueilli.

Cécile ne posa pas plus de questions. De toute façon, la seule chose qui lui importait était d'être aux côtés de Thadée.

Omkar raconta à Cécile comment Thadée l'avait aidé, il n'osa pas lui parler de la prison.

– J'ai connu Omkar en prison, en Inde, dit Thadée.

– Chtttt… dit Omkar. Il ne faut pas qu'Ajay entende ça, sinon il va me virer.

Thadée rigola.

– Ajay, il sait déjà tout, lui répondit Thadée. Je lui ai tout raconté. Ne t'inquiète pas, tu ne risques rien. Regarde, le restaurant est plein à craquer et vois comme il a l'air heureux. Si tu le quittes, il perd tout. Ajay se fout pas mal que tu aies été en prison.

Omkar se sentit gêné vis-à-vis de Cécile.

– Vous étiez en prison ? demanda Cécile.

– Oui, mais ce n'était pas une prison comme les autres. Nous en avions fait notre maison. Je te raconterai tout, dit Thadée.

– Demain, prévois de cuisiner ce que tu sais faire de mieux.

– Combien serons-nous ?

– Je ne sais pas… Une vingtaine je pense.

Cécile tenait toujours sa valise à ses pieds. Elle se demanda furtivement si toutes les journées avec Thadée ressembleraient à celle-ci ?

Tard dans la soirée, ils finirent par rejoindre l'appartement du passage Brady. Ils s'écroulèrent sur le lit, l'un et l'autre épuisés. Ils s'endormirent ainsi sans prendre la peine d'ôter leurs vêtements, enlacés et heureux.

Ils arrivèrent à l'église Saint-Laurent quelques minutes avant que la cérémonie ne débute. Le prêtre avait pensé mobiliser une petite alcôve dans les coursives de l'église, puis se ravisa et décida que Thadée et Cécile seraient heureux que leur mariage se déroule devant le maître-autel.

Thadée et Cécile arrivèrent discrètement par le côté. Il n'y avait pas d'orgues, ni de chants, ni de fleurs, ni de chapeaux extraordinaires comme cela existe habituellement dans les mariages. Il n'y avait que Thadée, Cécile, maman, Omkar, Ajay et moi.

Le prêtre les installa sans cérémonie devant l'autel avant de commencer son office.

Il choisit de déclamer un sermon sur le thème de la souffrance.

– La vie, dit-il, est un perpétuel évitement de la souffrance. Bien sûr, si l'on pose la question de choisir entre la souffrance et la mort, beaucoup optent pour la mort. Jésus avait décidé de vivre, une civilisation qui tend vers la mort ne perd-elle pas tout droit au respect ? Thadée et Cécile, vous avez choisi d'affronter cette souffrance en glorifiant votre vie. En faisant cela, vous vous êtes rapprochés de Dieu et, en afrontant ce chemin, vous faites preuve de la plus grande dignité.

Les quelques badauds présents, intrigués par cette cérémonie si discrète, se rapprochèrent et vinrent s'asseoir à nos côtés.

Lorsque le prêtre déclama la question rituelle des consentements mutuels, et que l'un et l'autre répondirent « oui, je le veux », ils applaudirent.

– Je vous déclare mari et femme...

Thadée déposa un tendre baiser sur le front de Cécile. Puis ils sortirent rapidement de l'église. Thadée demanda au prêtre de venir se joindre à eux.

– Ce n'est pas une fête, mon père, juste une petite réunion entre amis, mais vous verrez, ça sera pour eux bien plus qu'une fête.

– Pourquoi pas ? dit le prêtre, ce n'est pas tous les jours que je marie une carmélite et un fils de Dieu...

Lorsqu'ils arrivèrent à la gare d'Austerlitz, ils trouvèrent Paparemborde, l'Indien, le Gitan, Capitaine Haddock et Lady Diana. Ils étaient tous en train de boire une bière. Omkar et Ajay arrivèrent juste après en poussant un invraisemblable chargement en équilibre sur un caddy.

Avec un baril de pétrole coupé en deux dans la longueur, ils allumèrent un barbecue. Des planches récupérées sur le trajet servirent à dresser une grande table sur laquelle Ajay disposa des centaines de pétales de rose. Ils allumèrent des brûle-parfums et lorsque tout fut installé, ils se regardèrent et dans un même geste tapèrent deux fois dans leurs mains. D'un recoin de la gare arrivèrent trois musiciens hindous qui s'assirent en tailleur devant Thadée et Cécile.

Un chef de gare surgit en gueulant :

– Eh oh ! La cour des miracles, vous vous croyez où, là ? C'est pas Calcutta ici, hein !!!! C'est quoi ce bordel ?

– C'est Napoléon, Chef ! Il se marie avec Joséphine...

Tous éclatèrent de rire.

– C'est ça, foutez-vous de ma gueule en plus, allez, dégagez !

– Mais c'est mon mariage, lui répondit Thadée, on ne dérange personne et je vous promets que nous ne terminerons pas tard. Venez, je vous présente ma femme.

– Putain, Napoléon, je t'avais pas reconnu, t'as touché le Loto ou quoi ?

– S'il vous plaît, Chef, ça me ferait plaisir que vous restiez un peu avec nous. Maman, je te présente le chef, et voici ma femme, Cécile.

– Non mais je rêve, c'est ta mère ? Euhhh... bonjour Madame, je ne m'attendais pas...

– Allez, Chef, regardez, il n'y a plus personne dans la gare...

– Bon... J'avoue, je suis surpris... Dites donc, ça a l'air appétissant, votre festin, on s'emmerde pas à Calcutta.

Omkar saisit un tabouret et le tendit au chef.

– Prenez un verre.

– Bon d'accord, mais à minuit vous pliez tout ça, sinon j'appelle les flics.

– Mais oui, pas de problème.

– Dites donc, Chef, vous ne m'accorderiez pas une danse ? dit Lady Diana en pouffant.

– Toi la princesse, ne la ramène pas trop, sinon je t'embarque dans un château que tu ne vas pas aimer.

– Ohhh, Chef, c'est dommage. J'aurais adoré.

Thadée se leva et saisit Cécile qu'il fit tournoyer sur elle-même. Thadée ne savait pas danser, mais il avait du rythme. Paparemborde vint près d'eux, simulant des gestes qui faisaient plus penser à une incantation vaudoue qu'à une danse. Je pris maman par le bras, l'entraînant dans une valse, elle rit.

– Allez viens, Lady Diana, tu vas l'avoir ta danse, dit le chef, radouci.

Tous se trémoussaient allègrement aux sons d'une cithare et au rythme des tablas. Même le gitan finit par les rejoindre en simulant un flamenco endiablé.

Ma mère demanda le silence. Tous obéirent sans broncher.

– Mes amis… Si vous me permettez de vous appeler ainsi, c'est une immense joie pour moi d'être parmi vous. Vous connaissez Thadée, ou vous croyez le connaître. Sachez que, comme il n'a cessé de vous surprendre depuis que vous l'avez rencontré, pour moi aussi, depuis sa naissance, il en est ainsi. Dans toutes les audaces qui ont jalonné son chemin, il ne s'est jamais trompé. Cécile, je te l'ai dit, tu es belle et ton âme est encore plus pure que ton visage. Je le sais, je le sens. Je sais que vous serez heureux. Alors voilà, je voudrais vous faire un cadeau. C'est un cadeau qui va vous permettre d'aller encore plus loin et, en quelque sorte, de rejoindre celles qui vous ressemblent le plus… les étoiles. Mais ce cadeau, il n'est rien au regard du bonheur que vous nous donnez à partager aujourd'hui.

Elle apporta un objet recouvert d'un drap. Il devait mesurer presque deux mètres de haut.

Thadée et Cécile soulevèrent le drap et découvrirent un magnifique télescope.

– Whaou… s'écria Paparemborde, c'est quoi ce truc ?

– Un télescope, dit Thadée.

– Ça sert à quoi ?

– À voyager.

Maman reprit la parole et déclama cet extrait du *Petit Prince* de Saint-Exupéry.

– « Si quelqu'un aime une fleur qui n'existe qu'à un exemplaire dans les millions et les millions d'étoiles, ça suffit pour qu'il soit heureux quand il les regarde. Il se dit : "Ma fleur est là quelque part…" Mais si le mouton mange la fleur, c'est pour lui comme si, brusquement, toutes les étoiles s'éteignaient ! Le Petit Prince éclata brusquement en sanglots. La nuit était tombée. Il y avait, sur une étoile, une planète, la mienne, la Terre, un petit prince à consoler ! Je le pris dans les bras. Je le berçai. Je lui disais : "La fleur que tu aimes n'est pas en danger… Je lui dessinerai une muselière, à ton mouton… Je te dessinerai une armure pour ta fleur… C'est tellement mystérieux, le pays des larmes. » Voilà à quoi sert un télescope, dit-elle. À observer les étoiles qui s'allument, et parfois s'éteignent.

Il y eut un grand « ahhhhh… ». Suivi d'un long silence. Cécile s'empara du télescope et approcha son œil du viseur.

– Elle est où notre étoile, Thadée ?

– Elles nous appartiennent toutes.

– Ben, et nous ? dirent les autres en rigolant...

– Elles nous appartiennent toutes, répondit Thadée. Le ciel est à nous.

Les musiciens reprirent et, bientôt, les premiers rayons de soleil tracèrent de longues ombres sur le sol. Personne, même le chef de gare, n'avait vu passer les heures.

Allongés par terre, ils observaient les étoiles disparaître une à une. Ils s'endormirent alors que les premiers voyageurs passaient sans les voir.

Il n'y eut pas de voyage de noces. Chaque soir, Thadée emmenait Cécile sur le toit du passage Brady et il lui racontait le ciel.

– Tu vois là, en forme de W, c'est Cassiopée, regarde... On appelle ça une constellation.

– Ça veut dire quoi, Cassiopée ? demanda Cécile.

– Dans la mythologie grecque, Cassiopée est l'épouse de Céphée, roi d'Éthiopie. Un jour, elle prétendit que sa fille Andromède était plus belle que les Néréides, les nymphes de la mer, pourtant pourvues d'une beauté incroyable.

– Comment tu sais toutes ces choses ?

– Attends, je n'ai pas terminé. Outrées par cette insolence, les nymphes demandèrent à Poséidon, qui était le dieu de la mer, de les venger de cette insulte. Pris d'une colère terrible, il envoya un énorme monstre marin, nommé Cétus, ravager les côtes d'Éthiopie.

Les tempêtes furent si violentes que, paniqué, Céphée... Tu me suis ?

– Oui, Céphée est le mari de Cassiopée, c'est ça ?

– Oui, il alla demander conseil auprès de l'oracle d'Amon de Libye. La cause du malheur provenant de la beauté d'Andromède...

– C'est qui déjà, Andromède ?

– La fille de Cassiopée et de Céphée.

– Ah oui... Continue.

– L'oracle dit à Céphée que la seule façon de sauver son royaume était de sacrifier sa fille Andromède au monstre. Dans la douleur, Andromède fut attachée à un rocher du rivage et donnée en pâture au dragon.

– C'est atroce ton histoire !

– Attends. Arrive Persée. Céphée lui avait fait la promesse de lui donner la main de sa fille Andromède en échange de sa libération. Persée, donc, surgit sur le dos de son cheval ailé nommé Pégase, ayant dans sa besace la tête d'une des Gorgones.

– C'est quoi, les Gorgones ?

– Des méduses, c'était le fruit de son combat précédent. Persée repoussa le monstre marin à coups de pierres et le tua d'un coup d'épée.

– Et Andromède fut libérée ?

– Oui, mais pour se souvenir qu'il n'est jamais bon de se vanter, les dieux décidèrent de nommer des constellations en leur honneur : Andromède, Persée, Céphée, Cétus et enfin Cassiopée. Pour punir l'orgueil de la reine Cassiopée, ils décidèrent de la condamner à tourner autour du pôle, tête en bas. Observe-la bien.

– La pauvre, c'est triste quand même. Et il y en a beaucoup, des constellations ?

– Il y en a quatre-vingt-huit.

– Elles sont toutes aussi belles ?

– J'ai mes préférées. Altaïr et Véga...

– Oh, raconte-moi...

– Il est tard, mon amour, nous avons la vie devant nous. Allons nous coucher.

– Tu crois que les dieux nommeraient une nouvelle constellation pour nous, Cécile et Thadée ?

– Sûrement... Après tout, toi aussi tu es venue m'arracher aux griffes de la nuit.

– Mais ce n'est pas moi... C'est toi qui as fait un pacte avec Dieu pour qu'il me laisse venir à toi.

– Tu as raison, mon amour, mieux vaut écrire notre légende. Je t'aime.

– Moi aussi, je t'aime. Je crois que nous avons oublié de nous le dire, dit Cécile en souriant.

21

Septembre 1986

Cécile s'occupait parfois de gérer les réservations du *Palais des Rajpout* et Thadée, lui, ne faisait rien.

Il parcourait Paris à pied, s'arrêtait parfois pour discuter avec une personne rencontrée au hasard d'une promenade, flânait chez les libraires ou restait toute la journée assis à la table d'un café, mais il ne manquait jamais un repas au *Palais des Rajpout.*

Un jour, lors de l'une de ses promenades qu'il affectionnait tant, il passa sans le faire exprès devant son ancien atelier de sculpture. Il poussa timidement la porte. Rien n'avait changé. La même lumière, les mêmes odeurs, les mêmes sons, la même chaleur étouffante émanant du four dont il avait contribué à l'achat. Un jeune homme travaillait sur une sculpture, il n'entendit pas Thadée entrer.

– Pardonnez-moi de vous déranger, dit Thadée en toquant sur la porte à demi entrouverte.

– Bonjour, je peux vous aider ?

– Je cherche Roger.

– Roger… Vous le connaissiez bien ?

– Il a déménagé ?

– Il est mort, Monsieur…

– Oh… quelle tristesse, que lui est-il arrivé ?

– Un cancer l'a foudroyé. En moins d'une semaine, il est parti. Mais comment le connaissiez-vous ?

– Il m'avait accueilli ici et m'avait beaucoup appris.

– Vous avez travaillé ici ?

– Oui. (Il désigna une table.) Là-bas, cette table, c'était ma place.

– Ça alors…

Le sculpteur posa ses outils.

– Et cette sculpture accrochée là-haut – il désigna un des pendules en terre qu'il avait jadis produits, qui était suspendu au centre de l'atelier – cette sculpture, c'est moi qui l'ai réalisée.

– Mais… vous êtes… Thadée ?

– Oui, je m'appelle Thadée.

– Incroyable… Roger m'a tellement parlé de vous. Il disait que vous étiez son meilleur élève. Et Thadée par-ci et Thadée par-là, sans vous connaître, j'ai fini par vous détester… Je plaisante. Il ne tarissait pas d'éloges sur votre travail. Il était tellement triste de ne plus avoir de vos nouvelles.

– Je sais. C'est ma faute mais, là où j'étais, je ne pouvais pas lui écrire. Ça serait trop long à expliquer. Vous accepteriez que je vienne de temps à autre travailler un peu. Je ne prendrai pas trop de place, et je peux vous dédommager bien sûr.

– Et comment… Il n'y a pas de loyer. Vous paierez votre terre, ça sera bien suffisant. Pardon, je me présente, je m'appelle Éric.

– Et tout ça – Thadée désigna de nombreuses sculptures animalières –, c'est votre travail ?

– Oui, je suis sculpteur animalier. Ce n'est pas vraiment par vocation, j'aurais aimé être plus libre dans mes créations, mais les animaux, ça se vend bien… J'ai une femme et deux enfants…

– Je connais mal les animaux, mais vos sculptures sont très belles…

– Merci…

– Je peux ? (Thadée s'approcha de l'une d'elles et la caressa.) C'est très beau, très sensuel, je serais incapable de faire cela.

– Je serais incapable d'avoir votre imagination, votre créativité. Pour vous, ma porte sera toujours ouverte, vous serez toujours le bienvenu.

Thadée quitta l'atelier, puis revint quelques minutes plus tard.

– Vous permettez que je reprenne cette sculpture ?

Il désigna son pendule.

– Euh… Oui, bien sûr.

Thadée la décrocha et la posa sur le sol. Puis il s'empara d'un marteau et commença à la détruire.

– Mais que faites-vous ? lui demanda Éric, stupéfait.

– Je la détruis.

– Mais... pourquoi ?

– Je ne veux rien du passé. Ne vous inquiétez pas, j'en créerai de nouvelles.

Il termina de la détruire, puis nettoya la place avant de s'en aller sans rien dire. Thadée ne supportait pas l'idée de posséder.

Parfois, dans ces déambulations, il franchissait le seuil de l'église Saint-Antoine et trouvait toujours un prêtre à qui parler.

Il n'en avait pas terminé avec la religion. En fait, il débutait sa quête. Toutes ces questions nécessitaient des réponses, et il en avait obtenu peu. Chacune d'elles soulevait d'autres interrogations.

– Mon père, est-il normal que je doute à ce point ?

– Oui bien sûr, on ne se débarrasse pas du doute comme nous pourrions le faire d'un virus. Il y va de notre conception de la foi. Si la foi consistait à avoir des réponses à toutes nos questions, elle n'existerait pas. La foi oblige à se remettre en question, notre vie, notre place dans le monde, et même Dieu. Cette remise en question honore notre intelligence.

– Oui, mais... sur quoi s'appuie ma foi ? Douter fait-il de moi un incroyant ?

– Non, bien sûr, c'est tout le contraire. L'incroyant ne doute pas puisqu'il ne croit pas. Tu sais, de nombreux mystiques ont connu le doute, même mère Teresa. Et je suis certain que Cécile, dont la foi est incontestable, elle aussi. La nuit peut parfois obscurcir nos esprits, mais c'est en elle que naissent les premiers élans d'une aube possible.

– Donc, le doute est nécessaire ?

– Je crois que oui. Une foi qui ne s'interroge pas n'est pas digne. Il ne suffit pas d'ânonner le « Notre père » pour faire de toi un croyant. Un ensemble de questions suscite un ensemble de réponses, Dieu n'est pas une réponse unique, c'est le chemin.

– Oui cela, je l'avais bien compris, mais que faire pour combattre nos angoisses ?

– Ah ça... c'est autre chose. Il faut les partager, en parler avec d'autres, même les gens qui ont tout pour être heureux peuvent être traversés par le doute. Il faut en parler. La parole ouvre des portes. Jésus fait parler les personnes qu'il rencontre, et c'est déjà le début de la guérison ou d'un chemin de compréhension.

– Et pour guérir ma maladie ?

– Es-tu malade ?

– Il paraît, on me l'a toujours dit.

– Tu ne sembles pas malade pourtant.

– Il paraît que c'est une maladie qui ne se voit pas.

– Ah je vois... Dieu non plus, tu ne peux pas le voir, dit le prêtre en rigolant. Pour guérir la maladie... je pense qu'il faut prier, mais parfois un bon médecin fait l'affaire.

– Vous n'en êtes pas sûr ? Je veux dire, la prière, elle ne suffit pas ?

– Non... Et c'est là toute la beauté du doute qu'il y a en nous.

– Ah… Je ne suis pas très avancé avec vos réponses.

– Et pourtant, ne sens-tu pas que tu progresses ?

– Je ne sais pas…

– Tu devrais prier.

– Apprenez-moi.

– Cela ne s'apprend pas. La seule chose que je pourrais te dire… Prier, c'est comme écrire une lettre d'amour.

– Ah ?

– La prière, c'est l'élévation de l'âme. Il s'agit d'une disposition intérieure qui consiste à se détacher de ce qui nous entoure pour entrer en relation avec cet être invisible. Dans l'Évangile, il est dit que Jésus pour prier se retirait dans un lieu désert. Il se dépouillait ainsi de tout pour n'être qu'à Dieu qu'il considérait comme son Père. Tu vois, tu pourrais t'asseoir dans un coin de cette église, dans le silence, et écrire dans ta tête cette lettre d'amour à Dieu.

– Je vois, enfin, je ne sais pas… Je vais essayer.

Le soir, quand le temps le permettait, ils montaient avec Cécile sur le toit de leur immeuble pour observer les étoiles. Cécile apprenait vite.

Tous les samedis, ils allaient déjeuner chez maman. Ils ne restaient jamais très longtemps tant ils avaient besoin de rejoindre leur nid, seul endroit où ils se sentaient protégés.

Régulièrement, ils continuaient d'apporter des repas à leurs amis à la gare d'Austerlitz. La communauté s'était agrandie. À chaque fois, il fallait livrer des rations supplémentaires. La Croix-Rouge avait été mise au courant de ce ballet et ils tentèrent de recruter Thadée. Il refusa poliment.

– Je ne peux pas, leur dit-il. Je suis malade, je ne peux pas faire plus.

– Ah je comprends, dit le préposé de la Croix-Rouge... De quoi êtes-vous malade ?

– Je ne sais pas. C'est une maladie qui ne se voit pas.

– Ah... bien sûr. Ce n'est pas grave, vous faites déjà beaucoup.

Un matin, alors qu'il faisait sa toilette, Thadée ressentit une violente douleur dans le dos. Habitué aux souffrances en tout genre, il n'y prêta pas attention. La douleur persista quelques jours, puis disparut. Puis elle revint. À chaque fois un peu plus douloureuse.

– C'est quoi cette grimace ? s'inquiéta Cécile qui l'observait s'habiller, tu as mal quelque part ?

– J'ai mal au dos. J'ai dû faire un faux mouvement.

– Reste allongé, mon amour, tu n'as pas besoin de te lever.

– Non, je ne peux pas, j'ai promis à Omkar de l'aider, son commis est malade.

– Omkar se débrouillera très bien sans toi, je lui expliquerai, et s'il le faut, je l'aiderai.

Thadée resta allongé. Il en profita pour écrire en pensée sa première lettre d'amour à Dieu. Il trouva que c'était un exercice difficile. Peut-être fallait-il en écrire beaucoup avant de ressentir sa présence ? Quand il eut terminé sa prière, la douleur était toujours là. Il faudra sans doute que je lui écrive un livre, pensa-t-il en souriant.

Les jours passèrent. La douleur ne diminuait pas. Cécile s'en inquiéta et prit les choses en main.

– Il faut aller voir un médecin, dit-elle.

– Bof, ça finira par passer.

– Mais non, tu vois bien que cela ne passe pas, comme tu dis. Je suis inquiète, il faut que tu ailles chez le médecin.

– Demande à Omkar de venir me voir, je suis sûr qu'il connaît des méthodes douces pour guérir. En Inde, avec le peu qu'ils possèdent, ils savent très bien guérir toutes sortes de maladies.

– Sûrement pas. D'abord nous ne sommes pas en Inde et Omkar est cuisinier, pas médecin.

– D'accord, je vais m'en occuper.

– Non, c'est moi qui m'en charge.

– Bien… dit Thadée en essayant de trouver une position confortable.

Cécile trouva un généraliste auprès de qui elle prit rendez-vous. C'était un vieux médecin que les patients semblaient avoir délaissé. Le quartier avait changé et ses plus fidèles malades étaient partis vivre ailleurs. Il proposa même à Cécile de venir voir Thadée à domicile. Ce qu'elle accepta.

– Alors, cher Monsieur, quel est le problème ? Vous êtes pâle comme le Saint-Suaire. Il faudrait aérer un peu cette pièce.

– J'ai des douleurs dans le dos. Elles me prennent violemment, puis elles disparaissent.

– Ah, vous permettez ?

Le médecin ausculta Thadée.

– Faites-vous du sport ?

– Ah non. Je n'en ai jamais fait. Enfin, la dernière fois c'était à l'école.

– Vous fumez beaucoup, il semblerait ? Ça sent le tabac comme au cœur d'une plantation à La Havane.

– Oui, presque quatre paquets.

– Quatre ! s'exclama le médecin en se redressant légèrement. Mais c'est beaucoup trop, il faut diminuer.

– Je ne peux pas.

– Quel dommage ! Je dis ça pour vous. Avez-vous des traitements particuliers ?

– Je prends ça tous les jours.

Thadée lui tendit une boîte dans laquelle étaient alignés tous ses médicaments. Il y en avait une bonne quinzaine de couleurs diverses.

– Vous avez dévalisé le rayon bricolage du BHV ? Permettez que je regarde. Le trou de la Sécu réuni en un seul homme, semblerait-il... (Il observa longuement chaque médicament comme pour mieux savoir à qui il avait affaire.) Ce n'est pas pour les enfants tout ça... Mais que vous est-il arrivé exactement ?

– Un étrange destin, Docteur. Sans vivre, j'ai beaucoup vécu.

Thadée lui raconta son histoire. Depuis le début.

– Vous avez beaucoup souffert, dit le médecin.

– Ah non... pas du tout. C'est une maladie qui, en plus d'être invisible, est totalement indolore.

– Ah... Tant mieux alors.

– En revanche, là, je souffre, Docteur. Pouvez-vous me guérir ?

– J'avoue que je ne vois pas de quoi il s'agit. Je vais vous prescrire des examens et nous aviserons.

Cécile organisa les rendez-vous. Thadée passa toutes sortes d'examens. Analyses, scanners, radios, IRM, etc. Bizarrement, la douleur n'était pas réapparue pendant ces quelques jours. Comme si le fait de s'en occuper avait suffi à la dissiper.

– C'est peut-être un miracle ! dit le prêtre à qui Thadée était venu rendre visite. Peut-être que Dieu a répondu ainsi à tes lettres d'amour.

– Ça m'aurait sans doute échappé. Peut-être, dit Thadée en rigolant...

Quelques minutes plus tard, en sortant de l'église, la douleur réapparut violemment. Il rentra chez lui et s'allongea. Le soir, il n'eut pas la force de descendre au *Palais des Rajpout*. Averti par Cécile, Omkar lui apporta de quoi dîner.

Le lendemain, Cécile dit à Thadée que le docteur voulait le revoir. Il était passé au restaurant.

– Je pense qu'il a reçu le résultat de tes examens.

– Je passerai chez lui demain.

– Pourquoi pas maintenant ?

– J'ai trop mal, je n'arrive pas à me lever.

– Justement, plus vite tu iras, plus vite tu guériras.

Thadée se leva difficilement. Cécile l'aida à s'habiller et elle lui proposa de l'accompagner, ça serait plus facile pour lui s'il pouvait s'appuyer sur elle.

– Je t'ai toujours dit que tu pourrais compter sur mon épaule et, maintenant, c'est moi qui me repose sur la tienne.

– Tu m'as aussi dit que nous ne faisions qu'un, non ?

– C'est vrai, dit Thadée en grimaçant.

Le docteur les fit patienter un moment.

– Veuillez entrer, je vous prie.

Plutôt que de s'asseoir derrière son bureau, le médecin prit une chaise et vint s'installer à leur côté. Cela rappela à Thadée la scène qu'il avait vécue lorsqu'il avait été reçu dans le bureau du directeur de son école après son altercation avec son professeur de français. Lui aussi était venu s'asseoir à ses côtés, c'était mauvais signe.

– Bon, dit le docteur… J'ai reçu les résultats de tous vos examens. (Il tenait dans ses mains une pile de documents où figuraient les résultats qu'il parcourut rapidement. Bien entendu, il les avait déjà lus, mais cela lui donnait une contenance car ce qu'il avait à dire, il ne savait pas comment le dire.) J'ai tout lu et, autant vous le dire, c'est sérieux, il va falloir s'en occuper.

– Sérieux ? Sérieux comment ? demanda Cécile.

– Thadée souffre d'une infection qu'il va falloir traiter.

Il parlait à Cécile comme si Thadée n'était pas là.

– Ah… Vous m'avez fait peur, dit Cécile. C'est quoi cette infection au juste ?

– Oh, le terme médical ne vous évoquera rien, mais disons que les cartilages sont « infectés », et ça, il faut le soigner. Mais cela ne peut pas se guérir à la maison. Pour que le traitement soit efficace, il faut que Thadée soit hospitalisé.

– Ah bon… Mais ça va être long ?

– Quelques semaines…

– Quelques semaines ! dit Cécile en agrandissant ses yeux. Mais c'est très long, quelques semaines…

Thadée regardait par la fenêtre. Il n'écoutait pas. Cela ne l'intéressait pas. Comme s'il s'était détaché de son corps.

– Mais, Docteur, c'est quoi exactement le nom de cette maladie ?

– Nous appelons ça le sarcome d'Ewing. Cela ne vous apprendra pas grand-chose.

– Ah, j'ai cru que c'était un cancer.

Évidemment, ni Thadée ni Cécile ne pouvaient le savoir, le sarcome d'Ewing est un cancer des os. Généralement, il touche les adolescents et les jeunes adultes. Les lésions sont le plus fréquemment localisées au niveau des os plats (bassin et côtes). Ceci expliquait les douleurs dorsales de Thadée.

Le docteur rédigea une ordonnance destinée au professeur Marteau. Il prit soin de bien fermer l'enveloppe avec un scotch, estimant qu'il était inutile qu'ils essaient d'en lire le contenu.

– Voilà, vous allez directement à l'hôpital Lariboisière, au bâtiment 10. Vous demanderez le professeur Marteau, il est prévenu. Il vous attend.

– Comment ça, là tout de suite ? Ça ne peut pas attendre quelques jours ?

– Non, Cécile, plus vite vous vous occuperez de faire soigner Thadée, mieux cela vaudra. Thadée doit souffrir énormément, ils vont déjà s'occuper de calmer sa douleur.

– Ah... Bon d'accord.

Lorsqu'ils arrivèrent, ils furent impressionnés par la taille de cet hôpital qui évoquait celle d'un petit village. La première chose que remarqua Thadée fut un panneau d'orientation avec l'inscription « Chapelle ».

– Ah, c'est bien ça, il y a une chapelle.

– Comment, demanda Cécile qui cherchait le bon service ?

– Là c'est indiqué, regarde, il y a une chapelle. Je pourrai aller discuter avec le prêtre.

– Le pauvre... dit-elle en rigolant.

Arrivés au bâtiment 10, Cécile lut la plaque sur laquelle était inscrit « Professeur Marteau – Médecine de la douleur et Médecine palliative ».

« Médecine palliative », Cécile savait parfaitement ce que cela signifiait. Elle frémit et se maîtrisa afin de ne rien laisser paraître.

– C'est rigolo, dit-elle à Thadée. Professeur Marteau, c'est un drôle de nom pour un médecin.

– Un professeur, dit Thadée...

– Oui, il va peut-être te taper dessus ?

– Ou moi...

Après qu'ils eurent rempli d'innombrables papiers, on installa Thadée dans une chambre individuelle. Personne ne vint les voir. Cécile resta jusqu'à ce que les visiteurs soient priés de quitter l'hôpital.

– À demain, mon amour, dit-elle en embrassant Thadée sur le front. N'aie pas peur, tout va bien se passer. Je serai là demain.

– Je n'ai pas peur. Je n'ai jamais eu peur. De toute façon, il ne va rien se passer, il n'y a personne.

Elle quitta la chambre et chercha dans le couloir une chaise où s'asseoir. Elle plongea son visage dans ses mains et pleura un long moment. Puis elle rentra chez elle.

Le lendemain, le professeur Marteau vint voir Thadée. Même s'il ne lui avait pas dit les mots, Thadée comprit qu'il ne ressortirait pas vivant de cette chambre. La seule question qu'il posa fut : « Combien de temps ? » Le professeur ne répondit pas. Thadée comprit que cela n'était l'affaire que de quelques semaines.

Quand le professeur fut parti. Thadée prit un stylo et commença à écrire.

Ma Cécile,

Je t'imagine si loin, perdue. Moi qui t'ai fait quitter l'homme de ta vie pour me rejoindre, me voici écarté de toi par sa volonté divine. Moi qui m'apprêtais à croire en lui... Bon, peut-être n'est-ce pas lui qui l'a voulu?

Peut-être me met-il à l'épreuve pour me prouver que je suis digne de t'aimer?

Je sens que je dérive. Je perds du poids et j'ai parfois l'impression de perdre mon corps. M'aimes-tu encore alors que je suis si loin? J'ai peur de devenir une ombre décolorée invisible à tes yeux.

C'est horrible d'être séparés, quelle injustice. Des femmes et des hommes qui semblent en avoir vu d'autres passent et repassent dans ma chambre, comme la marée. Il règne ici un silence qui n'en est pas un. J'entends une table roulante qui traverse le couloir, j'imagine que c'est le métro qui passe. J'ai tout juste assez de force pour t'écrire.

J'ai peur, Cécile. Pour la première de ma vie, j'ai peur. C'est horrible de ne pas connaître les raisons de sa peur. Cela ne fait que l'accroître.

Je t'aime, mon tendre et unique amour. J'ai hâte de revenir à la maison, de te serrer dans mes bras et de t'embrasser entièrement.

S'il te plaît, puisque tu parles encore avec ton Dieu, demande-lui d'être clément avec nous et de me laisser revenir t'aimer bientôt. Après tout ce que tu as fait pour lui, il te doit bien ça.

Je vais essayer de fermer les yeux et, moi aussi, je vais lui envoyer une lettre d'amour.

Thadée

22

Novembre 1986

Tout commence toujours le matin. Ainsi ai-je appris à vivre depuis mon enfance.

Il y a « Le » matin. L'éveil. Cet instant lié au hasard où les choses prennent un ordre qui détermine toute action jusqu'au coucher du soleil. Ensuite, les événements, parfois inutiles mais nécessaires, s'assemblent les uns aux autres.

Sans aucune volonté de les diriger, ils s'enchaînent.

J'ai le sommeil lourd. À part le fracas des âmes qui hante parfois mes nuits, pas grand-chose ne peut perturber mes rêves. C'est donc bien avant que le jour ne se lève, à cet instant précis où l'on ne souhaite rien d'autre que prolonger son sommeil, que le téléphone se mit à trembler.

– C'est moi... Thadée est mort cette nuit.

J'ai raccroché, et je ne sais même plus qui était ce « moi ».

Je fouillai dans ma mémoire quelques images. Il me fallait visualiser son visage. Machinalement, ma main dessinait dans le vide les contours de souvenirs enfouis dans les remises généreuses de l'inconscient.

D'habitude, je ne réponds jamais avant d'avoir bu mon café. Je me lève, je prends une douche, je bois un café... Après, je m'éveille lentement comme lorsque l'on renaît. Là, je ne sais pas pourquoi, j'ai machinalement saisi le téléphone, comme si j'avais pressenti qu'un message important allait m'être délivré. Dans ce rêve, à demi conscient, j'ai écouté, je n'ai rien dit. Il y a tant à dire sur ces petits riens sur lesquels jamais rien ne se dit. Comme si leur force était plus puissante encore que leur message.

Après coup, après l'émotion, après que le temps a passé, tous ces petits riens viennent lentement réveiller ma mémoire. Toutes ces petites choses si petites, auxquelles auparavant je ne prêtais guère attention, me font penser que de grandes volontés dont nous ignorons tout dessinent notre existence. Sans elles, nous ne serions que des sculptures mal dégrossies, animales, triviales, et pourtant, tellement plus proches de la vérité... Pas plus heureux pour autant.

Ensuite, j'ai raccroché, où peut-être est-ce l'autre ? Peut-être me suis-je rendormi ? Je ne sais plus. Je n'ai pas pleuré, j'ai simplement posé mes mains sur mon front, puis j'ai lourdement enfoncé mes deux pouces dans mes yeux clos jusqu'à me faire horriblement mal. Souvent, je m'infligeais cette première douleur matinale pour ne pas oublier que chaque jour était une nouvelle aventure. Lorsque j'ai soulevé mes paupières, la douleur était encore vive, des petites lumières dansaient dans tous les sens.

Doucement, les contours se sont fixés et ont cessé de trembler. J'ai chaloupé jusqu'à la salle de bains, je crois que c'est à cet instant précis que j'ai réalisé qu'il faisait jour et que rien de grave ne s'était produit. L'image que reflétait le miroir était délicieusement trouble. Une vie venait de partir, imitée par des milliers d'autres, la même nuit, ailleurs. Les hommes meurent de fatigue parce que vraiment, parfois, ils sont épuisés.

La médecine s'évertue inlassablement à rallonger nos existences, mais est-ce bien nécessaire ? Avons-nous réellement envie de vivre plus longtemps que le temps qui nous est imparti ? Pas sûr. Il en avait assez. Assez vu, assez entendu... Assez bu ! Assez respiré de cet air vicié qui finit par lasser nos routes qui se ressemblent toutes. Un jour, moi aussi, je serai épuisé, fatalement ce jour arrivera. Je prie secrètement pour que mon corps soit las le premier.

La rue était encore déserte. Des parfums nés de la nuit s'envolaient du petit jardin qui bordait ma chambre. La lumière filtrait à peine et, déjà, de longues ombres glissaient lentement, accrochant les murs effrités de la ville imparfaite.

Un scooter passa bruyamment dans la rue. Rien n'avait changé, tout était comme chaque matin, lent, assoupi, imparfait, doux, avec parfois cette pointe de brutalité qui rappelle que nous ne sommes jamais très éloignés les uns des autres.

Parfois, j'ai l'impression de tout perdre, parfois le monde est devant, lumineux, et tout semble prêt à être conquis. C'est selon. Selon ces petits riens. Parfois s'occulte de ma vue tout ce qui pourrait me blesser. Parfois, las de ne pas vivre, de ne pas vibrer, je redeviens animal. Prêt à souffrir pour me sentir vivre. C'est selon.

Là, tout de suite, j'irai dans le sens du premier souffle d'air qui me bercera. Tout ne cesse de recommencer et de finir. Là, je commence, je recommence. Aujourd'hui est un jour particulier. Chaque jour est un jour particulier, mais celui-ci, c'est différent, je dois le vivre, les autres, je sais. Je sais que j'ai vibré, laissé mon corps périr sous le poids insondable de l'ennui. Les journées sans amour et sans courage. Qu'importe ! Ce jour est à découvrir. Je ne saurai jamais, je ne saurai qu'après. Mais ce sera trop tard, après n'est que le temps des regrets. Les fautes se commettent toujours au passé, jamais au futur.

Le passé… c'est un truc d'homme. Une chose qui se caresse comme une femme qui manque, surtout la nuit, dans la douleur, dans l'envie de la renaître et de l'oublier.

Parfois, le temps disparaît, lorsqu'aucune attente ne vient rappeler son existence. Alors il devient un sentiment d'une incroyable douceur mêlée d'une volupté inégalable. Ces minutes perdues à ne rien faire, à ne pas penser, sont des moments rares qui se savourent. Et quand ce vide frise l'ennui, sans en posséder les aspects amers et désespérés, alors, aucun mot n'existe pour décrire cet instant d'extase. « Paresse » n'est qu'un mot bien approximatif, comparé à ce que l'on peut ressentir dans cet état.

Parfois, j'essayais d'expliquer cette ivresse à Thadée, mais son regard exprimait toujours la même incompréhension face à cette notion qu'il trouvait tout à fait absurde et inutile.

Ce matin-là était un matin comme les autres, j'avais déjà dû répéter, sans m'en apercevoir, les gestes parfaitement identiques à ceux de la veille. Le corps se met en marche, mécanique un peu rouillée, et puis, les uns après les autres, les membres s'exécutent.

Rien n'était urgent dans ce jour qui prenait son élan. La lenteur est une chose qui se contrôle avec douceur. Un état qui demande de la préparation et de la préméditation, presque de la concentration. Ce n'est ni une qualité ni un défaut. C'est un exercice qui s'impose naturellement comme de trouver son rythme dans sa respiration, sans réfléchir. Ne serait-ce qu'observer le prolongement de la lumière glisser sur le marbre d'une statue parfaite, ce sentiment que dans ce temps qui s'allonge, rien n'est vraiment figé, toute chose se fait lentement.

Ce ne fut pas une vie ordinaire que celle de Thadée. Ce n'était pas un homme ordinaire non plus.

Je ne sais pas si c'est une histoire simple ou une histoire compliquée.

Je ne sais pas non plus si je fais bien de la raconter et si je la raconte bien. Mais je crois qu'il n'aurait pas aimé cela ou que cela lui aurait semblé inutile.

Nos chemins ont été faits de creux et de bosses, celui de Thadée n'était bâti que de bosses et de rêves. Une existence douloureuse empreinte d'une profonde quête de sens, le sens de la vie éternelle. Son parcours singulier a forgé son espérance.

Thadée pouvait sembler solitaire, il ne l'était pas, il n'était jamais seul. Parfois, s'il semblait prisonnier de ses pensées, c'est dans ces instants qu'il rayonnait. Il suffit d'écouter ceux qui le côtoyaient, je n'en connais pas un seul qui soit resté indifférent et qui n'ait été fasciné par sa personne.

Il fut toujours lucide, conscient de sa fragilité, mais prenait soin de ne jamais imposer ses différences.

Égaré sur terre comme un enfant dans la jungle, il savait qu'en marchant il finirait par trouver la lumière.

Toujours à l'écoute des autres, c'est au très profond de lui-même qu'il cherchait les réponses et l'espérance nécessaire pour avancer. Ce besoin de ressentir les éléments jusqu'à la plus extrême douleur le mettait en danger dans un monde qui n'était pas fait pour lui, mais qu'il n'a jamais rejeté.

Mon frère et moi vivions dans des mondes très éloignés, opposés même, mais Thadée comprenait et acceptait ce qui me rendait heureux. Il était sans doute beaucoup plus à notre écoute que nous n'étions capables de l'entendre nous-mêmes.

Enfant brillant, rêveur, émerveillé, dubitatif face à cette civilisation trop pressée et trop pressante pour prendre le temps d'en comprendre le sens.

ÉPILOGUE

Beaucoup des choses que je raconte dans ce récit me furent dites par Thadée lorsqu'il était à l'hôpital à la fin de sa vie. Je venais le voir presque tous les jours. Je savais qu'il partait...

C'est là qu'il me révéla l'histoire de ce professeur qui avait tenté de le séduire dans sa jeunesse. Il en parlait calmement, sans aucune agressivité ni rancune. C'était sa vie. Il me raconta ses années à la Maison Blanche, son voyage en Afghanistan, l'Inde, la prison et bien d'autres choses encore.

Je parlais peu, il ne me donnait pas l'occasion de lui répondre. Il avait un débit rapide, mais posé, comme s'il fallait qu'il me dise toutes ces choses dans l'urgence. Il voulait m'apprendre à prier, je n'y arriverais pas, il s'en amusait.

Certes, il n'était pas facile de grandir avec ce frère qui m'effrayait autant que je l'admirais. Thadée n'était pas sans défaut, loin de là, mais son étrangeté, sa bizarrerie me subjuguaient. Comment pouvions-nous être si différents, et pourtant si proches ?

Paradoxalement, Thadée était devenu notre modèle. Il était devenu pour nous « celui qui a réussi sa vie ». Cela peut sembler étrange lorsque l'on connaît son parcours, mais l'homme qu'il était réunissait des qualités et une volonté qui forçaient notre admiration. Je le sais, cela peut paraître étrange.

Alors, les médecins sont-ils responsables de cette vie chaotique ? Personne ne le saura jamais. Certains pensent qu'il était déjà « malade », moi pas. Thadée nous a fait souffrir, mais ce n'était sans doute rien comparé à sa propre souffrance.

Dans ce livre, il s'agit de ma vision de la vie de Thadée. Chacun de nous avons ressenti les événements différemment. Nous avons fabriqué nos propres défenses, bâti des petites murailles pour nous protéger et, aujourd'hui encore, sans le savoir, nous restons en alerte..

Nos vies ont été griffées, profondément. C'est un fait.

J'ai occulté des scènes qui pourraient laisser penser que Thadée était déjà « malade ». Une en particulier. Bien avant que Thadée rejoigne la Maison Blanche.

Nos parents sortaient dîner. Je devais avoir huit ans et Thadée treize. Je n'en connais plus les raisons, il faudrait qu'un jour j'en comprenne les fondements, mais déjà je craignais ce frère.

Ce soir-là, lorsque mes parents quittèrent la maison, je décidai de m'enfermer à clé dans leur chambre.

– Ouvre ! m'enjoignit Thadée.

– Non.

– Ouvre, je ne te ferai rien !

– Non.

– Ouvre ou je casse la porte ! cria-t-il.

Quelques minutes plus tard, il fracassa la porte à coups de hache. Lorsque celle-ci fut intégralement détruite, il alla ranger la hache et retourna se coucher dans sa chambre.

Lorsque nos parents revinrent, ils furent atterrés par ce spectacle. Mon père infligea une sérieuse raclée à Thadée et nous n'en parlâmes plus jamais.

Cette scène peut vous paraître d'une violence inouïe. Pas pour moi. Je savais qu'il ne me ferait rien. Thadée avait des fulgurances de colère, comme d'autres, et sa fougue l'emportait un peu plus loin.

Cela signifie-t-il que Thadée était « malade » ?

Je ne l'ai jamais pensé.